世界流行科幻丛书
主编：姚海军

星 体

[荷] 罗德里克·列文哈特　著

靳一芃　译

四川科学技术出版社

Star Body© Roderick Leeuwenhart

This translation published by arrangement with Roderick Leeuwenhart

Simplified Chinese edition copyright：

2024 Sichuan Science Fiction World Co., Ltd.

All rights reserved.

图书在版编目（CIP）数据

星体／（荷）罗德里克·列文哈特著；靳一芃译.
成都：四川科学技术出版社，2024.6.--（世界流行
科幻丛书）. -- ISBN 978-7-5727-1391-0

I. I563.45

中国国家版本馆 CIP 数据核字第 2024TV1561 号

图进字：21-2021-346

世界流行科幻丛书

星体

SHIJIE LIUXING KEHUAN CONGSHU

XINGTI

丛书主编　姚海军

著　　者　[荷]罗德里克·列文哈特

译　　者　靳一芃

出 品 人　程佳月

责任编辑　吴　文

特邀编辑　刘弋靖

封面绘画　守望者

封面设计　王莹莹

版面设计　王莹莹

责任出版　欧晓春

出　　版　四川科学技术出版社

　　　　　成都市锦江区三色路238号　邮政编码：610023

　　　　　官方微博：http://weibo.com/sckjcbs

　　　　　官方微信公众号：sckjcbs

　　　　　传真：028-86361756

成品尺寸　140mm×203mm　　印　张　12.875

字　　数　243千　　　　　　插　页　3

印　　刷　成都市金雅迪彩色印刷有限公司

版　　次　2024年6月第1版

印　　次　2024年6月第1次印刷

定　　价　56.00元

ISBN 978-7-5727-1391-0

邮购：成都市锦江区三色路238号新华之星A座25层　邮政编码：610023

电话：028-86361770

致中国读者

当我写下这封信时，我刚从2023成都世界科幻大会（通常被称为Worldcon）回来不久。这是一场奥林匹克级别的盛会，无处不彰显着历时多年的精心筹划。我很荣幸能够受科幻世界杂志社之邀参加此次大会，并被深深地震撼。我参观了美轮美奂的场馆，见证了盛大的仪式，观看了精彩的表演，欣赏了令人惊艳的主题曲，游览了美丽的成都——刚到成都时，我就立刻有了回家的感觉。但让我印象最深刻的，是你们，中国的科幻迷们！

你们是最棒的读者。我在你们身上看到了对科幻无与伦比的热情，那是我在其他地方从未见过的。就拿我的家乡荷兰来说，喜欢读科幻小说的人寥寥无几。而在中国，情况却截然相反！在这里，人们接纳科幻，推崇科幻，热爱科幻，对科幻作者也是如此。我永远无法忘记刘慈欣先生上台时，台下那震耳欲聋的欢呼声。在欧洲，只有最受欢迎的流行歌手或运动员才会得到这样的喜爱。

毫无疑问，中国是科幻的胜地。

正因如此，我非常激动能够为你们带来这部我酝酿多年的科幻作品——《星体》（荷兰语原名 *Sterrenlichaam*）。科幻世界杂志社邀请我参加 Worldcon 的原因之一，就是正式宣布它即将和大家见面的消息。这是一本对我来说意义非凡的书。它诞生之初是一篇短篇小说，荣获哈兰德奖——这是荷兰本土的科幻奖项，就像中国的银河奖一样。在那之后，我花了数年时间将其扩展成一部长篇小说，更立体地塑造人物，更精细地打磨剧情，更深入地探索主题。我在其中增添了我的人生情致，也反映了我的困扰和烦恼。

在这本书中，我希望架起一座荷兰和东亚之间的桥梁。一方面，这是我的兴趣使然；另一方面，这也是一种"荷兰风"的尝试。荷兰常被认为以贸易立国，和很多地方有着历史渊源，尤其是今天的印度尼西亚和日本。因此，通过深挖和荷兰相关的主题，这本小说就变得更加耐人寻味，其中的故事也显得既真实又特别。

我尽量不剧透地带大家先领略一下此书的内容。在这个科幻惊悚故事里，有一队矿工被困在了一个飘浮在太空中的巨大外星尸体中。当尸体不断解体，他们一边拼命想活下来，一边开始相互猜忌：我们中间有没有叛徒？这个神一样的东西背后到底藏着什么秘密？仅从我目前说的这些表面信息来看，这个故事似乎可以发生在任何国家。但《星体》有着独特的荷兰韵味：大部分的矿工都是荷兰人，他们因家园被海水淹没而流离失所，成为气候难民，移民到了一个由日本新财阀统治的星球生活，却在那里备受歧视。除此之外，本书还刻画了一个高度资本主义的社会，甚至人本身都能被当作货物运往各地，从而幽默又辛辣地折射出了荷兰的资本主义状况。

我希望这些元素能让荷兰和东亚的读者获得独一无二、代入感更强的阅读体验。

希望你们能喜欢《星体》。如果我的作品能在中国觅得喜爱它的读者，这将对我意义重大，尤其是这样我就能拥有一个再次去往中国的绝佳理由！

罗德里克·列文哈特

2023 年 10 月 28 日

1

我怎么会如此幸运呢?

凯文看着躺在身边的凯瑟琳,止不住这样想。他当然在窑子里见过更好看的姑娘,只要钱给够,谁都能带走。她们漂亮归漂亮,却不配和凯瑟琳相提并论。可谁又能想到……

凯瑟琳,你虽然也穷得叮当响,但我每一天都感谢命运,让你能选择我。我,一个傻子,在酒吧里大出洋相,而你是好人家的女儿,是神话里的莱茵少女。你本可以把我推开,用一万种方式拒绝我。但我说的那些蠢话,却把你逗笑了,酒保想赶我出去,你还阻止了他。我们共度了良宵,以及那之后的每一夜。为什么选择我?你一遍遍回答我,我却一次次不敢相信。你父亲见到我,甚至想杀了我,但你也阻止了他。

现在,两个人正躺在凯瑟琳的公寓里,房间漆黑一团,衣服散落一地。凯文满口酒气，简直能熏倒一只小动物，还真是"人景相宜"。而凯瑟琳居然也醒着，她突然说:"我们要不生个孩子吧，男孩像你，女孩像我。"

她伏在凯文膝上。凯文吃了一惊，整个人却焕发出了光芒。

"我……"他想抽自己一巴掌，好清醒点，"这主意挺好。"

而且也不是你第一次提出来了。他心里想。

"当然不在这儿。我们会搬出码头的。"

"咱们有这个钱吗?"

凯瑟琳给了他一巴掌，下手一点不手软。她知道他的承受力。"白痴，能有点梦想吗? 我们出去了，一定有更好的生活。"

梦想是什么? 是不用在仓库干活儿? 是摆脱贫民窟的臭气? 是离开滚滚东流的妹儿河①? 还是逃出殖民区，远远地离开新北海道②? 随着年纪渐长，凯文也早就意识到，这地方越来越成了供日本人参观的野生动物园。来看看堕落的荷兰人!和凯瑟琳一起逃离这地方，他想想就开心。

但带着孩子们一起吗? 他又想。

不是钱的问题。他可以四处打工挣钱过活，也可以就此戒掉赌博。但这个世界，再多一个贫穷又悲苦的生命真的好吗?这地方的苦命人难道还不够多吗?

凯瑟琳看穿了他的心思，"凯文·兰格迪克! 会有办法的，

---

① 虚构地名，又名姑娘河。——本书注释均为译者注
② 虚构地名。

只要我们在一起，小家伙们就能得到他们需要的全部的爱。"

凯文笑了起来，"我爱你。喏，我可从来没对别人说过这种话。"

"我谢谢你，我也爱你，即使你从来都不信我。不过别转移话题，少装了，你根本就没喝得那么醉。"

凯文腾地站起来，"我真醉了！咱俩都醉了！我还是出去透口气吧，不然马上要就地睡死过去了。"

然而，凯瑟琳抓住了他，笑着与他扭在了一起，又把他拉回了床上。过了一会儿，凯文下了床，他没有吵醒凯瑟琳，穿上裤子，套上衬衫，披上了夹克。

出去，现在就出去。

一离开屋子，清冽刺骨的寒风就让凯文瞬间清醒。今年冬天尽管不是非常冷，却格外潮湿，路上满是带冰碴儿的泥浆。

这世上那么多人，你却真心想和我组建一个家庭，这对我而言就是幸福了。凯文把衣领竖了起来，唇边带着笑意，走进了黎明的黑暗中。而当我们有孩子的那一刻，我就会失去这幸福，我会逃跑，我承担不起。凯瑟琳，相信我，这不是你想看到的。你到时候都没得选。虽然我现在伤了你的心，但不至于毁掉我们的孩子，毁掉你的未来，毁掉我自己。

凯文闻到了河水的味道，又想到了花札牌屋，想到了荷兰人聚在一起喝酒的仓库。他看着码头闪烁的霓虹，想到了那里朱唇粉面的莺莺燕燕，站在他再熟悉不过的街上，等着赚他的钱。

她们以后可是等不着他咯。

#

近20年倏忽而过，凯文已身处0.04光年外。但对他而言，一切仿佛就发生在去年，而他只是出了一趟门。并非是他健忘，只因这些年他基本是睡过来的——被打晕后泡在水里，星际旅行的烦恼。

他仍每天都想着凯瑟琳。

人生总有些事是无法忘记的。不管睡了多久，都还会记起昨日的荒唐。

凯文现在意识到，当年那样做对她着实不公平，但眼下他心情烦躁得很。光是在冬眠舱里醒来这事儿，就够让他闹心了。整个旅行过程就像一个噩梦，躺在一个盒子里，被人塞到有多层防护的船舱冬眠区。他们乘坐的飞船"卡柳号"是一艘配备MK14舰炮的领主级别收获船，载有顶级引擎，船体长114米，整个形状看起来像个圆筒，圆筒上装着两个旋转的圆环，速度最高可达光速的2%。船上有38个人，大部分都还在昏睡，只有他一个人在慢慢地恢复意识。

凯文是"卡柳号"上的矿工领队之一。

冬眠舱里灌满了浑浊的液体，温暖得让他几乎感受不到自己正泡在里面。这又使他想起了过去，但可能因为刚从冬眠中醒来，脑子还是不听使唤。

可能这样才是最好的。想太多只会引发恐慌，不然我可能会意识到，自己正困在一个鱼缸里，动也动不了。最初的几次，有些人都发疯了，我也失控过。要想象自己正漂在妹儿河上，头顶是万里晴空……

他试着活动手指，但发现根本动弹不得。不管公司给他们用了什么药，这药不仅减缓了人体的新陈代谢，还阻止了细胞分裂。这有利于降低成本：矿工们不会变老，在旅途中不会消耗食物，更不会做出半路转向这样的傻事。不过要从麻痹中恢复过来，也是挺困难的。

他过去也觉得这个过程很不舒服，但今天尤其糟糕。之前他经常听到液体传来嗡嗡的白噪声，但现在这声音听在耳中，却变成了嘈杂的尖叫，一下一下呼啸而来，像是船在鸣笛。

别吵了！他心想。想要喊出来，嗓子却发不出声音。

凯文的手开始感到酥麻，这是个好兆头，他的身体在慢慢苏醒，但随即，神经系统就接收到了各种不舒服的信号——饥饿、不适、酸痛、僵硬……他只得盯着浑浊的液体来分散注意力。几缕血丝漂起来，把液体染成了粉色。

等身体一恢复，他顶住压差，一口气把盖子一掀，冬眠舱裂成两半。

妈的！他不由得用荷兰语在心里骂了一句。

每当这种时候，他都希望自己还在凯瑟琳的公寓里，躺在她的床上，看着她曼妙的身体陷进床里，环境简陋却温馨。但他已经做出了选择，并坚持了下来，这也是他当时唯一的选择。不正是这个选择让他干起了现在的工作吗？码头已经混不下去了，就在他绝望之际，剑吻鲨公司出现了。几个月后，日本领主把他送上了太空飞船，他自此开始了一趟又一趟的星际航行。

那虽然是他签过的最奇怪的合同，但就很多方面而言，那又是一份救命的合同。

每次工作，首先要面对的就是星际航行，在凯文看来，这比死还难受。而且哪里都有限制，容不得半点失误，到处都透着一丝不安。

更别提活生生被泡在水里了。就再撑一个礼拜。他对自己说。就剩一个礼拜了，过一天就近一天。很快就能从窗户里看到目的地，看到就会感觉已经到地方了。

"卡柳号"在奥尔特星云里这趟长达两年的穿行即将结束，很快就会放所有矿工下船，去开采附近某些极其珍贵的资源——珍贵稀缺，不为人知，且难以想象。当凯文发现公司要送他去哪儿时，也大吃了一惊。谁能想到，他这辈子居然还能遇到让他吃惊的事。

他尝试坐起来，却发现头沉得像一块铁，耳膜咚咚响得像打鼓，眼睛根本看不清任何东西。再把自己泡回去肯定是不可能了,还是起来吧!他摘掉脸上的呼吸面罩,吸入了两年来的第一口空气,却感觉肺虚弱得不能再虚弱了。他发出刺耳的呼吸声,拼命抑制住头痛,努力想回忆起点什么,什么都行。

呃,是昨天,不对,是很久以前的昨天。他的头晕不是因为刚醒,而是他真的喝醉了。进冬眠舱时什么样,爬出来时依然什么样,这太让人失望了。

带着长达两年的宿醉,凯文拖着虚弱的身体爬了出来,把脚甩在地面的格栅上。他就这样站了好一会儿,只穿着一套贴身内衣,滴答滴答地向下淌水。

这出场方式也太逊了。

接着,凯文在镜子里看到了自己的脸——离开了富含各种添加成分的营养液的滋润,又一次暴露在船舱里的净化空气当中。他端详了一番,右脸青紫肿胀,嘴唇干裂,发际线上面的伤口已经开始结痂了。

"啧,真丑。"他发现自己只能嘟囔,发不出声音。

采矿队的其他人都还在冬眠舱里,但要是现在去叫醒他们,估计会被狠揍一顿。再等几个小时也没什么。首先,他得让自己清醒过来,现在的他脑子里像是有无数船只正发出隆隆的汽笛声,仿佛又回到年少时在港口修船的日子,一看到抵港的油轮就吓得腿哆嗦。

还得先穿好衣服。

凯文有个绝招,能几秒钟把自己脱光,他还跟凯瑟琳炫耀过，逗得她捧腹大笑，而此时此刻，这几乎是不可能的。他艰难地把底裤褪到脚踝，湿漉漉地缠在脚趾上；汗衫早已和胸毛黏在了一起，沾着凝结的血块，血还是两年前下巴受伤时流下来的。凯文一阵烦闷，想来回走一走，膝盖却一下撞在了冬眠舱上，于是他干脆把衣服扯成条，从上到下撕了下来，再找了个地方擤了擤鼻子。

好，现在去储藏室。

我到底是怎么到这儿来的？不用想，肯定是剑吻鲨干的了——他们在贫民窟找到他，扒了衣服，下了药，再运到这儿来。当时他们为啥连伤口都不帮我处理一下呢？要是能缝合一下就好了。

他跌跌撞撞地来到了储藏室的门口，门虽然锁着，但密码他应该是知道的。凯文开始大声咒骂起来，骂得只怕最粗鄙的水手听了都要摇头。他单手撑在密码锁盘上，努力想把门打开，心里暗想，每趟任务换一次密码，真他妈除了难为人，再没别的好处了。毫不意外，当时他喝得烂醉如泥，应该是错过了任务简介环节。

密码到底是他妈什么啊。

凯文打算暴力破解，排列组合一个个地试，但每一次都显示密码错误，在失败了无数次后，他的怒气再也按捺不住了。

"开门啊，你个破烂玩意儿！臭八爪鱼！太可恨了！恶心！"他一脚又一脚踹在门上，沉浸在不顾一切的感觉里。脸上流血,头痛欲裂,人还被困在这个监狱一样的船上。

直到筋疲力尽,他靠着墙瘫坐到地上,才发现刚刚一番折腾,一团糨糊的脑子还真转了起来。原来密码他还真是记得的。

凯文输入密码,开了门,进入储藏室,一丝不挂地在房间里转悠了起来。这是船上相对较大的房间了,储存有食物、衣服、工具等,还有上锁的武器。他摇摇晃晃地进了厨房,在橱柜里翻找着。干制食品得过会儿才能派得上用场,他现在要找的是药,什么药都行。

避孕药?真有意思,但他现在可用不上。

消炎药……

类固醇……

止痛药!找到了。他拿了几包,一一撕开包装条,每种都挤出来几颗,直接干咽了下去。保险起见,他又另外多吃了些。

下一个任务也不简单,几十个一模一样的储物柜,每一个柜子的抽屉也像复制粘贴出来的一样,他要怎么在这里面找到自己的工装裤和花毛衣?别的衣服都不舒服,而他现在最缺的就是舒服。

毫无疑问,这又是一场灾难。船上的一切仿佛都在跟他作对,找衣服花了整整十五分钟。他打开了一个又一个抽屉,终于看到了自己的衣服,满是灰尘,还散发着啤酒变质的臭气。简直是一堆垃圾。他猛地一下又关上了抽屉。

#

凯文跌跌撞撞地走进了"卡柳号"的控制室，换了身干净抗皱的统一制服。他冒了一身冷汗，心脏也扑通直跳。方才那一顿"药丸拼盘"整得他够呛，宿醉却是一点儿也没有减轻，还不如来一口纯酒精的效果好。看来得等会儿再把大家叫醒了。他一屁股跌坐在驾驶座上，像个老人一样喘着气，他现在唯一能做的，就是看着外面一成不变的星星。

星星真亮啊，星星真无聊啊。

如果是从码头烟雾缭绕的地下室里往外看，宇宙会好看许多，在油烟的笼罩下，点点星光好似游动的水母，奇异而美丽。他想起了在老厂房"鼠海豚"里忙活的日子，那是段快乐的时光。但也有不快乐的。不管怎么说，港口对他的影响一直都在，又是一段他无法摆脱的过往。

他把目光从星星上收了回来，注意到驾驶盘周围的某个操作板上，有个地方频频闪着灯。系统没有发出尖厉的警报，仅仅是屏幕上有一个弹窗提醒，上面的图标令人紧张地闪烁着，提示着有问题出现。

"行吧，行吧。"凯文嘟囔着，叹了口气，倾过身子准备检查系统，"看看是哪儿的问题。"

随着语音指令，屏幕弹出了冬眠区的地图，里面有全部船员的花名册，还有显示他们生命体征的小图表，包括温度、氧气以及其他事项。其中一个舱已经变成灰色，表示内部已空、闲置可用，这应该是他的。

另一个舱却显示红色。这可是个坏兆头。

"马泰森。"

他的主要生命体征已经变成了一条直线，但凯文很难判断里面的人是否正在遇到危险，要不要立刻行动？马上冲过走廊，打开冬眠舱，把神志不清的马泰森捞出来？

哦不，他忽然明白过来，太晚了，马泰森不但死了，而且死了快两年了。

他看了电脑生成的记录，一行行小字在他眼前跳动着。

马泰森死了，就这样死了，没有任何人察觉，甚至在船驶出殖民地势力范围之前就死了。冬眠舱错误地将他的体温降至零下12摄氏度，导致身体晶体化，把细胞扎成了果汁。现在躺在里面的，只是个马泰森形状的冻僵的躯壳罢了。

凯文靠在座椅上，想弄清楚是怎么回事。资料页面上马泰森的大头照也正看着他，照片上的人面无表情，只是一组毫无生气的五官组合。

系统本应该介入的。所有技术本应该是来辅助我们的。可怜的人啊。凯文想象着马泰森的样子：脸上结着一层霜，鼻子里是两年前没咽下的最后一口气。为什么我们要一直这么干呢？他无视嗡嗡作响的脑鸣，努力思索着，答案却从心里浮了出来：因为别无选择。

冬眠是把矿工从新北海道运往各地唯一可行的方法。而港口的那段日子也教会他，运输途中必然会有损失，集装箱里的货难免有坏的，但没必要因噎废食地放弃这种运输方式。

运人跟运货物一样。事实就是这样。凯文把这个想法埋藏到了心底，但仍然止不住地想：这事儿也可能发生在他身上，可能发生在任何人身上。

为了让自己不要再想下去了，他开始清点船员名单，浏览他们的姓名和照片，看看还剩下哪些人。他们还在冬眠区熟睡，不管是朋友，还是敌人，此刻都安然无恙地沉浸在冬眠的梦里。凯文用指尖滑动屏幕，看着一张张照片，这就是他接下来要依靠的队友们。

李友博，飞船的驾驶员，他待会儿就会接替自动驾驶。虽然星际环航是由电脑控制的，但公司规定，必须由驾驶员把飞船送上环形轨道。

建介，外号"万能介"，他总能在大家一筹莫展的时候想出办法，还曾在两次任务中担任领队。

司赖珂，无处不在的"麻烦精"。

马哈茂德，谢天谢地，这次有马哈茂德。

这些就是凯文的队友了，而他则是他们的领队。一股自豪之情油然而生，让他感到身子一暖，不过也有可能是酒精的作用。

当然，船上也不全是队友。还有位盖得·克斯托夫领队，将带着另一队矿工和他竞争。这是剑吻鲨的职场政治，而盖得也是任务中唯一让凯文头疼的，不过他有把握对付，毕竟过去三次交手，他全都凭实力取得了胜利。庸才。他心里暗想。

等一下。凯文心中一惊，这次船上也有生面孔。公司在"卡柳号"上还塞了两位客人。想到这儿，他的头疼得更厉害了，难道麻烦事儿还不够多吗？

看来，这趟旅程的麻烦事儿一时半会儿是没完了，他决定一分钟都不拖了，现在就把大家都叫起来——所有人，现在就爬起来！只有一个冬眠舱不会被打开，他会让它关着灯，静静地躺在昏暗的地方，这样其他人就不必承受这份悲伤了。

又过了一个小时，五脏六腑的灼烧感消退了，估摸着大部分船员也已经起来了，凯文觉得，是时候来一次鼓舞士气的讲话了。

"我是……呃……咱领队，"他一开口，声音便在船舱里四处回响，"目前一路顺利，距离目的地大概……呃……还有几天……所以我们有时间进行准备。妈的！对不起，头有点疼。把自己收拾干净，活动活动胳膊腿儿，你们知道上哪儿找吃的。我希望等到地方的时候，每个人都拿出最好的状态。"

也包括我自己。

他叹了口气，关闭了无线电广播。这说的啥啊，完全不是他预想的开场方式，为了自我安慰，他提醒自己多想想目的地。

很快了，再坚持一下。

#

经过这一通起床号，大部分人已经离开冬眠区，穿上了衣服，吃完饭，准备开工了。之所以说"大部分"，是因为凯文看了眼屏幕，发现还剩下一个人在里面磨磨蹭蹭没有出来。他立刻明白了，这是位女士，需要自己去照顾一下。

"既然当了领队，那照顾一下也说得通吧。"

而且他现在也站得住了，走得稳了，说不定连"礼貌"也都恢复了。出了控制室，一进冬眠区，就看见对方还在里头。他扔了条毛巾过去，被对方一把接住，并迅速遮住了身体。

这帮工薪族的虚荣心还真是一个比一个强啊。那架势，好像自己身体有什么神秘似的，不赶紧遮着就能吓死人一样。

不过他也得承认，看到这位刚出水的女士若隐若现的内衣，他心里也是一阵荡漾。

在确定把自己裹好后，对方向他投来了感激的目光，并礼貌地鞠躬致谢。凯文也冲她点点头，主动伸出手。

"凯文·兰格迪克。"他现在说话清楚多了，算是个进步，"叫我凯文就成。"

"我叫琼。全名是琼·莱利·费尔莫得。"

他们都清楚彼此是谁，自报家门只不过是礼节性地走个过场。

不过，凯文倒是对眼前的姑娘有点刮目相看了。凯文生得分外魁梧，虎背熊腰，微微弓背，满身腱子肉却并不匀称，一个肩膀比另一个前凸了好一截儿，大部分人见他的第一眼，都会忍不住倒吸一口气。不仅如此，他的右脸一动不动，乍一看，还以为是个做工逼真的机器人呢。

设想一下，这么个莽汉对你点头示意会是什么景象。

凯文扯动嘴角，左半张脸露出一个微笑。他向来不在乎第一印象，因为他知道接下来会有怎样的发展。

不管长相有多吓人，我总能把对方的感觉扭转回来，让人同情我，甚至爱上我。人的内心都很矛盾，表面上追求完美的，实际上却会被有故事的吸引。

但今天这个女人见到凯文，没有丝毫退缩。琼只在意自己手里握着的那只铁皮箱子，显然是这一路和她一块儿泡在冬眠舱里的。

"您能领我去更衣室吗？"她开口问道，"因为没有别人可问，我就问您了。我已经在这儿待了20多分钟了。"

语气里也没有一丝迟疑。

"看起来确实没别人了。那我带你去吧。"

凯文带她去了浴室。女士的行李是单独存放在别处的，所以他又去取了一趟，然后在走廊上等她换衣服。时间一分一秒地过去，凯文突然意识到，这也太离谱了。

她以为自己是谁啊？哎呀脑子要炸了，要炸了！

等琼出来的时候，凯文正准备好好教训她一番，却见对方板正地穿着件搞科研的白大褂，虽然是欧洲美女的长相，但那神情一看就是日本人。难道这女人没意识到，他除了伺候人还有更重要的事情做吗？他们现在马上就要……但琼突然开口，打断了他的思绪：

"伤口还疼吗？"

啊？哦对，我脸上的伤。可能看起来和被轧死后曝尸荒野的动物一样惨吧。

"吃了药了。"

嘴上虽然强硬，但事实是，他现在脸颊疼得像被起重机砸过一样。什么小药片都不管用。他当时怎么会让情况如此失控呢？

"您的伤口需要缝合。我虽然不是大夫，但操作缝合还是可以的。如果我没记错的话，船上是没有随队医生的。"她停顿了一下，"在到目的地之前，有没有一个能充当实验台的地方供我工作？我记得申请过这个。"

"你给我听好了……"凯文终于开口，但随即又说道，"有，跟我来。"

没必要在这儿争论。而且刚刚他不也抱怨公司接他时没处理伤口吗？凯文这样想着，顺手扯了扯自己身上难看的制服。

#

"到了。"

在看到"实验室"的一瞬间，琼的表情差点让凯文笑出声来。他们面前是一个储藏室，四处散落着食物和成人杂志，里面还站着十几个船员，正忙着穿衣服，或者往营养块儿上洒水，好让它们膨胀成海绵一样松软的面包。琼瞪圆了眼睛。

"您管这叫实验室？"

"对，不过这船呢，"凯文的脑子仍是突突地疼，"也不是研究船。有啥就凑合一下吧。"

"如果要让我在厨房里工作，那先允许我给您数一下会有多少卫生不合格的地方，首先食物有被污染的风险，一部分存放区域需要彻底消毒；其次我怀疑您的员工……"

凯文忍了又忍，还是没憋住哈哈大笑了起来："还员工呢！"

他靠在一张桌子旁，鼻子里嗤嗤地笑个不停，可嘴刚一咧开，鲜血就顺着嘴角滴到了桌子上。他站起身，瞥见了琼脸上的一丝愠怒。他头昏脑涨地想道：谁他妈在乎一个实验室的神经病想什么。估计她也在疑惑为啥领队是个醉鬼吧。

琼是一名科学家，准确地说是外星生物学家（具体是啥意思，凯文就不知道了），是从剑吻鲨公司众多高级机构当中被选拔出来的。凯文对他们没有意见，只要这些人就待在他们的机构里。但他们现在不但出来了，还把一个人放在他船上调查些乱七八糟的。有什么用呢？矿工们知道该怎么做好自己的工作，要是没有缺乏经验的事儿精拖后腿，还能做得更好。

琼叹了口气，说道："那您能不能至少带我找个安静地方，最大可能地避免有人打扰呢？"

凯文指了指后面。琼示意他跟上自己，并让他坐在一张凳子上。她从包里翻出了注射器、药粉和纱布，凑出一套急救工具，又掏出不锈钢镊子、一卷线和一根缝合针。

"坐稳。我们先处理哪个？嘴唇的伤，还是额头的伤？"

凯文哼了一声，这对他来说没啥差别。

琼先给他额头上又长又深的伤口消了毒。她手上一动，工具就发出咔咔的声响，她接着再用线缝好。凯文疼出了幻觉，仿佛身体里正在长出一个新的头，要把原先的替代掉一样。他能不能再爬回冬眠舱里，继续睡到目的地呢？

"这伤看起来，像是您走路撞到电线杆了。"琼又缝好了另一个伤口。

凯文扑哧笑了，"不，是在码头一个昏暗的酒吧里，被人家老爹用酒瓶子砸了。砸得好。我明知道那姑娘太小了，却还在撩人家。"

"喝多了？"

还是别告诉她实话了。她不会懂的。凯文有时候就是需要被揍一顿，受点伤，再好起来，纵情声色，醉生梦死，做点事情，任何事情，让他感觉自己还是个活生生的人，而不是机器上一颗没有价值的螺丝钉。如果有人的工作内容也是像个货物一样被称重、搬运的话，或许就能感同身受了吧。

凯文喃喃道："说真的，我已经等不及要到地方了。"

"我也有同感。"

"这地方和我八字不合，啥都是塑料做的。看这个。"凯文拽了拽自己的无袖紧身上衣，想要把它弄皱，但衣服依然一个褶子也没有，"瞧这小衣服，做得多完美，全都是抗菌的，什么味儿都没有。"

"坐稳了。"

"要是再待一个礼拜，我准得疯了。"

缝合完毕后，琼用消毒湿巾轻轻擦过患处。

"虽然我没办法帮您完全消肿，但您看起来已经好多了，"她说，"要吃根棒棒糖吗？"

够了！赶紧的，让我下去。小心腿！妈的，还是站不稳。我的房间在哪儿？得赶紧睡过去。凯文几乎完全忘了琼的存在了。怎么走不成路呢？哪儿突然冒出来的叫声啊？别叫了！又是那个女的？唉，成吧，慢慢转身……不要跌倒……

凯文刚准备走，却发现短短一会儿工夫，琼已经把她的铁皮箱子打开，放在了桌上，正盯着里面看。一股动物的麝香味飘了出来，让凯文想起了他在仓库发现的某个鼠窝，当时也是一模一样的臭味，等他拿着喷灯一把火烧了之后，那气味更是让人闻之欲呕。

又传来一声轻柔的呼唤，居然是琼。她眼睛里满是充满爱意的粉红色泡泡，正兴奋地摩拳擦掌。这不是在做梦吧。他困惑地站着看了好久，直到琼出声叫他过去。

"凯文，快来看！马上就要成了。"

尽管心里犹豫了一下，但看琼那么激动，兴奋得连呼吸都急促了，他还是探了探头，往箱子里一看……

难以置信。

凯文从不信男女差异那一套，对这一点，他偶尔还觉得挺骄傲的，但现在他简直想给自己一脚。别看琼行事做派高冷严肃，还咔咔地缝针折磨他，原来居然和其他女人一样蠢。

她居然偷偷把宠物带上来了。女人啊，一看到那些龇着牙、大眼睛毛茸茸的小动物，就走不动道儿了。凯文暗想，他还是别讲自己在码头是怎么灭鼠的了。居然还把这东西带着一起冬眠，还冬眠了整整两年！她是怎么做到的？

凯文清了清嗓子，"挺可爱的。"

"哈？"琼似乎没理解他的话，"看，它们快生出来了。"

她兴奋地指给凯文看，里面的小动物确实肚子圆鼓鼓的。原来是只怀孕的老鼠。为什么带老鼠进太空？还养在带气孔的玻璃容器里面，旁边放着饲料、水箱和连接在另一个装置上的几个探测器。

"我对幼崽没啥感觉，"凯文开口道，"你要是不介意的话……"

但母鼠已经要生了。伴随着惨烈的吱吱声，它的腹部不断起伏着。这肚子就应该这么大吗？它看起来几乎无法动弹，凯文甚至有点可怜它了。终于，一波接一波地挤压后，它把幼崽生了出来，身下用干草做的窝也被血染成了红色。

有点不对劲。

尽管凯文从未见过老鼠产崽，但直觉告诉他，这小老鼠的数量也太多了，其中有些还长得颇为古怪。母鼠吱吱叫着，一声声冲击着凯文的耳膜，当最后一个幼崽也离开了母体，它颤抖着安静了下来，不再动弹。幼崽们爬来爬去，但很明显分成了两拨，一拨是肉乎乎光溜溜的小老鼠，而另一拨却长得非常怪异，凯文只看了一眼就感到一阵反胃——这些老鼠就像没有生命的肉球一样，只有四足和鼻子凸出来，虽然还隐约有些老鼠的特征，但不知为何长偏了，成了这副苍白肿胀的模样，令人作呕。

但琼没有给凯文表达感受的机会，她把数据采集录音机拿到唇边，开始喋喋不休地讲了起来："是超量生产，和我预计的一样！这一半幼崽确认成活，而且，而且……虽然还需要测试验证，但目测完全未感染寄生虫。这些幼崽会健康长大，维持种群数量。这是非常符合逻辑的，毕竟，如果感染率达到100%，那几代之后，物种就完全灭绝了。但我们看剩下的一半！它们来自人工授精的合子，在寄生虫的作用下加速生长，然后……"她忍不住发出了一声惊呼,"它们也是寄生虫的后代。这是多么神奇的共生关系啊!我说的是'共生',因为宿主显然也从寄生关系当中获益了。"

这已经超出凯文那颗醉醺醺的脑袋可以理解的范围了。

琼继续说:"当然,不是对宿主本身而言,而是它的生产对整个种群有益。我想提醒委员会,在我们开始实验时,这只母鼠无法生育。寄生行为彻底改变了它的不育。"

听到这儿,凯文感觉脸唰地白了,他不关心母鼠分娩前的故事,更何况还是这等恐怖的故事。

"这些小东西不会长到成熟形态,它们更像是……怎么说呢,"琼打了个响指,"包裹着种子的果肉一样。它们是用来饲养寄生虫后代的。"她关掉了录音机,戴上乳胶手套,从毫无生气的肉球里面,舀了一个出来,放进了密封透明的小盒子里。"来吧小可爱,和兄弟姐妹们说再见吧,我叫你'云游'好不好?"

突然,凯文看到肉球动了,里面搅动了起来,似乎有什么东西像虫子一样,在从内部啃食着这团肉球。

她怎么能像一个慈爱的母亲一样,对待这些令人毛骨悚然的生物呢?

琼合上了最外面的箱子,隔绝了小老鼠的吱吱声。凯文回过神来——琼根本不在乎那些老鼠,她在乎的是寄生虫,这才是她轻柔呼唤的对象。

那些死肉球才是她真正在乎的。

琼似乎也意识到了自己在哪儿,身边站着的是谁。她把装着云游的箱子放在桌上,瞪了凯文一眼,好像他是个色眯眯地盯着她看的流氓。

"我的研究领域就是寄生虫。"

"那你之前还说什么'卫生不合格'。我完全有权把这东西没收,扔到太空里去。"

她为什么就不藏起来呢?即使没有实验室,藏这个应该也易如反掌。然而,她却无比热情地把他也搅和了进来。科学家,脑子比常人聪明,心思也比常人简单。

"我……呃……"琼开始担心了。

"这肯定不合规定。"

"在船上,我想领队的决定肯定比规矩更重要。"她说道,手指无意识地拨弄着东西。

"这太冒险了。"

"那……您感觉呢?"

"我感觉有点反胃,大部分都让我反胃。"

琼看起来还是有点尴尬,像个做坏事被逮到的孩子一样,但也稍稍松了口气。

她这是在跟我对着干吗?真是我见过的最奇怪的女人了。想想看,我刚进这行的时候,她还在玩儿木芥子人偶①呢。现在她居然也赶上我,跟我一般大了。

---

① 日本东北地方特产的圆头圆身的小木偶人。

"听好了，"凯文搓了搓隐隐作痛的脸，"老实说，我不在乎你来干吗，只要你别胡来，别碍我们的事儿就行。"

"明白。"

"还有一个问题。你的同事元昌英久——在你旁边醒来的那个，我从屏幕上看他，特别暴躁，到处嚷嚷了一番才跺着脚走了，你知道他吗？"

"不知道。"

"不知道说不定还是个好事儿。那你有啥需要的，就随便找人问吧。祝你研究……寄生虫……顺利。"

如果有可能，凯文会毫不犹豫地用这个女人和那条公司走狗的命，来换马泰森的命。虽然这么想有点缺德，但有他们在队里真是一手烂牌。

他扶着桌子想要离开，却一下撞了上去，身体因为宿醉还是晃晃悠悠的。

这个外星生物学家可比不上我的凯瑟琳。凯文一乐，调整着步态，脑子里又不由得生出了那些念头。身材没凯瑟琳好，人还特正经，屁股小得像个孩子。身子骨也太弱了！估计到了床上也没啥滋味。跟凯瑟琳一比，这个琼实在不招人喜欢，希望她至少能自己忙自己的，别妨碍我们挖矿。

然而，他没能继续想下去。突然，一双戴着橡胶手套的手毫无预兆地伸了过来，冰冷的手指抓住了他的喉咙，一根针头扎进了他的颈部肌肉。

2

新北海道是属于他们的,属于他那非比寻常的同类。他们是太阳神的子民,人类的牧羊人。正是他们让人类摆脱了地球的束缚,进而踏上向半人马座阿尔法星进发的征程。然而时至今日,居然还有不知感恩的贱民,提起剑吻鲨居然嘴里还不干不净的,简直是些狐鼠之徒!新财阀已经迈进了一个全新的辉煌时代!

新北海道的首都吉木市被誉为雪中的夜明珠、文明的指路灯,人们居住在商业及住宅区里斜屋面、盖木瓦的房子里,它们御寒抗风、设计入微,让人仿佛回到昔日时光。就像旅游广告里说的:"闭上眼,就像穿行在遥远的东京一样。"于是,广大中产们闭上了眼睛,不管从地球哪里来,都在这里安然地生活、工作、死去。吉木市欢迎一切顺民,饥渴地盼望他们的到来,这种欲望强烈到只有姑娘河的水能够熄灭。

那些野蛮人管这条大河叫什么？妹儿河？

这些粗鄙的荷兰人，他们中大部分人在地球上的家已经被淹没了。他们还抱怨自己在港口卖苦力吗？这些工作不正适合他们粗俗的本性？真是桀骜不驯！那些皮糙肉厚的手不就应该干这样的活儿，好让其他人可以保持精致优雅吗？阿弥陀佛。就让荷兰人、同盟国人、斯堪的纳维亚人和大韩民国人一起去干那最脏最累的活儿吧，用他们的脊背撑起庞大的货物运输链，为这个拥有众多殖民地的帝国提供一切所需。

这条运输链从新北海道的新兴城市群，直通到太阳系的其他行星，甚至能到地球，然后再绕回来。而对剑吻鲨这家公司而言，任何进出的货物都逃不出它的眼睛。它针对不同货物管理量体裁衣、张弛有度，虽有雄厚财力却能厉行节俭，投资新兴行业从而广开财路，既实现经济无限正循环，又悄然达成"控制"的实效。每一笔交易的达成，每一次货物的转手，都使剑吻鲨的控制更加牢固。

外行看战术，内行看后勤。《孙子兵法》里"兵马未动，粮草先行"讲的就是这个道理。

英久擦了擦额头上的汗。真讽刺啊，现在他们居然要通过运输链来除掉他。他的同事们，哦他亲爱的同事们，全是些蛇鼠之辈、牛鬼蛇神，这就是他们为了毁掉他而干出的丑恶行径。

把英久送到外太空去！

他灵活的手指抚摸过窗户的缝隙,确信自己感觉到了一丝气流。内外的气压差正试图破开船舱,随时可能置他于死地。而能保证房间气压安全、挡在他和死神镰刀之间的,只是一层陶瓷和塑料,薄如剃刀。

早些时候,他刚踏进这个只有六叠①榻榻米的小房间时,还处于暴怒的状态,因而毫无准备。他无意间瞥见了星空,强大的压迫感让他腿一软,顿时失了神,就像凝视深渊的人总是莫名想要跳入深渊一样。人类在这样的景色面前是无法抵抗的。

过了好久,他终于走近了那片浩瀚的宇宙。房间里的桌子正放在窗户前面,他把桌子推到了一边。在这个位置,他能用余光瞟见船外的景象。

直到这时,他才打开手提箱,把精心叠好的大礼服和备用制服拿出来,又把漆皮鞋和装着高级须后水和袖扣的包放好,这才从箱子内衬里极为隐蔽的地方,摸出了他的保密袋。这样做似乎是过于小心了,但也只有这样才能让他稍微安心。

每个人都这么做,谁没有几个保密袋?但这事儿是见不得光的,背地里人们暗中勾结、朋比为奸,但这一旦放到明面上,让有心人看到的话,就会成为敲诈勒索的把柄。我曾经就用这种方式,把一个身居要职的同事拉下了马,所以我比其他人更明白马虎大意的危险。

---

① 在日本,典型房间的面积是用榻榻米的块数来计算的,一块榻榻米的传统尺寸是宽90厘米,长180厘米,面积1.62平方米,称为一叠。

英久从保密袋中掏出钱包，但就在那一瞬间，他的脖子感觉到一丝凉气。

他们居然在窗户上捣鬼，就为了确保我死在这儿！

英久的直觉很少出错。这里肯定有裂缝。他扯了扯用来黏合外框和墙板的硅酮密封胶，想要找到那个裂缝，但令人沮丧的是，他什么也没有找到。也许情况比他想象的还要糟糕，窗户只是因为内外压差而暂时被固定住，等时候一到，一切就都完了。

他用颤抖的手指轻轻地触摸着边框。这已经到了不能容忍的地步，他必须采取行动，现在就行动，不然他必死无疑，再也无法向那些无耻之徒报仇了。

他把手伸进箱子缝隙的深处，来回搜寻了一番，找到了他的小刀。那是一把由野上翡侯打造的钨制弹簧刀，是他升迁时收到的贺礼。他还清楚地记得上面的附言："您的新拆信刀，请笑纳。"这无疑是在暗指他上位的卑劣手段。正是他安排人入侵了经理的电子信箱服务器，泄露了一些猛料。他是这场背刺行动的幕后主使，这一点大家都心知肚明，但在剑吻鲨，所有动作都不能摆到明面上。因此，他的升迁礼物：一把匕首。

他把小刀插进密封胶里，一寸一寸把外框撬了下来，像是要撬开牡蛎寻找珍珠一样。终于，他发现了一个小洞，赶紧把手指塞了进去，准备好姿势后开始往下扯。随着密封胶一阵吱吱呀呀，他猛地一拽，终于把外框弄了下来。

"真费劲!"

他浑身是汗,把歪斜的边框扔到了身后。

带着些许自豪,他审视了一下自己的成果:在装饰外框下面是一个不锈钢方框,上面还打着螺丝以确保窗户安全。他确信螺丝就是他们动了手脚的地方。于是他小心地靠近,把刀刃插进一个螺丝下面,撬了几下,发现螺丝拧得很紧。下一个稍稍松一点,但远不至于造成危险。

英久后退了几步。要是让他来给窗户动手脚,他肯定会考虑如何不被发现。破坏两边的螺丝太过明显,破坏顶上的才更隐蔽。考虑到对手的足智多谋,他爬上了窗台,打算一探究竟。这时,下面令人眩晕的景色一下子吸引了他的注意,占据了他全部的思维。脚下是深不见底的宇宙。他的心猛地一沉,腿顿时软得像面条一般,差点就要当场失禁。

完蛋了,八成要破了。说不定是我刚刚乱弄的时候,自己触发了机关。这些人太狡猾了,他们竟然把我每一步都算进去了!英久脑中浮现出窗户被整个吸出船外的画面,而他的双腿则被外框砸成重伤。但我不可能有时间处理。要是没了腿,我也就没了防御,只能像个断了线的牵线木偶,被吸入虚无。生命进入倒计时,我可能会因为恐慌而用这宝贵的几秒钟乱砸一气。我是会爆炸,还是会冻僵?死神会以什么方式带走我呢?

汗水从他修剪齐整的鬓角滴了下来。他站在窗台上,一动不动,等待着死亡的到来,直到——

"英久，从窗台上下来。还有，快把刀放下，我就是这么教你的吗？"

这一声让英久像只训练有素的小狗一样立刻振作起来。他猛然意识到自己现在是什么样子，和平时彬彬有礼的他大相径庭，还被抓了个现行。他呆立在那里，看着站在门口的女人，她穿着一件风情万种的和服，上面是百合花的图案。家里来客人时她才穿的那件。

母亲。

她的到来吸引了英久全部的注意，即使在她缓缓坐下的时候，他的目光也没有移开。他从窗台上下来，往书桌椅上一坐，却感觉哪儿都不舒服。

哦对，那该死的小刀。

他把刀扔在一旁。

"这就好多了。"母亲一边说，一边揉搓着她纤弱而满是皱纹的喉咙，"空气太干燥了，我的气管都受不了了。你这里有水吗？"

英久在抽屉里找到一袋水，递给了母亲，心里早已猜到她接下来会如何皱着眉头，抱怨这喝水方式有多不雅。他重重地叹了口气，希望母亲能意识到，她在这里有多令他烦躁。

即使我有如此广的人脉，长袖善舞、八面玲珑，却还是逃不过这结局。我是有什么出格的地方吗？得罪不该得罪的人了吗？

他刚刚见识了无边无垠的宇宙，神经还未从震撼中恢复，于是他从箱子里拿出钱包，拉开拉链。里面装着他的好东西，可以让他分心、占据他心神的好东西。他掰开一个安瓿①，在钱包光滑的内侧，倒出纯白如雪的粉末。这东西是"军队专享"，它配套的鼻烟管由齐萨德制造，属于绝对的禁品，价格也极其昂贵。英久迫不及待地把粉末装进管里。

"哦亲爱的，你这是在做什么？"母亲的声音又在房间里响起，语气里满是失望，"快停下。"

"不，我停不下来。"

但他手里的动作还是迟疑了片刻。不管他有多希望母亲不在这儿，但终究无法完全忽视她。

母亲不理会桌上倒成一条、闪着荧光的药品，身子向后一靠，更凸显了她的存在，"我得惩罚惩罚你。办公室有什么新鲜事儿吗？"

"没什么新鲜的，一切都还是老样子。我干我的工作，同事们干他们的工作，人人都各司其职罢了。"

"那个烦人的家伙，叫什么来着，他还在找你麻烦吗？"

"森山。我跟您说过，他不在我们那儿干了。"

"谢天谢地！且不说他整天和助理鬼混，居然还拿你来撒气……"

母亲，别说了。英久没有意识到，他又开始把玩弹簧刀了。

---

① 一种可熔封的硬质玻璃容器，常用于存放注射用的药物，以及疫苗、血清等。

您要知道我是怎么让森山那个王八蛋闭嘴的。他不得不当众切腹自尽。

而此时，他依然能感觉到浩瀚的宇宙正在背后死死盯着他。这使得他迫切地需要一针强心剂，不然就承受不住了。他放下了小刀，拿起了鼻烟管。

"您嗓子如何？"他心不在焉地问。

"哦，我没事。就是吞咽有点困难，仅此而已。"

这句回答让英久联想到他母亲的那些客人，他不由得怒火中烧。他把鼻烟管伸进鼻孔里，猛地一吸，但因为太着急了，他没有吸着，飞进鼻腔里的全是些碎屑。他懊恼地抓住了下巴，用手按摩着脸颊。

"牙又痛了？"她用指甲轻叩着扶手，"这口坏牙都是遗传你爸。"

是的。英久也意识到了。我确实感觉白齿抽痛，但只是压力引起的。

"你总是害怕看牙医。"她幸灾乐祸地笑道，用手帕轻抚着喉咙周围的皮肤，"但要看的坏牙太多了。幸运的是，不管花多少时间，井医生都没有放弃。不过我可不希望这回又是脓肿。我还是整晚都能听到你在房间里尖叫。好了，让我帮你把这垃圾收拾了吧。"

她起身探向桌面散落的药品，但英久蛮横地挥了挥手叫她坐下。于是，母亲坐下了，脸上露出一副"随便你"的表情。

英久松开了下巴，手指依然按在脸颊上，双眼通红，他问道："母亲，您来做什么？"

就在这时，门上方的隐形扩音器响起了一阵轻快的铃声。

有人来了！

英久慌忙舀起药品，啪的一声合上钱包，藏进抽屉。白色粉末在空气中飞扬，他又把桌上剩余的扫到了地上——洒到地上也总比让人看见强。存货还有，还多的是！在最后一刻，他把刀藏了起来。

门滑开，一个不寻常的人影走了进来。英久认得他，在资料、记录、录入和报告里面都见过，但那毕竟不是真人。他从未想过，真实世界里这个男人会是怎样的气势逼人。来人含糊敷衍地弯了弯腰。

或者说，鞠……不，那根本算不上鞠躬。

他走路时肩膀一前一后地耸着，仿佛是为了让那高大魁梧的体格看上去没那么唬人，但在职场里浸润多年的英久一眼就看出这是在隐藏力量，这样他突然发动进攻时，就能打对方一个措手不及。

"兰格迪克领队。"英久开口说道。他非但没有被这突然的到访吓到，还急切地想拿回主动权。

这次兰格迪克弯腰行了礼，尽管腰弯得并不深。

英久有样学样地回了礼，刻意摆出极其敷衍的态度。"我没想到你这么晚才过来。还是说，我们不在公司的全方位监视下，规章制度就松懈了？"

"有些更紧急的事情要处理。"

"按理说，迎接新财阀的管理员，得有点仪式排场。但不要紧，我不会放在心上的。"

"明白。"

英久自报了家门，顺便趁着自我介绍的工夫好好看了看这位领队的脸——右脸青紫，伤口上还有刚缝的线，整个人看起来面目可憎。但英久并不感到奇怪。任何人只要在出发前读过采矿人员情况报告，或者看过他在酒吧里把一切砸成碎片的照片，就都不会感到奇怪。

出于常见原因的暴力倾向。

知道了这些，英久心情还不错。

而兰格迪克这时也匆匆打量了一眼房间。他脸上的表情看不出任何变化，但也很可能是因为冬眠的麻痹。他注意到了房间的变化——扭曲变形的窗户外框，桌脚在地板上刮出的四分之一圆，甚至是桌上的白色残留，都透着可疑。但他只是观察了一番，把想法藏在了心里，嘴上说道："重要的是我们要通力合作。'卡柳号'把我们安全地带到目的地。除了那个遭遇不幸的人，大家都醒了。我们还有六天半就到。"

他考虑到我在船上代表着公司，所以忽视了我搞的破坏。

"睡得好吗？"兰格迪克又问道，"如果我没记错，这是你第一次吧。"

这话里有话，是暗指英久从冬眠舱醒来后，发现自己浑身难受时的反应吧？

"我这第一次航行挺好的。"英久声音里带上了一丝辩解的意味，"虽然明显不如你这样的矿工身强体壮，但对一个普通的管理员而言，我感觉自己还是忍受得不错的。"

"管理员是吗？元昌英久先生，说实话我没咋好好看任务简介，我只知道你会来，但不知道你是来干啥的。"

真是个粗人！他想套出我的真实意图，却用这么粗鲁的方式。

"我的职能和在办公室里没有区别，负责追踪物资和钱是否使用得当，就是这样。不起眼的工作，但无疑也很重要。我就是你们说的'西装革履的上班族'。"

"我可没说。"

"得了吧，你就是这么想的。但你说得对……说得对。我就是个跟数字打交道的。当然，如果没有我来做算术，这艘飞船也没法起飞。"

让英久高兴的是，他终于在兰格迪克的扑克脸上看到了一丝裂痕。"你知道吗，我得把两个好手留下，就为了给你和另一个人腾地方？你给我说说这笔账怎么算的？"

"我并非有意冒犯。我俩必须在途中相互照应。到最后情况会很棘手。"

"我同意，但我得保证此次任务成功，所以我要知道哪些人靠得住。尤其是我现在已经少了两个人了。加上最近损失的一员，那就是三个人。"

这野蛮人是想拉拢我呢！我真是受够了这些盛气凌人的混蛋们，居然想骑在我头上。

"不过这么一想，"英久说，"我还得跟克斯托夫领队聊聊呢，难说我跟谁会更投缘。"

在竞争中激发出最好的自己，这就是剑吻鲨的信条。这同时也是减少威胁的绝佳手段。给每个人树一个潜在的敌人，然后看他们厮杀。

兰格迪克并没有上钩。而英久肉体被药瘾折磨着，又想要出言挑衅，于是拿出了钱包。他把药品暴露在了对方面前，擦了擦鼻烟管，又新倒了一条，一口气全吸了进去。他顿时感觉身体像过了电流，终于得到了满足。兴奋使他大叫出声，甚至从座位上跳了起来。带着满是白色粉末的鼻孔，他问道："那这个呢？阁下打算如何应对？"

兰格迪克沉默着，目光却依然死死盯着英久。

因为过量使用，药品曾经给英久带来的极度快感早已减弱。现在让他愉悦的，是神经的平静。过了许久，他终于发现兰格迪克已经在那里站了好几分钟，一言不发地看着他沉浸在药品里的样子。

等英久恢复了神志，他忽然想：这个人已经在我手掌心里了。但我可能下了一步错棋。现在全被他知道了。该死！都是办公室里那些混蛋们的错，都是他们对窗户动了手脚，才让我失了控。

英久向身后瞥了眼，窗户还好好地在原位。

"不要忘记你的身份，兰格迪克。只要你遵守纪律，这趟任务很快就能结束。"

"完全同意。我只要我们能安心干自己的事儿，没别的要求。"

"我碍事儿了吗？"英久把鼻子里的粉末喷了出来，"这就是你担心的？我就是个会计而已。哦，且慢，"他在背后叫住了兰格迪克，突然激动了起来，"把窗户修好！豆腐渣工程，看看外窗框有多松！不知道的还以为你们想害死我呢！"

"我会派人过来。"

"给你一个小时。不然我就征用个新房间。"

兰格迪克同意了，礼貌点头后便离开了，微驼着背，和来时一样。

对方刚一离开，英久便立刻逃得离窗边远远的，他看着微微颤抖的玻璃舷窗，赶忙移开了视线，将自己狠狠地贴在墙上，等待着死亡的到来。

从始至终，他对兰格迪克的憎恶，像是一团火在胃里灼烧着他。之前兰格迪克不过是文件里的一个数据，英久很容易看不起他。但在这里，在"卡柳号"上，他是真实存在的，不但是个大活人，而且统治着一切，令人生畏。只要他想，他就能把英久像樱花瓣一样撕成碎片。眼下他还服从命令，公司的阶层体系暂时保障了英久的安全，兰格迪克动不了他。但这种约束力太过脆弱，一旦矿工们不再遵守，就会荡然无存。而凌驾于阶层体系之上的，是一种更大、更高的权力，它并非兰格迪克的魁梧所带来的力量感，而是根植于社会权威当中。在这艘船上，所有人都听命于他，真到那个时候，在他面前，剑吻鲨的条款就是废纸一张。

想到这儿，英久不由得攥紧了拳头，直到关节都已经发白。

"哦，我喜欢他，"母亲喘着气轻轻地笑了起来，声音有点嘶哑，"胳膊多壮实啊，牙齿也好。"

"您要是喜欢，大可以去追求他。"

在英久心中，毫无疑问他一定要活着杀回去，再掀起腥风血雨。他们居然想要除掉他！等他回去了，他们就知道自己要为犯下的错误付出多大代价。但英久的胜利感突然被恐惧击碎，他感觉到虚无的宇宙正在身后对他虎视眈眈，像是死亡的预兆，而且他的牙也疼痛难忍。他到底做错了什么？八成是称呼错了某个高层？或者是没能讨公司董事长的好？

真该死啊，英久，你离晋升就差那么一点点。

3

琼，你的反应可不够理性啊。

凯文对她一直保持耐心和温和，而她却把一个针头扎进了他脖子里。不过出发点是好的。药物进入血管后，就遏制住了酒精中毒造成的虚弱。

他肯定以为她是个疯子，这种案例并非前所未见。用冬眠舱进行星际旅行是有一定风险的，如果你是个多愁善感的性子，没多久你就会开始思索各种让人头疼的问题了。很难想象一个人躺在舱里一连睡上几年时间，从这个世界上暂时消失，接着又被送到奥尔特星云的某处，还毫发无损。而在这段时间里，生活还在继续，科技持续发展，战争依旧存在，时尚不断变革，甚至集体潜意识都在不断变化，你却缺席了一切。每一趟出行，你都越来越跟不上世界的节奏，越来越格格不入。

唉，我也不能怪他说我脑子短路了。

尽管琼仍能联系上所有的同事，但在船上待了这些天，她发现自己居然出现了"戒断反应"，这让她感到十分奇怪。之前，在几乎无休的研究和准备工作下，疲惫的她为了换换脑子，通常会不自觉地拿起通信卡，刷卡，指纹验证，径直打开社交平台"人类网"，看看有什么动态。

然而，现在已经不可能看到了。

她发现彻底戒断比她想象中还难。剑吻鲨不允许船上出现任何不属于公司的科技产品，但其实有什么关系呢？反正这里这么远，也收不到新北海道的任何网络信号。

可就算没有信号，她也希望能看一看。

我没能看到自己发的最后一条动态的评论。我是不是应该留着等回去再发？

但那已经是几年前发的了，她现在就算能看到通知，也已经是几年前的了。琼突然想到，这会儿大家肯定都已经忘记她了，忘记了她每天摆弄的显微镜，忘记了放大的血细胞、出人意料的分形景观，忘记了那些从自然界最偏远的地方采集到的微生物，忘记了从宏观世界踏入微观世界的视觉享受。

她发布动态并非出于热爱，更多是为了打发时间。每天她都会在深夜甚至更晚的时候登录进去，更新一个生物学的冷知识，收到的赞和评论让她感到安心，忍不住一看再看。琼几乎不认识这些粉丝，但他们比同事们更让她感觉熟悉，哪怕这一天的工作再漫长，他们的关注都能让她重新振作起来。环绕音响里播放着加尼①的经典前奏曲，她沐浴在音乐声中专注地观察河豚的鱼皮或枫叶的叶脉，直到注意力已极度涣散，才退出登录，往蒲团上一躺，沉沉睡去。而第二天一大早，她就随手抓住什么把自己撑起床，准备开启新的一天，继续忙碌在孵化器和量子显微镜当中。

而现在，什么都没有了。

服务器无法连接。

粉丝们的催更不会再出现。

甚至连曲目列表里的加尼都没有了。

这就是文化冲击吗？醒来后在"卡柳号"上的这一个礼拜，琼敏锐地观察到：船上的科技比现实世界落后了几十年。这里居然还在使用屏幕，到处都是屏幕！除此之外，通知消息都是由一个隐形扩音系统发送的，而不是用入耳式设备，或者其他更优雅的通信方式，这和两年前我所生活的世界简直天壤之别。在我家里，每个房间都装满了传感器，预判我的每一个需求。家中一切都形成了智能、和谐的一体化网络，现实世界和全息投影无缝衔接。但在船上，全息技术、超薄通信卡，似乎都是天方夜谭。

琼一遍遍去摸索她的S7通信卡，尽管她知道它现在正静静地躺在家中柜子里呢。也许这就是船舱信息屏上的那条私信

①　虚构的法国音乐家。

引起她注意的原因：让她想起了那个熟悉的世界。这条消息是
几分钟前毫无征兆地出现在屏幕上的。

到站在即，

四点来食堂，

让你大饱眼福。

没有发件人详情。自上次遭遇之后，琼没有再和凯文有任
何交集，而且这神秘兮兮的方式也不是他的风格。有人在引诱
她。通常情况下，琼不喜欢日常节奏被打乱，但既定工作差不
多已经完成，反正这段时间自己待着也难受，不如有个陌生人
做伴。

\#

"好啦好啦，放弃吧，快拿给我！"

说话的是个女人，袖子上写着名字"司赖珂"。她和屋里大
多数人一样穿着便服工装。女人大手一挥，越过摊在桌上的牌，
又收了三沓筹码。她身前的战利品已经堆成了小山，少说也有
四分之一石①。她的眼睛里闪烁着贪婪的光，身旁囤积的筹码比
桌上任何人的都多，尤其是对面那个安静的男孩。

①日本重量单位，1石≈180千克。

除了男孩本人，满屋子都知道他被算计了。这世上的一切，不管是在大自然还是这个昏暗的小餐厅里，都遵循着弱肉强食的法则。有人是狼，就得有人是羊；有人是寄生虫，就得有人是宿主。

"海能，发牌啊！"司赖珂冲着一个正洗牌的矮胖大胡子男人嚷道。在这短暂的间隙，她才注意到琼的存在，"喂，你。"

"您好，我是琼。"琼鞠躬问好，但没有人回礼。这儿可不是她所熟悉的文明社会。

"看见你了，琼，要么玩儿要么滚，你当是看表演呢？"

"不用了，"琼微笑回应道，"我就不参与了。"

"确定？这儿还有空座，你一看就是个聪明人，我敢打赌，在座的都不是你的对手。"

司赖珂是这里的"寄生虫"，或者更准确地说，像是这群人的老大。尽管和这一桌魁梧的男人相比，她的身形显得那么娇小，但说出的话极有分量，毫无疑问所有人都唯她马首是瞻。琼被司赖珂的目光紧紧盯着，她能感觉到对方几乎毫不掩饰的威胁，容不得她拒绝。来者不善。

琼摆了摆手，"不好意思，但公司明文禁止赌博。"

"巧了，这可不是赌博。我们玩儿的一是技术，二是眼力。"嘴上是这么说，但司赖珂的表情比吃了一口变质的纳豆还难看。

"我还是算了，你们请继续。"

"随便你，废话不多说。五十，炸！"

接着，半个桌的人开始嚷嚷起来，喊着"不跟""过""过"……然后所有人的目光都落到了男孩身上。男孩面色苍白，袖子上的名字写着"诺丹"，他就是这群人的"宿主"。不管他有多紧张，这伙人都不会给他喘息的机会，直到榨干最后一滴油水，才会放他离开。诺丹解下手腕上的一个雕花手镯，当的一声扣在桌面上。

琼看不下去了，她对这种原始人一样的行径毫无兴趣，反而是外面的景色更加吸引她。食堂也是飞船的一个观测台，估计很快他们就能看到目的地的样子了。她不介意花几个小时看看风景，但遗憾的是，好位置都被其他人占了，他们成群结队，鼓噪喧闹，看起来和司赖珂那帮人一样难以接近。给她发消息的人应该不在这里面。这样看来，是她到早了。她环顾四周后，发现只有稍靠后的一张小桌子还空着，桌子一半在外面，一半嵌在墙凹里。

看风景的话，这个位置也还不错。

但怎么打发时间呢？她打算把云游从盒子里拿出来，毕竟以它现在的生长速度，间隔60分钟已经足够再更新一次数据了。然而还没等拿出盒子，她就意识到自己犯了个错误——这桌子并不是空着的。

"对不起！"

她立刻起身，向座位上的男人深深地鞠躬致歉，并借着起身的空当好好打量了对方一番。刚才看到诺丹，她觉得那是这艘船上最苍白的面色了，但让她没想到的是，当男人从阴影里探出身子时，露出了一张比蜡还白的脸。

这人有多久没见过阳光了？

他穿着隆重的三件套西装，发型极为低调，指甲精心修剪过，淡淡的古龙香水味足以掩盖任何不雅的气味，这一身盛装想必在任何场合都会格外引人注目。他明显是日本人，和她一样与周遭格格不入。男人也起了身，真诚地鞠了一躬。直到他开口说话，琼才注意到他那个明显的缺陷。

"费尔莫得女士，您来啦。谢谢您。"

他的牙齿上覆盖着厚厚的牙垢，原本应该是门牙和臼齿的地方，现在变成两块黄色的结石。琼在脑中搜索了一遍她带来的工具，想出了两三种治疗方法。

"是元昌英久对吗？请叫我琼吧，我们见过一面，在冬眠舱里那会儿。"

"谢谢你，琼。确实如此，不过真不好意思，我当时有紧急状况需要处理，不然当时在那儿就应该好好和您打个招呼。"

琼也清晰地记得当时的状况。等她僵硬的关节恢复正常的时候，大部分矿工已经离开冬眠舱了。没人可以告诉她要去哪儿。只有英久坐在他自己的舱边，面朝前面一言不发，眼睛来回巡视着。突然，他猛地站了起来，开始大声嚷嚷只有疯子才会把琼带上船。"你们想什么呢？她能有什么用？"琼还没来得及找点儿存在感、提醒对方她听得到，英久就转身夺门而出，咒骂着办公室的蠢货。而琼当时太虚弱了，无力反驳，只能努力保持清醒，直到凯文来找她。

"是这样啊，"她说道，"这次的飞行经历只能用'震撼'来形容了。"

"是啊是啊，"英久端起了一杯绿色的饮料，一边举杯向琼致意，一边把另一杯一模一样的小杯子递给她，"太好了，原来不止我一个人这么想。我当时着急离开，是因为我很确信这艘船被监听了。我希望这边嘈杂的环境能掩盖我们的对话。"

琼小啜了一口饮料，喝起来有点酒的味道，但她知道这一定不含酒精。"有人在窃听我们吗？"她问。

"当然是大后方那边。我个人非常不喜欢被监视。"

"也就是说，你有要隐藏的事情咯。"

"是的，"英久嘴角噙着一抹笑意，让人摸不准他是认真的，还是在开玩笑，"我是有隐私的。"

隐私？多么老土的概念啊。在琼的世界里，只有一件极其私密和痛苦的事情是她不愿公开的，而且她也基本确定那件事没有任何公开记录。至于其他的事情，现在谁还会坚持保护隐私呢？细想来，当下的生活里几乎没有隐私的空间，方方面面无一不在网上登记注册，而她一天中的大部分时间都在工作，更是时时刻刻都要记录，随时接受审查。不过，她依然利用仅剩的空闲时间，主动登录进——哦不，我又在想这个了。

那个叫"人类网"的社交平台。

过去了两年，她现在肯定已经算是圈外人了，连表情包的笑点都抓不住了。

"说到大后方，"她叹了口气，"为什么船上的科技这么落后呢？我理解为什么不让用通信卡，反正这儿也没信号。但全息影像技术呢？设备网络呢？我感觉好像坐着时光机回到殖民前了，所有的一切都是那么……复古。"

"琼，你想想我们要去的地方，"英久突然笑了起来，用手挡住嘴巴，"想象一下，要是我们带着最新款的通信卡，它们会因为各种信号干扰而瞬间瘫痪！至于全息影像技术，它的晶体结构也是相当不稳定。确实不必如此，但市场就是靠这招'计划报废'[1]而运作的。世界所依赖的那些技术，故障也是其设计的一部分。但这艘船是个例外，这自然是因为项目太重要了。你不理解为什么用复古的东西？"他随手把平板电脑从桌上推了下去，然后兴味盎然地看着她。平板哐当一声掉在地上，毫发无损。"这些东西摔不坏，又防水，虽然速度慢，又无聊得要死，但几乎坚不可摧。这就是造它们的原因，也是剑吻鲨在飞船上唯一能接受的。"

"我的确没有想到这一层。"

"敬你的简单纯粹，琼，请永远保持下去。"

"说到这一点，我确实还想请教你一下，这个问题从我们出

---

[1] 为增加销量而故意制造不耐用的产品。

发就一直在困扰我了。为什么不直接在目的地建个空间站呢？那肯定比反复送员工往返要好，而且长期来看成本也更低。比方说派一百人过去驻扎，再轮班工作。还可以建几个研究舱。"

英久微笑着晃了晃杯子，"咱别聊公司政策了，无聊透顶又专业至极，简直是浪费酒。"

弯子也绕够了，是时候打开天窗说亮话了。"那你邀请我来，只是为了喝酒赏景，吟诗作对吗？"

"我要说就是想要个陪伴，你相信吗？"

"我可不信。"

英久把剩下的绿色液体一饮而尽。琼困惑地看着面前的男人，异常苍白的脸色，病恹恹的样子，眼神里却是毫无掩饰的欲望。几种特质交织在一个人身上，她莫名地想把他也放进盒子里好好研究研究。

"我确实撒了个小谎，我不是什么随队会计，而是在写一份有关领导力的报告，发掘有潜能的人。我非常希望能听你聊聊你对凯文·兰格迪克的看法。"

酒鬼一个、口齿不清、颐指气使，还一副苦大仇深的样子。这种人我是不会选来当领队的，但要让我在背后说他坏话，那就……

"我不太认识他，所以不管怎样评价，可能都比较片面。"

这话似乎正中英久下怀。"印象这么差啊？这我倒是挺意外的。据我所知，他已是身经百战，过去三次出任务，他都用手段打败了盖得·克斯托夫领队，拿到了赏金，盖得失望极了。"

"那还真是个好榜样，"琼的脸上涨起一层红晕，"谁从冬眠舱里醒来，居然会醉成那样呢？"

"人非圣贤，孰能无过嘛。"

看来英久并不是非常有兴趣听，琼咬咬牙，现在她豁出去了，"我真的不认为他适合做领队。"

"琼，真的吗？"

"他明显不能，"琼突然有种被逼到墙角的感觉，下意识地想争辩，"为什么要把这艘船交给一个明显没有自控力的人？他简直就像一头横冲直撞的公牛。"

英久把玩着手里的杯子，"可能这正是这个任务需要的。"

无巧不成书，说话间，不远处传来骚乱声。琼认出是司赖珂和那帮赌鬼的声音。诺丹已经被那一桌子"寄生虫"吸食得一干二净，他正在脱套头衬衫，准备连衣服也赌上。在一片擂桌子叫好的人群中，司赖珂大声叫嚣着，将一杯酒泼在诺丹裸露的肚子上，伸手就要去拿他的衣服……

一只大手抓住了司赖珂的肩膀。她被一把按回座位上。满座无人能与司赖珂争锋，来人却单手制住了她。司赖珂还没意识到自己招惹了什么人。在她身后，那个魁梧又扭曲的身影，正是凯文。

竟然没有人注意到他进来了。

英久在琼耳边轻声说："喏，'公牛'来了。"

喧闹声渐渐平息。所有人都被抓了个现行。他们抬头看着凯文松开了司赖珂的肩膀，把那堆战利品往桌子中央一推。

"所有东西物归原主。"

司赖珂顿时一脸痛苦地发起牢骚。

这一幕仿佛就是药物介入后宿主和寄生虫状态的真实写照，琼曾无数次在显微镜下研究过。不管是虫子、细菌，还是灵长类动物，每种生物都有其克星，而此刻凯文不容置疑的眼神正宣告着这场闹剧的终结。

"看他脸上那些伤疤，还有麻痹了半边的嘴，"英久说道，"暴力的痕迹。说不定他比我想象中更像一头公牛。"

司赖珂暴跳如雷，腾地站了起来，怒视着凯文；而后者只是抬起了手指，就足以把她又逼回座位上。

是暴力威胁在约束着众人。这就是船上的生存法则吗？

"我实在不明白他怎么成了领队。"

"可能你还不理解领队这个位置所承受的压力。领队往往需要有强健的体格，在剑吻鲨更是如此。只要走错一步，对手队就会插手进来惩罚你。那伙人就在那儿。"英久指了指窗边同样喧闹的一伙人，"那是克斯托夫领队的队伍，都是你绝对不想招惹的硬茬儿。稍微有点脑子或是性子软弱的，早就选择在办公室里待着了。"

"公司的'竞争者信条'。"

"正是。"

公司在实验室也搞这一套,只不过在那边大家比的是科学发现和文章发表。而在这艘船上,竞争的氛围被烘托到了极致,甚至两个队伍连休息都在不同的船舱。即便凯文是正式的统领,但他依然要时刻戒备,以防盖得取而代之。

而与此同时,凯文被闹得不耐烦了,也决定长话短说:"回去路上再玩儿吧。目的地近在眼前,我需要每一个人都保持警惕,给我少抱怨两句。另外嘛,"他刻意提高音量让整个甲板上的人都能听见,"公司的看门狗们正盯着我们呢,别跟个跳梁小丑一样。"

"这话,"英久的声音像糖浆般流入了琼的耳朵,"是在说我们了。不要介意,都是为了维持秩序,不是针对谁。"

"他们讨厌我们。"

"很有可能。"

"这真是怪了。我们为同一个公司效力,追求的也是同一份荣誉。"

"你又来了,琼。他们只会觉得,脏活累活是他们干,好处却是我们拿。"

"这是什么道理?他们赚的是佣金,我拿的是工资,你和我一样。而且你刚刚还提到,他们还能赚一笔额外的奖金?"

英久耸耸肩,加起来也不过如此。

说话间,赌桌那边的人已经散去,各人兜里的钱和来时比一分没多、一分没少。甚至连司赖珂也已经离开,只剩下诺丹还坐在原位。他扭动着把衣服穿回身上，手镯扣回手腕上，哧溜一声从凳子上溜下来，结结巴巴地向凯文道谢。琼听到了些许凯文的回应："……一忽悠就上头，毕竟你还是个新手。"接着，凯文对余下众人发出号令："距离目的地只剩四个小时，做好准备！"

诺丹敬了个礼便出去了。甚至盖得的队伍，虽然嘴里嘟嘟囔囔的，但也服从了命令。

"你想不想知道我眼里的兰格迪克什么样？"英久濡湿了嘴唇，"我很欣赏他。这个男人对自己的统治力没有丝毫怀疑，自信能击败任何挑战者。"

"我们什么时候变成看肌肉选领队了？"

"别觉得我没听见你刚才说的话。或许他身上的缺点比我预计的严重。这个慢慢再观察。感谢你提出这么有建设性的见解。"

行吧。那你就慢慢观察去吧，要不了多久你就会发现他有多么不称职。但我是不会受影响的，研究无论如何都会继续。

英久接着向她强调了保密的重要性，如果凯文知道了自己正在被观察，可能会影响他的表现。琼表示没有问题，对于职场政治，她很乐意置身事外。

突然，英久控制不住地开怀大笑起来。"哦，对不起！"他笑得浑身抽搐，差点把酒杯都撞到地上去。"我不知道过了多少年每天从早到晚伏案工作的生活，几乎都不知道怎么正常社交了。你明白这种感觉吗？不谈工作的话，要怎么和人聊天呢？这对我来说都是未知的。"

琼微笑起来，氛围顿时变得轻松，"这你可是问错人了。"

"关于生命，我们又知道什么呢？"英久语带不逊。

"La vie, c'est implacable." 琼说。

英久竖起了耳朵，"'生命是残酷的。'出自第六交响曲，对吗？"

"你也听加尼！"

"只有最没文化的酒鬼，才没听过这么经典的曲子。"

尽管这听起来稀松平常，琼却忍不住对眼前人钦佩起来。即使在她身边高学历的圈子里，有太多她本以为与自己水平相当的人，实际上却非常浅薄。他们要么在职场上追名逐利，要么甘做社会的寄生虫。会不会英久并不属于这二者之一？他会不会是少有的能够进一步交流的对象？她发现自己很难看透这个男人。不管在这套修身西装下藏着一个怎样的灵魂，至少他大脑的神经元在传递着和她相同的旋律。仅这一点，就把他们联系起来了。

更不用说，对方还主动伸出了友谊的橄榄枝。琼想要回馈这份人情。她想到了一个绝妙的礼物。

"你的牙结石，"她说，"我有东西可以治疗。要不要跟我来，我帮你清理一下？"

英久的脸色比琼打了他一巴掌还难看。他一把抓住了自己的下巴，双眼几乎要夺眶而出，"什么？"

琼这才意识到自己的提议有多么唐突。就这样毫无铺垫地直接说出来了，而她还觉得是合情合理的。这又重蹈了凯文脖子上那一针的覆辙。她的脸顿时涨红，如樱桃一般。

"我是好意。你的牙齿有点……"她说不下去了。

"不用。"英久摇摇头，手指扭曲地盖住下半张脸，"不需要。我的牙没有问题，没任何问题。"

琼从没见他如此心烦意乱。仅仅是想象一下治疗就让英久陷入了恐慌。他咬了咬嘴唇，又舔尽了杯沿上沾着的几滴绿色液体，仿佛这样做能给他安慰似的。

他临走前或许嘟囔了一句借口，或是简单道了别，但也可能什么都没说。他的声音完全淹没在了凳子和地板的摩擦声里。他在匆忙鞠躬后仓皇离开，身后只剩下还在桌上滚动的杯子。全然没有了方才古怪但谦和的形象。

面对此情此景，琼什么也没说，什么也没做，脑子里倒是冒出了一个想法：

这个人绝对需要被放进盒子里，用量子显微镜仔细研究研究。

#

更衣室里弥漫着紧张的气氛。从前也是如此吗？琼暗想，这应该是即将到站带来的兴奋感。连她也莫名焦灼了起来。她已经很久没有体会过这种情绪了，上回还是她第一次让前夫新之助爬上她的床，和他共赴云雨的时候。

矿工们要么赤条条的，要么穿一层内衣，正在从储物柜里拖出结实耐用的工作服。工作服的面料均为漂白过的帆布，里面有用作隔绝层的内衬。这是琼研究自己那件时发现的，她确信这在他们穿越有毒环境时，可以有效地保护他们。周围的男男女女已经纷纷套上了工作服。她也有样学样。

或者说，她尝试着有样学样。但她刚解开裤扣，尴尬和羞耻的感觉就让她恨不能立刻消失。

别这样。没有人会看你的。

更糟糕的是，司赖珂正穿越人群向她走来，依然一如既往的趾高气扬。这女人四处刻薄地评论了几句，引得众人一阵哄笑，还有人闹着一巴掌拍在身边人的屁股上。司赖珂走到她身边，但丝毫不见之前的敌意。

"嘿，这跟打牌一样简单。裤子一脱，吸汗内搭一穿，最后工作服一套，"司赖珂又来了一句，"我没上过学都会！"

琼强忍着要鞠躬的本能，一边摆弄着衬衫上的扣子，一边说："如果您是因为打牌的事情生气，我不是故意要扫您兴的。我来这儿不是为了打牌。"

话一出口，她就发现自己听起来像个居高临下的精英，正是司赖珂他们最讨厌的那种人。

然而，司赖珂非但丝毫没有在意，反而顺势从她手里接过了工作服。琼茫然地看着对方把衣服抖开，接着麻利地帮她把左脚穿进去。

"我们都了解，"司赖珂帮她绑好工作服上的带子，又把靴子的鞋带系紧，"你来这儿有你的任务。"

"我也知道，你们打牌是为了放松而已，你们工作太辛苦了。"

"嗯哼，穿另一只脚吧。"

琼抬起右脚，司赖珂跪了下来，帮她把工作服撑开。琼靠在司赖珂身上以保持平衡，方便把腿伸进去。现在只剩让右脚继续往下钻，从靴子狭窄的踝关节处塞进去了。

"你待会儿使点劲儿，"司赖珂说，"不然脚进不去的。"

琼照做了。

咔嚓。

脚掌下面似乎有什么东西被踩碎了。她瞬间明白过来，里面被放了一个蛋。司赖珂已经放开了她，逼着她要么踩下去，要么摔倒。蛋液漫过了她的脚趾。这么大的蛋在船上是很珍贵的，却这样被踩碎了。

司赖珂的嘴角上扬着，仿佛获得了某种残忍的快感。周围的男人们叫嚷着。

在喧闹达到顶点时，她在琼耳边轻声说："你有的我都有，这些男人要的是我，不是你。"

或许她以为琼会崩溃，会抹着泪逃走，甚至会当场号啕大哭，那她就可以宣告胜利了。然而，琼的心神却已经飘到了千里之外。脚底蛋液的触感引发了她脑中无限的思考，让她无暇顾及更衣室里这场无聊的闹剧。

蛋是繁殖方式之一。琼想到从卵生到胎生的历史性演变，二者其后的发展历程，以及推动这一切发生的环境因素，接着她的思绪又快进到了未来。

会不会有那么一天，人类决定要回到卵生呢？或者换句话说，在体外培育胎儿，用科技细胞"人工蛋"来代替子宫？如果怀胎十月的每一秒都可以实时监控和掌握，还有什么奇迹不能实现的呢？

整个过程中，第六交响曲不断在琼的脑海里回荡，乐声婉转悠扬、超然世外，使她心神荡漾，如痴如醉。

"阿弥陀佛，这是什么毛病……"司赖珂喃喃道，嘲讽的语气里透着一丝犹疑。

而琼直视着对方的眼睛。与整个旅程相比，这点不舒服倒没什么所谓，只是登陆在即，来不及清理工作服了，她也只得暂时踩着黏腻的蛋液和锋利的蛋壳四处行走。但这又有什么关系，既不会影响她看到的东西，也不会妨碍她的发现。

\#

"云游啊，你快看，"琼把盒子举起来，好让里面的小东西能看到全景，"那就是我们的目的地了。"

她还特意转了角度，这样它空洞的眼睛正好对着外面。围观的人群早已散去，随着飞船的行进，目的地的景色终于完全展现在了琼的眼前。虽然矿工们对此早已司空见惯，但站在空荡荡的食堂里，琼只觉得此情此景更令人惊心动魄。临行之前，她只见过一张模糊的图片——即便是终端机器已经完成了虹膜识别登记，终于进入机密的任务简介环节，对于目的地，剑吻鲨也只肯透露这么点儿信息。因此她完全不曾预想，自己将面对如此奇伟诡怪之景象，凡尘俗世之风光无法与之相比。

"别傻啦，"她笑话着盒子里那团死气沉沉的肉球，"不用担心，我在这儿呢，不是吗？"

她完全沉浸在了窗外的景色当中。无意之中，她脑中又回荡起了加尼的音乐。

La vie, c'est implacable.

这些古老的语言总是言近而指远，只可意会，不可言传，更贴合诗歌的微妙而非科学的严谨。英久的翻译从字面上看没有错，但琼觉得加尼另有所指。在曲子当中，你听不到任何"残酷"的成分。至少在琼看来，音乐是有生命的，它挣扎扭动着，饥渴地汲取养分，不断生长。每一个音符好似单细胞生物，在本能欲望的驱使下繁衍着，连接成一曲交响乐谱，急不可耐地冲向终章的高潮，银瓶乍破，刀枪齐鸣，蓬勃激昂，荡气回肠，一曲终了又仿佛蕴藏着新的开始，那是勃发的生命之音。

　　加尼正是看到了这一点。生命填补了存在的每一处空白，进化就像它手中的利器。生命不断扩张，直至无所不在。从我实验室培养皿里的细菌，到埋藏在原始森林下绵延数千千米的真菌群，无论多么极端的环境，它都能生息繁衍。云游，我说得对吗？而一旦碰壁，无法适应环境时，生命甚至能协调智慧，建造宇宙飞船，最终殖民整个星系。或者说，我一直是这样想象的。但也许不久以后，我们就不得不迈出这一步了。

　　琼看着眼前的星体，宏伟而壮丽。

　　生命不是残酷的，生命是**肆无忌惮**的。

4

英久清楚，他正在朝极致的邪恶前进——形状可怖、暗淡无色，没有任何语言可以描绘它的样子。随着一步步逼近它，他撇过头去，大口地喘着气。无论如何他也不愿直面那庞然大物，那张着的血盆大口，以及里面一排排数不尽的尖利锯齿。他毫不惊讶宇宙竟然孕育了这样一个怪物——

编号 AO173–T。而那些嫌这名字太拗口的人，都管它叫"星体"。

要是可以的话，他真想擦擦额前的汗，但他和船舱里其他六个人都戴着头盔以防万一，于是只得任凭汗水从脸上的棱角流过，在喉前汇聚成一个小水泊。尽管如此，他无法想象不戴头盔会怎样。"卡柳号"表面有厚厚的盾板作为隔绝层，至少还能带来些许安全感。相比之下，他们乘坐的摆渡船就像是纸糊的一般。随着怪物的嘴变得越来越近、越来越宽，小船更是越发摇摇欲坠，仿佛下一秒就要解体。

英久把左手藏进工作服的一个口袋，手指扣住了弹簧小刀的刀柄。

每次他大着胆子向外窥视，都能瞥见它身体的轮廓，坑坑洼洼的皮肤表面布满不知哪儿来的裂痕，触目惊心的画面让他不得不赶紧闭上双眼，仿佛再慢一秒，视网膜就要被这景象灼伤。但好在这样一来，他看到的只是局部且抽象的画面，对那恐怖巨物尚未形成完整的印象。从任务简介中，他得知星体的直径长达两万五千米，不算城郊大片的农场温室和民居的话，这基本相当于吉木市的大小了。两万五千米啊！他不禁后怕，要是真的完全见识了这硕大无朋的东西，他恐怕要被吓得呆若木鸡、魂飞魄散。

其他矿工却冷静得仿佛机器人一般，被安全带绑在座位上，从容地等待着。只有琼和他一样在努力保持镇定。然而，她的脸上非但看不到恐慌，反而洋溢着按捺不住的激动和兴奋。

她没有意识到我们即将葬身于此，这个摆渡船就是我们的棺材，甚至下葬都不需要抬棺人。

"您说，这玩意儿是怎么死的？"他们当中个子最高的男人忽然开口向琼问道。他就是马哈茂德，队伍里的工程师，一个狂热的基督教信徒，这也正是他的弱点。尽管公司已经极力制压了，但这种源自地球的信仰依旧存在。此人作为兰格迪克的心腹，二人心照神交，不容小觑。此时，摆渡船观察口投下一束光，正打在他的头盔上，让人错以为头盔里空空如也，看得英久心里发虚，恨不能立刻将里面塞满，塞到爆炸了也无所谓。但接着，马哈茂德偏了偏头，露出瘦削冷峻的下颌和黯淡无神的双眼。

"半点头绪都没有，要非让我说，"琼回答道，"我就只能胡诌了。您来的次数比我多多了。"

"来嘛，外星生物学家小姐，说说看呗，"从男人嬉皮笑脸的样子看，他并没有要挑衅的意思，"您肯定至少有个假设吧。"

通过内置语音系统的喇叭，英久可以清晰地听见两人的对话，看来"过时"并不等于"质量不好"。

"我无法想象这样一个东西究竟是怎么死的。如果公司董事会愿意再多提供一点信息……或者允许使用现代仪器的话……"琼的语气里带了一丝愠怒。

接着，她和英久对上了目光。但片刻之后，她又迅速把目光投向了外太空，不知是为他感到尴尬，还是不忍心看到他这个样子。

她在想什么都不重要，反正一切都要结束了。那怪物的巨口正在不断向他们逼近，但更准确地说，是他们在一点点逼近那具死尸，成为它的祭品。

摆渡船开进了它的嘴里。与蛇形曲折的嘴唇，还有前面深不见底的黑洞相比，摆渡船渺小得就像一粒尘埃。引力骤然增加，船体吱吱呀呀地承受着突如其来的变化。兰格迪克这样的人对此已经习以为常，而英久却像被钉在不断晃动的地板和不锈钢凳子上似的，无法动弹。

怎么会有人对此习以为常？他感到下颚上的血管在剧烈地跳动。人不该见到这种东西，这简直是死神的化身。

两侧的牙床仿佛悬崖峭壁，上面长着一颗颗巨石般的臼齿，摆渡船就在这犬牙差互间盘旋着，身后还拖着尚未打开的减速薄膜。说是薄膜，实际上有烧火棍子那么厚。随着在怪物嘴里愈发深入，飞行员打开了探照灯，明亮的光束透过灯孔在暗淡无色的表面上四处游走。他们下方躺着条紫色的舌头，像是铺开的红毯。谢天谢地，船底不是透明的，英久只需要在脑中想象下方的舌头如何僵直扭曲、死气沉沉，而不必亲眼细看。

为了让自己有点事情可想，他只得紧紧盯着外面的牙床。牙疼，这是他所熟悉的一种痛苦，眼耳口鼻都拧成一团，脆弱的牙神经在炎症的刺激下，引发阵阵抽痛。这份难以忍受的疼痛记忆，却成了他能抓住的最后一根稻草。熟悉的痛苦，总比未知的恐惧强……

琼的反应和他如出一辙，一双眸子藏在面罩后面瞪得老大，左顾右盼，四处张望，还要指挥飞行员一会儿照照这儿，一会儿照照那儿，一会儿还要照照上颚。

"那些……"她指了指顶上，一双手上严丝合缝地紧裹着手套，"是外分泌腺，还是……小舌！居然不止一个小舌。"

英久壮着胆子瞄了一眼，就被头顶上悬着的那水滴状的东西吓了回来。活人的这种器官应当极为敏感，接受采样，品尝味道，带来恶心或愉悦的感受，或发挥其他任何应有的功能。

只是外观相似罢了，他提醒自己，不要忘了这具尸体可是彻头彻尾的外星生物。

他发现前方出现了一堵胶木墙壁，拔地参天不可撼动，而他们此刻正高速前行着，眼看着就要撞毁在这堵巨大的墙上，几乎无回天之力。英久的目光快速地扫过琼、兰格迪克、马哈茂德和其他三人。他们似乎都毫不在意。

他满手都是汗，几乎要握不住弹簧刀了。

电光石火间，他像是突然明白了什么，不由得暗自哂笑。笑意从胸中漫溢出来，他低下头才没大笑出声。

终究是落到他们手里了。

任务简介中说得非常明确，在接触星体的初始阶段他必须在场。他要是就这样死了，那他最大的遗憾，就是自己居然像个白痴一样穿着这身工作服，而不是只有基尔罗伊牌贴身剪裁的人字呢西装三件套。那才配得上他。

这样想着，他准备好了面对最后一刻。

然而，想象中不可避免的撞击并没有发生，船体也没有破裂失压。

如果仔细看的话，就能发现墙上实际有一条窄小的隧道，藏在一道门后，看上去不欢迎任何人进入。摆渡船悠悠地转了个圈，让船舱出口正对着隧道入口，接着就传来沉闷的金属声，以及气体喷出的声音。

"准备下船。"兰格迪克说。

他们活下来了，至少是活着抵达了。英久放开手里的刀，解开了安全带。琼是第一个起身的，从他身边掠过，大跨步地向着星体走去，活力满满。

#

杳无人迹的隧道约有数米长，俨然是通向地狱的入口。舱壁上的小孔突然喷出液体，英久毫无防备，被喷了一身，眼睁睁地看着工作服外裹上了一层液体薄膜。面对前方未知的恐惧，这只是第一步。他抬手擦了擦被雾气模糊的面罩。

"穿着这身衣服，落上去的东西只要不和帆布纤维发生化学反应，都会自己蒸发掉的。"马哈茂德轻声道，说着又晃了晃那一口大白牙，晃得英久眼花。

系统自动平衡气压，舱门准备打开，摆渡船顺利完成了它的使命。英久刚刚松了口气，心头却涌起一阵新的恐慌。船的另一侧传来解耦合的杂声，预示着它即将离开，而外面只剩下那条将近半千米长的紫舌头，在两排牙齿中间等着他们。

英久真想来点刺激的提提神。一番摸索后，他找到了钱包。

但现在还不能拿出来，不能在这儿拿出来。再耐心点。

"都准备好了吗？"兰格迪克问道。

他拉动拉杆，对侧舱门滑开。外面漆黑一片，伸手不见五指。他打开了头盔上的矿灯，虽然没能驱散多少黑暗，但也足以让人看清前面是一道多孔的人行小桥，从隧道延伸到前方衔接在一起的数个平台。

先遣队已经下了飞船，英久依然一动不动。这些年他看过的报告走马灯似的在他脑中飞过——酸液池，塌方，矿工断腿的断腿、失明的失明，飘飞的孢子和横流的胆汁，腐烂的肉体……不，我不进去。公司管理层竟要用这阴森恐怖的方式处死我。我宁愿现在死，至少这儿还有文明和体面。

"一起走吗？"琼问道。一团昏黑中，英久看不清她挥手的模样，但声音近在耳旁。

"好，"他喃喃道，"我这就出来。"

兰格迪克在黑暗中摸索寻找保险丝盒。英久正拼命在小桥上寻找下脚的地方，却突然听到一声——**咔嗒**。从开关起，每隔十米便亮起了一盏发光的球体，照明线路铺满了整个隧道。随着灯一盏盏亮起，他们所处的环境也逐渐显现。当周遭的黑色退去，英久突然有了种新的感觉——潮湿。

现在他再也无法躲避眼前的景象。先前只是浮光掠影地看过，而现在，一切已伫立在眼前。四周拔地而起的肉山呈现出脏粉色，表面闪着光泽，还有一道道深橘色的褶皱。地面上千沟万壑，远处肉山渐窄。灯光并不能将各处完全照亮：到处都弥漫着大团的水雾。

"这里应该是……"琼都不知道先看哪里好了，"食道的起点，如果我们刚刚是从嘴里进来的话……"

"这里怎么这么潮湿？"英久忍不住抱怨了一句。

"什么？难道是你工作服出问题了？经过刚才那番处理，不可能有任何湿气透进来。至于这里为什么有雾气嘛，理由显而易见。它们能飘去哪儿呢？我们已经把整个星体都封起来了。"

琼上下跳动了几次，显然是在测试什么，接着又跑向他们身后，对着那道胶木墙啧啧赞叹。

建堵高墙确实是个好主意，往这儿一立，它就挡住了一切画面，包括那些腐烂程度不一的肉体，让人能专注在入口上。

英久这才发现，居然还有其他固定在地面上的设施，有一块为固体货物准备的巨大卸货板，以及三条连着"卡柳号"储液库的导管，等着往里输送珍贵的液体资源。纵横交错的金属小路和轨道连接着几个节点，整个设施铺满了整条食道，载满资源的小车在上面来回穿梭。

这才是他熟悉的世界，算计着得失盈亏，充斥着统计数字。要是他能专注于此，应该就不会再想着旁的了。

"口腔内的胶木墙壁算是第一个惊喜。"琼在和谁说话呢？英久觉得应该不是和自己。更像是在作报告。接着他就看到了她手里的数据采集录音机，它正通过头盔的外置扩音器录下她的声音。"胶木材料早已应用于日常生活当中，但这堵墙似乎采用了更高级的酚醛树脂应用技术，能够让所有空隙保持密闭。同时，使用规模也是相当惊人，目测整面墙宽60米，高40米。奇怪的是，墙居然还采用了器官的外观，悬雍垂①从上面垂下，在靠近边界的地方我还发现了多泡结构。不知道公司是怎么制作这堵墙的。这堵墙实在太大，不可能整体运进来，既不可能放进一艘船，也不可能从这怪物的嘴里进来。"

英久看着琼沉浸在科学研究中的样子，心里不由得燃起一丝嫉妒。他已经无法再分散注意力，干涸的汗液黏在脖子上，带来阵阵刺痒。他实在待不下去了，得赶紧找个能让他偷偷摘下面罩的地方，哪怕只摘掉一分钟也好。英久攥紧了钱包，听到了里面装着好东西的安瓿碰撞的声音。

"妈的！"兰格迪克低声咒骂了一句。

他们沿着轨道和水管走了200米后，前方突然没了灯。从刚刚领队的反应来看，英久猜测应该是出故障了。马哈茂德对着两个矿工打了个手势，三个人的身影便消失在了黑暗中，只有偶尔他们四处环视的时候，才能看到头盔顶灯发出的光。

话筒唑唑啦啦地响了起来，接着传出马哈茂德的声音："头儿，是短路了。很快就能修好，抱歉耽搁了。"

英久仍然不习惯在不靠近对方的情况下听到如此近的声

---

① 口腔内软腭游离缘向下突出的部分，通称小舌。

音。到目前为止，他们都在同一个频道上，但如果需要私下交流，也可以调到私人频道。实用得很。

几分钟后，当他还在思索这种古老的交流方式的其他可能性时，突然听见远处传来一连串巨大的爆炸声。兰格迪克拍了拍手。前方的灯亮了起来。

和工厂的照明如出一辙。是了，在这个人眼里，这儿只是另一个工厂罢了。不管建造工厂的材料是铁还是肉，这位码头工人连眼睛都不会眨一下。看他那容光焕发的样子。

兰格迪克确实看上去和刚刚不一样了。虽然他还是大摇大摆、高视阔步，但脸上悄然浮现出一抹微笑。他穿过这片平台，走上了中心台。说是中心台，实际上就是整个操作系统中间凸起的一块地方。这个系统由几架全钢操作台构成，包括起重机和脚手架，缠着重型链的绞车，以及轨道上等着工作的运输小车。除了这些工程机器外，最重要的还有通信浮标，主要用来和飞船保持双向通信。只有有了这些强大的器械，他们才能刺穿那腐烂的皮肉。更不用说，大本营附近还装备着大量的制氧机和装着压缩氧气的储氧罐，足够让吉木市所有人呼吸一天。

"欢迎来到咽喉。"

其他人跟着领队登上了中心台，英久默默地走在队尾。

"这真的是食道吗？"琼问道，"解剖学意义上的食道吗？"

"基本上是。"

胡说八道。英久非常清楚，用熟悉的名字来称呼这些诡异的器官混合体，好像就能把它们缩减成人体大小似的。这样做无非是让视觉冲击缓和些，使人更好接受罢了。

而兰格迪克已经用割肉的钩子勾住轨道，他抬起头，目光沿着头顶上怪物口腔内的皮肤，一直延伸到倾斜延展至极远处的嘴唇，以及外面的无穷深渊。他的样子仿佛是一位水手，正站在船头欣赏波光粼粼的海面，眼底是藏不住的兴奋，热切地期盼能找到传说中的海底宝藏。英久一眼也不想看。怎么会有人对一堆死肉如此兴奋呢？他暗暗希望能再短路一回，不是让电线短路，而是让兰格迪克的脑子短路。

面对怪物的咽喉，还有一个人，也像着了魔一样。

"太不可思议了。这个地方几乎具备……"琼还在录着音，"人类器官的所有特征，但我们对它一无所知。上皮很薄，目测没有固定纹理，皮肤上的几处斑点……"琼意识到一切顺利无阻，更是把数据采集器贴紧了头盔，"……似乎是凝固了。腺体清晰可见。我知道星体内有多条食管，每一条都和众多口腔的其中一个相连，但这条食管……如今已经一动不动。我怀疑它是否真的是用来消化食物的。这就又带来其他问题，比方说这样的组织会产生什么样的酸液？ 会不会是完全的机械性消化[①]？"

琼滔滔不绝的演说让余下的众人开始反胃，他们重新审视

---

① 又称物理性消化，是指食物经过咀嚼、磨碎、搅拌、与消化液混合后，由大块变成小块，并以食团或食糜的形式从口腔推移到肛门的消化过程。

着自己身处之地，这个巨穴有种难以言表的恶心。只有兰格迪克不为所动，他把马哈茂德叫到身边。

"第一印象如何？"

"整体结构看起来基本完好。保险丝烧断这种事时有发生。"马哈茂德把平板电脑连上了一个处理器，下载了最新的报告，"除此之外，就很难确认星体的现状了。我们会尽全力确保通道畅通，但我总认为，至少也会发生部分塌陷。都在安全范围内。"

"行。"兰格迪克指了指脚下，英久不敢细看，赶紧移开了视线，"这个怎么说？似乎比往常长得更多了。我敢说，之前的矿工队根本没有好好处理。"

马哈茂德似乎一惊，"这不可能吧……抱歉领队，我也说不好。"他在屏幕上快速地翻动着图片和表格，"曾用燃烧器烧过，您看这里。但您说得对，根据生长规律判断，应该只有现在的一半才对。是有什么未知的因素吗？我是想说……要不问问咱们的外星生物学家？"

"那她不得爽死了。"其中一个矿工嘟囔了一句。

这话一出，顿时爆发了一阵哄笑。英久很好奇琼会如何应对。这些男人言语轻佻，想必她不会认真回答了吧，尤其是如果确实有异常。但琼自然是毫无保留的，她下一秒就出现在了兰格迪克身边。

"科学当然让人爽，你们可比不上。"她回应道，又招来了新一轮的笑声。

说得好，就该把这群蠢货怼回去。

甚至连兰格迪克都赞许地点了点头。

"玩笑开够了，"明明是下命令，他却说得像是在替琼着想一样，"琼，吃了我们的大米，那得给我们干活儿啊。你来说说，马哈茂德提的这个问题对吗？"

"这个问题是指蔓延生长的速度是否比之前更快了，对吗？"

"如果确实更快了，星体多久会解体？"

"这些问题我在实验室都做过研究，事实上……"她猛地一顿，把后半句咽了回去，接着又说，"自然环境中存在成百上千的未知变量，与实验室环境下截然不同。凯文，如果你对我的职业有什么误解的话，那我很抱歉，但我并不是一部答疑解惑的百科全书。这个问题，需要一整个科研团队花上数十年的时间才能解答。我只能算是先接触到这个项目的人，我所做的研究也仅限于进行几个实验、采集点儿相关样本而已。"

"很好，免责声明说得挺全的。现在说正事，你要么发挥点儿作用，要么就回飞船上去，随你折腾。"

英久在人群中换了个位置，以便更好地看清这出权力较量的戏。听着这熟悉的语气，他仿佛又回到了办公室，看着每天都在不间断上演的阴谋诡计。兰格迪克想要控制琼，但她不肯让步。"当你要解决的问题恰好与我的研究有关时，我会证明自己的价值。当然你也绝不吃亏，因为我的研究和这些东西，"
她挥动着手臂，指向周围的角角落落，"息息相关。"

还好我不用看过去。

"而且不仅如此，"她继续说道，"我想，在场各位，没人想过
这里是不该有重力的吧？飞船上有重力不奇怪，那是日本早就
掌握的技术，但就天体而言，这具巨尸的质量太小，远不足以产
生这样的重力，所以这又如何解释呢？如果是黑洞的话，先不
考虑体积，假设星体真有足够的质量产生黑洞，那我们现在早
就被撕碎，或是像根拉长的面条一样被吸进去了。然而你们看，
重力几乎完美，我们的物理学完全无法解释。"

兰格迪克怒视着她，她当着全队的面进行这番居高临下的
说教，着实让他不爽。

尽管看了一出角力的好戏，但此刻英久也烦躁起来，从牙
齿的抽痛到胃里的翻涌，身体释放出的信号让他再也无法忽
视——他很清楚自己需要什么。

这俩人争得没啥意思，结果走向一目了然，否则我这么多
年和人争辩扯皮的经验就白混了。只要接下来30秒内琼没有
突然发疯，兰格迪克肯定会屈服的。无聊！这和我又没什么利
益关系。

他顺着小车和步道悄悄离开了大本营，尽可能小心翼翼地
不让人看到。每经过一个路灯，中间就会有一段很长的黑影，
他瞅准机会，突然偏离步道，拐进昏暗处。这是一片长满麻子

的粉色皮肤,新开发的地面上沟渠纵横,稍微有点潮湿黏脚。每走一步,都好像鞋底和地面亲得难舍难分似的。这让英久有点烦躁,他对药品的渴望每一秒都在膨胀。然而身后的灯光总也不能完全躲开,他担心找不到一个合适的昏暗角落。

除非……

这些沟渠大概有一米宽,望不断的千沟万壑沿着食管高低起伏。我可以随便找一个躲进去,哪个都成。

此刻药瘾已经彻底上头了,他顾不得打开头盔上的探照灯,直接跳了下去,赌这沟的深度不会超过宽度。

实际却更深一些。他站直的时候,只有头顶会从沟口冒出来。

没关系,不重要,进都进来了,只要光照不到就成,就是现在,现在!

这里的地面不再潮湿黏脚,反而有点粉状的感觉,但他完全没有注意到。他从口袋里拽出钱包,颤抖着拉开拉锁,里面是装着粉末的安瓿,还有昂贵的鼻烟管,钱包的内衬稍有点被腐蚀的痕迹,那是上次他倒了药品却忘了清理导致的。英久已经非常熟练了,他单手敲开安瓿,把钱包顶部凹出形状,像个魔术师一样熟练地摆弄着管子,现在只剩最后一步,把面罩打开。

要死了,这儿黑得我连手都看不见。

他不由得想起在公司豪华休息室里吸上一口的感觉,有漂亮妞儿在一旁伺候,还趁你不注意也偷偷来一口,和现在真是天差地别。

英久不由得心下懊恼。突然，他想起可以打开探照灯，于是艰难地抬起手指一按——而手里的东西，却瞬间脱手飞了出去。慌乱之中，他抓住了鼻烟管和钱包，却只能眼睁睁地看着一天的工资又被风刮走了。然而，眼前的景象更让他吃了一惊。他赶忙藏好东西，喘着粗气、手脚并用地从沟里拼命爬出来，逃离令人作呕的环境。

刚才的灯光让英久看清了自己是站在什么上面。那地沟里长满了亮白色的霉菌，边缘虽只有薄薄一层，但底部已铺得层层叠叠。每踩一步，都像是泛起了绵延的浪花，霉菌在他脚下啪啪作响，喷释出微不可察的细小孢子。

我在大本营那么努力，就是为了不看见这些东西！

他知道中心台后面是什么了，知道兰格迪克、马哈茂德、琼，还有那群呆头呆脑的矿工们都在盯着看什么了。那令人作呕的霉菌像原野一样肆意蔓延生长，早已将这具尸体的腐烂程度显露无遗。

5

凯文生来就是码头人，就像俗话常说的，连血管里都流淌着机油。每次在酒吧喝醉了，他都不免夸耀说，自己连心跳都应和着妹儿河浪打浪的节拍。"妹儿"是方言里的"女儿"，码头工人和水手们把这条河当作亲闺女一般，而他们就像是那自豪的父亲，既关心她、爱护她，又担心她会从自己身边溜走。

码头塑造了他。当他还是孩子时，只在造船厂干了一年，轮船号角的轰鸣便再也吓不到他。吉木市全市都处于严寒之中，沿河一带更是冷得刺骨，但他也完全适应了。要是冬天的妹儿河没有堆满浮冰，等短暂的夏天一到，那码头肯定飞满了蚊子。但无论哪种情况，凯文都无所谓，他早已经学会了享受码头的一切。

码头总在不断地索取，却吝啬给予。每天晚上，凯文都在

赌桌前杀红了眼，仿佛明天永远不会到来，而第二天清晨，他又
会在窑子里，给身边的姑娘送上迟来的晚安吻。换作是其他意
志不坚的人，也许早就被这些恶习打垮了，但凯文是条硬汉子。
当债主找上门时，他总要先和人打上一架，才不情不愿地拿出
钱来。正所谓一个能扛得住打的男人，才能称得上有"韧性"。
打完了架，他再将一切通通抛诸脑后，让生活继续。即使是在
压力之下，他也能保持头脑冷静，一步步实现了厂房自动化，还
装配了系统，从而能处理更大更多的货物。伴着最后一声汽笛，
一天宣告结束，他总要找家酒馆来忘记工作。不过以他的海量，
想要喝到酩酊大醉，也得花上好一会儿呢。

这也是所谓"韧性"的一部分。

但好梦不长存，总有梦醒时。让这好日子戛然而止的，往
往要么是因为钱，要么是因为女人。而凯文则是因为遇见了凯
瑟琳。那时他早已长成了男人，管理着鼠海豚货运公司上上下
下，也在这条歧路上回不了头。最终，他还是选择了离开，又一
次逃走了。

凯文让平板电脑进入休眠状态，装回了腰带的套子里。每
一次来到星体，还没开工前，过往的记忆总会涌入他的脑海，像
个永远无法忘记的梦。他知道原因。从某种程度上说，这儿的
工作和在码头时如出一辙。食道就像一个巨大的厂房，而他干
的，不也还是装货卸货的差事吗？

不过除此之外，它俩还真是天差地别啊。

距离降落只过去了半天，这地方已经挤满了干得热火朝天的身影。每隔几个小时，就有摆渡船抵达，隧道门一开，便又拥进一群身强力壮的矿工，兴奋地投入到工作当中。凯文是第一批抵达的，船上有他的心腹马哈茂德，三名得力干将建介、浩史和诺尔，剩下就是琼和英久。第二趟来的是司赖珂和她的追随者们，里面还有诺丹那个小男孩儿。虽然都是些粗鲁人，但他们关键时刻随凯文上刀山下火海，也绝无二话。第三趟里坐的是鲍勃，还带着些专业器械。星体上大部分基础设施已经在前几次修筑完成，因此这一趟是"卡柳号"运送乘客数量最少的一次。

过去17年里，凯文往返了四次，几乎大部分时间都在昏睡中度过。任谁都会以为，他早已淡忘了码头枯燥的时光，然而只有他自己知道，直到现在，他依然能闻到汽油燃烧的味道。

但都不重要了。早已时过境迁。旁边一队人正把防水罩从一堆管道接头上扯下来，凯文立刻上去帮忙。

和上周在"卡柳号"上相比，他的感受可谓是天差地别。现在他身体里像是烧了一把火，烧得一颗心都沸腾了起来，就像是回到了爱人身边，温香软玉抱满怀。他心里清楚，在这种亢奋状态下，接下来几小时，甚至几天就会像几分钟一样转瞬即逝。星体接纳了他，让他为之沉醉，为之着迷，而他则会用自己辛勤的双手征服它。

接下来的几个小时里，他全身心投入到了工作当中，他忙碌的身影随处可见。他升起了吊索,拉紧了滑轮,把血管接上了管道。结实的肌肉在极限的边缘颤动,大颗汗水不断滚落,身上的衣服里里外外都湿透了。他干得越是热火朝天,那不对称的脸上,笑容就越是灿烂。

"告诉我,现在示数是多少?"他兴奋地高声喊道。

"报告领队,还不够高!"

一个矿工汇报了数值,凯文随即打破了氧气罐的密封,拧开闸门。一阵气流吹了过来。

"咱再多来些氧气。"

尽管大家一直穿着工作服,但难免会有磨损。哪怕只是一道口子,都可能是致命的。这里氧气越充分,越能避免悲剧的发生。

凯文还记得那些急剧变得青紫肿胀的面孔,在稀薄的空气中大口喘息的样子。他竭力不去回想这画面,心里暗暗地想,绝不能再发生了。这些氧气罐就是矿工们的命。

接着他又跑到墙边,帮忙将一条新动脉连上管子。得小心又小心地一步步插进去。

"你,还有你,扛起来!"他使出全力举起了管子尾端巨大的不锈钢接头,"快!"

两名矿工冲过来帮忙,咬着牙,用肩膀一起扛了起来。

"血管完全打开。"凯文说。

"皮肤完好无损。"

"不要推进,现在先不要!"

　　动脉外面覆盖着一层保护膜——因为尚不确定里面的液体有没有凝固，保护膜可以防止喷洒。虽然三个人都已身经百战，这份任务却依然不轻松。

　　突然，其中一人肩膀一软，管子瞬间滑向了一边。另一个矿工本能地把自己的一端顶高，却让管子掉得更快了。

　　"妈的！"

　　凯文使出了浑身蛮力，两只手紧紧扣在管子接口上，手指因用力而变得通红。他感觉管子的边缘已经压进了手掌的肉里，"抬起来！抬起来！"

　　他咆哮着，像是花了一个世纪，等另外两人调整好状态。

　　三个人统一了节奏："数到二！一，二！"

　　直到另外两人终于又举了起来，凯文才敢松口气。他感觉血直往上涌——不，现在不能倒下，至少现在不能。

　　"位置正了，现在往里推。"

　　三人一齐将管子扎进保护膜，并迅速关闭了动脉。等设备一就位，另外两名矿工便爬了上去，拧紧接口，使其深深嵌进旁边的肉里。

　　凯文终于放开了手，但神经依然紧绷着。他一边喘着粗气，一边听着里面液体熟悉的汩汩声。

　　这声儿听着对吗？要是血液凝固了，还得注射稀释剂，不然就会堵住整个系统。

　　咕噜咕噜的声音听起来毫无阻滞，看样子血液流淌得十分顺畅。他转向一旁站着的矿工，目光锁定了刚刚脱手的那位，拍了拍对方的背。

"别自责，"他的语气里没有半分虚伪，"这和能力没关系，谁都可能出个岔子。"

"谢了，领队……"矿工气还没喘匀，凯文就又消失了。这头来自荷兰的喜水野兽，浑身上下有使不完的力气。

休息？现在可不需要休息。他一心扑在星体上，要把过去几周、几个月，甚至是几年在内陆生活的憋屈都发泄出来。在这里他是自由的，没有任何事情能阻挡。

他又回到大本营，把周围环境查看了一番。马哈茂德在他身边翻看着终端的数据。

"你看星体的这些变化，"马哈茂德说，"这里，还有这里，肯定是过去半年才出现的。"

"示数如何？"

马哈茂德弹了个响舌，清脆的声音从无线电里传出来，撞了一下凯文的耳膜，"还是老样子。不过我看到辐射监测有波动，去年开始，有些辐射场的位置变了。"

"怎么说？之前的矿工队把支持系统搞坏了吗？"

"如果真是这样，那他们肯定没记录。也可能是液体流到别的地方，或者内部发生了破裂。这些情况就像天气变化一样，什么都有可能发生。"

什么都有可能发生。每一支探险队伍都会在星体上留下新的撕裂和破口，就像伤疤一样，凯文心想，伤疤是男人的勋章。他喜欢揉搓自己的伤疤，直到感到刺痛才停下。

他又开始了新一轮的忙碌，穿梭在不同的人群中间，正赶上酸液池启动。在血管和飞船之间有一整套抽液系统，中间分布着几个酸液池，刚抽出的液体因为太过黏稠不适合运输，需要分阶段拦截处理。

凯文打开了一个盖子，把检测仪伸进了第一批液体里。

"黏度看起来没有异常。"

他冲诺尔点头示意，以防万一，还帮她提高了液体的酸性。到了最后一个酸液池，层层处理后的液体就会被向上抽出，直至注入两个悬挂在飞船圆环上的乳房状硕大储液库里。

"开始抽！"

他们很快就能到达星体的核心，完成此次任务，但在此之前，得先把储液库填满。这斗量筲计的资源是剑吻鲨进行生产所必需的，不管是制造洗发水、香水，还是营养品（害人的东西！），公司用这些资源几乎制造出了一切，但又好像什么都没造。人们不假思索地扔进购物车里的那些商品，其原料都是凯文他们用双手从尸体里挖出来的。没有他和他的前辈矿工们，就没有剑吻鲨强大的今天。

一开始大家还认为那只是血、骨头和肌肉组织等寻常之物，但后来发现了其中真正价值连城的原料。从表层之下挖出的油脂和体液。龙涎香、蜡，以及从腺体里新鲜取出的状如水银的东西。

但凯文现在早已看透，公司真正看中的是星体的核心。

他们告诉我，只要这趟能拿到核心，就能升到A级。公司拿核心能造什么呢？说不定我还是不知道答案的好。

矿工们继续进行着准备工作，凯文终于要歇会儿了。在刚刚投入忘我工作的过程中，上头的感觉逐渐退去，他慢慢冷静了下来。源源不断的氧气不停注入四周循环的空气里，他深吸了一口，两个肺里都盈满了空气。他脑中浮现出了海风的味道。

不管怎样，我都不在乎。

脚下就是他应该在的地方，就像鱼儿游进了大海，这里就是他的家。他几乎从未有过如此强烈的感觉。为了这感觉，他可以去肢解宇宙中任何一具尸体，旁人从中获了多少利，他都丝毫不在意。

#

食道差不多准备完毕，凯文也已经冷静下来，开始思考。在矿工们忙着拆卸组织、维持抽液系统运作时，他站在中心台上，心系整体，规划起了行动的蓝图。

"有情况吗？"从旁边的斜坡上传来一个声音。

"好得很，比上次要好，马哈茂德。"但凯文一眼就看穿了对方笑容背后的忧虑，"你担心啥呢？"

"这就是我的工作嘛。费尔莫得小姐可能并不是多虑了，我还记得上次咱们离开时，这些胃可是非常整洁的。"马哈茂德说道，他指指轨道后面肆意生长的真菌。无须多言。"我派鲍勃去侦察了，他会判断咱们能否穿过这片'花丛'，直达核心。"

凯文思考着这个问题。这条通向核心的路是穿过胃的，工人们花了数个月才挖通并完成加固、铺轨，而现在，几乎一切都被真菌掩盖了。食道在前方向下延伸进第一个胃，在真菌粉末和绒毛的掩盖下，他能辨认出一段轨道反射的光。要是轨道全都损毁了呢？从其他路线抵达核心可太痛苦了。从血管里爬过去，时间太长太长。要是挖空一根肋骨呢？最坏的情况是直接从肉里穿过。但这样，等回去了，肯定会被狠狠斥责。

别无他法，只能取道胃部。他们必须把轨道清理干净。尽管他很想立刻处理掉这些出力不讨好的杂事，但现在还不急，还有其他工作要优先处理。马哈茂德说得虽然在理，但凯文更愿意把人手集中在一块儿。比起延误工期，要是带回去的储液库空空荡荡，那更会让公司不满。

"一件一件来。不管真菌长成什么样，核心又不会跑。派鲍勃去第五动脉吧。"

"到腕骨腔吗？"马哈茂德翻看着示数，"现在那儿基本都挖空了，只剩百分之八左右，还能发现什么呢？"

"直觉罢了。我想看看能不能派一队人去那边。"

"我走之前,有句话还是得说。我们不能忽视真菌蔓延的情况。现在它们已经长进了地底下,每分每秒都钻得更深。"

"知道了。就按我说的来。你不用担心琼那边,我听你的,又不听她的。她已经异想天开好一段时间了。好在我们不用分心照顾她。"

"原来你在担心要照顾她啊。"马哈茂德一笑,这回是真心的。

"是啊。"凯文说。

马哈茂德也不再犹豫,安排好了行程。十五分钟后,鲍勃便会出发。凯文庆幸队里有这么一个专家。搞侦察算得上是这里最危险的任务了。

他目送马哈茂德离开后,又看向再一次闯入他视野的琼。这个女人最初摩拳擦掌的样子确实让他吃了一惊。他一度觉得自己低估了对方,还在心里暗想:她不会有问题的。但现在,这种感觉已经消退,凯文终于对这个人有了更清晰的认识。她总是手里举着镊子和玻璃试管东奔西跑,蹲在地上研究。时不时地要把那个箱子拿出来,仿佛她那宠物还需要遛一样。除了这个怪癖,她确实和他预期中一样——是个冷冰冰的工作狂,一个科学怪人。

我的妹儿河啊,这些人都咋了? 可能是公司的错。在那儿工作时间长了,脑子都不正常了。

凯文的另一位客人也是一点儿没闲着。歪歪斜斜的头盔下罩着他苍白的面庞,他还不时地和队伍里其他人搭讪闲聊。"没闲着"是真的,但估计可不只是"搭讪闲聊"。更准确地说,应该是说长道短,乃至煽风点火。他还隔一会儿就晃悠到胶木墙边上,像是到这儿散步遛弯来了。他在墙那儿干吗呢? 他又为啥会来星体呢?

为啥你们都这么让我头疼?

元昌英久还一度慢悠悠地走到了胃部的外缘,踮着脚穿过真菌覆盖的地面。他知不知道现在这个空荡荡的深坑曾经可是淤满了的? 知不知道里面的东西是被一点点抽干净的,大部分都被冲到外太空了?

站不稳摔死你丫的。凯文心里想着。

突然,耳边传来了马哈茂德的声音,他正在离大本营很远的地方忙着呢。"凯文,吃饭时间到了。我看你今天还一口没吃呢。别担心,一切都在按计划进行。"

要是没人提吃饭这茬儿,他还能再干上几个小时。但马哈茂德这话唤醒了他的食欲,该死,他还真是饿了。

"那就吃吧。"

食品配给点旁边围了一圈矿工,凯文也加入其中,朝他们点点头,从箱子里拿出了一个塑料袋。尽管袋子的设计是带豁口的,但要想解开缠绕在胸前的吸管插进去,总要费一番功夫。他摆弄了半天,终于将吸管插进了袋子里。

在斜坡另一边,卡斯滕挥着手里的食品袋,冲他说道:"再吃这玩意儿，我就要直接从这骨头上撕点肉下来，撒上调料吃。我敢打赌，外星人的肉肯定好吃。"

凯文笑着回应道："这也不难吃啊。不出五天，等我们的轮班一结束，就不用吃流食了。忍忍就过去了。"

在星体出任务期间，三餐都以易携带、可速食为标准，味道倒并不在考虑范围之内。凯文在头盔内部咬住吸管喝了起来。这液体口感浓稠且富含纤维，勉强有那么一点像粗小麦或是……燕麦片。这就是燕麦片，他一直是这么说服自己的。

"剑吻鲨这方面还挺人道的，居然还有不同的口味。"凯文小心措辞，不想夸得太过火。

卡斯滕看了看自己手里的，"绿茶味的，还行。"

"我的是草莓味。好多年没吃过草莓了，就姑且当真吧。"

尽管食材都一样，但至少换换口味还是不错的。码头人要吃粗粮。凯文仍然渴望每天能吃上四分之一条全麦面包。不过，来都来了，这点代价不算什么。只要能填饱肚子，吃得再差都无所谓。估计其他人就不那么乐意了，不过大家性子都硬，不爱把抱怨挂在嘴边。

"居然是甜菜根味的。"卡斯滕兴奋地说，"我敢打赌，公司搞错包装了。"

"要我说，是这东西喝久了，你味觉出毛病了。"

卡斯滕想了想，"嘿，有道理。"

凯文把手中的液体喝干净，又用起了工作服内部的人造膀胱袋。

一个念头突然从脑中闪过。

肚子不饿了，脑子也清醒了。我怎么会对马哈茂德的想法犹豫呢？沿路看到的所有障碍……现在就清理。我有足够的矿工，完全可以动工。

他立刻打开无线电对讲机："马哈茂德，只要你那儿空出人手，就让他们拿上燃烧器，开始干吧。"

"这就对了！我正在测试轨道，需要全组协同，但盖得那边看着挺闲的，要不要让他们去做？"

"就他们吧。"

"好嘞。"

盖得估计会先反抗一下，不过也就做做样子。他很反感听凯文或者他手下人指挥，但最后还是会照做的。他的队员都是放火的好手。爬血管或者指挥运输这样没劲的活儿是喊不动他们的，但要是给他们一人发一把燃烧器，他们不把你站的地方都烧焦，就算你走运了。

即使是恨我入骨，这些人最终都要听我号令，他心想，也只有在这儿，在这个梦一样的地方，才会发生这样的事。

#

凯文无法抵挡对工作的渴望。随着时间流逝，凯文就越发想要干得更多一点。矿工们一小时轮换一次，每换一班，食道就被进一步整治修缮。绳子拉好了，动脉也接上了抽液管。凯文仍在工地上，忙着把地下厚厚的细胞组织钻出来清理干净，忙着接好电缆，忙着吊运运输小车……当司赖珂被掉落的粗绳砸到，他也是第一个冲上去帮忙的。她的袖子被刺破了，他用绝缘胶带把口子包裹住，就又继续投入挖掘、吊运和注射工作当中了。

长达数小时的重体力劳动后，他气喘吁吁，头也昏昏沉沉，无法继续支撑，脸上却挂着笑意。他死死盯着地面，努力不让自己倒下。

瞧，连我的影子都在微微发颤了。

突然之间，身下的影子开始扭曲变形。双腿一下被拉得老长，整个人瘦成了漫画里的纸片人。就像是有人在他身后点起了篝火，火光冲天。

凯文转身去瞧。远处，熊熊的火焰正顺着食道不断蔓延，煤油燃烧的焰火呈现出绚丽的色彩，先是噼噼啪啪地烧了一会儿，紧接着便发展成燎原之势。

他们总算找到燃烧器了。怎么拖了这么久才干上活儿？

盖得的队伍围拢在真菌丛的边缘，新长出来的部分只有薄薄一层，但走到深处，丛生的真菌便层层叠叠像芦苇荡一般，不时喷射出一团团烟雾似的孢子。

要说对你们这些渣滓还有一点指望的话，就是你们能把这片草给我烧干净了。我唯一的要求就是避开轨道。要是烧坏了这个，那这趟任务大家就空手而归吧——除了琼——这下我们就成了史上最昂贵的护送队。

凯文的身体顿时一僵。他看着食道的边缘连成一片火海，跳动的火舌发出冲天的红光，刺激着他的神经。他脑中骤然警铃大作——

琼！

他甚至来不及和其他矿工交代一句，就像离弦的箭一般冲了出去。跳过坑坑洼洼的沟壑，冲上斜坡，穿过中心台一跃而下，沿着轨道疾驰，一头扎进蔓延丛生的真菌当中。整个过程不过数秒。

这片工地正慢慢化为一片焦土，而他此时此刻正切身感受着热浪。五个扛着燃烧器的矿工正分头工作着，每个人都相隔甚远。每一次发射，就有大片的孢子在炙热中被烤焦。他们似乎并没有什么章法，一边慢慢向前推进，一边随心所欲任意点火。

凯文有理由发火。

"停火！快停火！"

妈的，无线电里的声音听着不对！

其中一个矿工停下了，四处张望着，想确定声音的来源。其他四人则全然没有被打断，继续朝着琼的位置前进。凯文确信她就在附近。他几小时前看到她朝那边去了，八成又是要做某个实验,接着她就从无线电里消失了。凯文的胃里一阵翻江倒海。

*我是想甩掉拖油瓶,但并不是这一个啊。*自己有这样的念头,他甚至一点都不奇怪。*这帮脑子进水的蠢货!居然还大声放着音乐来屏蔽噪声。*

没工夫讲礼貌了。要是琼还活着,她一定还在这片真菌丛的深处。凯文一边这样希望着,一边大步向前,踏过粉状的地面。此时,一个端着燃烧器的女矿工已经带头向里冲了,看那鲁莽的架势,她甚至都不在乎自己是否会被烧着。

快阻止她。

凯文朝她的方向冲了过去,看到对方正扭动着燃料箱的开关,显然仍不满意当前的火力范围。直到燃烧器可以轻松射出8米的火舌,足够一发射中那堆真菌丛的中央,她才端起武器,准备好承受后坐力。

一旦琼被击中,她的工作服就会瞬间被点燃,燃烧器里喷出的油液会黏在帆布上,几秒就烧个干净。她只能在窒息的痛苦中,祈求死亡快点到来,直到化成灰烬。

就在混合了煤油和凝固汽油的燃油喷出的一刹那,凯文抓住了枪杆,猛地向上一推。本该直射出去的致命液体变成了喷泉,雨滴般落了下来,瞬间点燃了周围的一丛丛真菌。一滴滚烫的油液滑过了凯文的头盔。

对方终于停手了。

女矿工的脸上露出一丝诧异。在凯文森然凌厉的目光中，她很快便缴械放弃了。在确定了这一点后，凯文才放开燃烧器，转身继续向前。他毫不怀疑其他人根本没有注意到发生了什么，现在也来不及一一阻止，他只能暗暗希望自己有足够的时间找到琼，把她囫囵个儿地带出来。

"琼！"他在所有频道呼喊她的名字。

没有一丝回应。难道是搞错了？他下半身都深陷在真菌丛里，只能使出扫堂腿，拽着自个儿向前，一边跑一边不断换着频道，试图找寻到一点线索。找到了！无线电的噪声终于变成一个熟悉的女人的声音，说着一连串他听不懂的话语：

"……确有不同。我注意到了至少两个新的生物标志物[①]，在早期阶段从未见过。是原始真菌，还是在同一生物体内整体发育的前体[②]？原始真菌是我培育代号为'云游'的SA-18标本的载体。研究这两个真菌家族的发展轨迹很有意义，能让我们看到群落生境[③]的改变对其发展有何影响。"

除了琼，还有谁会嘟囔这些呢？原来她一直在用私人频道录音，还关闭了呼叫传入以确保没有人打扰她，因此对周遭发生的一切都毫不知情。凯文在心中大骂她愚蠢。

我待会儿就发布正确使用无线电的紧急通知。

[①] 可以标记系统、器官、组织、细胞及亚细胞结构或功能的改变的生化指标。
[②] 生物体内物质合成或转化过程中产生的中间产物。
[③] 群落生物生活的空间。

就在此时，一发橘红色的火光与他擦肩而过。左侧的真菌群立刻成为一片火海。他倒向一旁，避免引火上身。

这帮人点火前怎么都不看一眼？

事实证明，他们根本看不清。不知不觉中，凯文已经深入了这片真菌的海洋，雾一样的孢子早已将他笼罩。他几乎看不清刚刚冲他喷火的人是谁，而这个人显然也是刚发现扭动燃料箱开关能加大火力。

凯文转过身，仰面躺着，正看见一发火炮从上空呼啸而过。火光照亮了周围的一切，直直地落向了前方。正是琼所在的位置。

6

　一眨眼的工夫,琼的世界便成了地狱般的火海。好在她站得很远,像是站在某个高处的瞭望台俯瞰发生的一切。

　怎么突然亮起来了?

　她一直在追寻真菌生长至最成熟期的地方,但即使在这里,她也只找到了安静起伏的一丛丛菌柄。她知道,不应该擅自认为眼前的生物遵循着地球上相似物种的生长规律和行为习惯,不管结构多么相似,它们也只是和蘑菇的初始形态长得有些像罢了。朴实无华的菌柄上顶着硕大而招摇的菌盖,下面的菌褶里像宝贝一样藏着孢子,可以释放到环境中繁殖下一代,多么美妙啊。就算是毒蘑菇,也拥有如此优雅的生物结构。虽然情有可原,但确实有很多门外汉会误以为这就是真菌本体,但这种想法是错误的。菌柄下面还有盘根错节的菌丝,那些细小的根不断向下扎，寻找着它们的母菌，有时根系会缠绕成丑陋不堪的一坨，有时又会长成土壤里不可多得的松露，而更多时间则是在地下默默生长。它们可能长得巨大无比，也可能小到肉眼几不可见。这才是真菌的真实面目。而长在地上的部分，只是它用来繁殖的子实体①罢了。

琼近乎疯狂地想要看到它的真实面目。

但那些刚刚还在优雅起伏的菌柄，现在已经在大火中颤抖了。

真有意思。是自燃吗？

对于突然起火的原因，以及自燃的生物学功能，琼还没有一丝头绪，但她几乎是下意识地计算起了真菌的燃点是多少摄氏度，接着又算起了她自己的，这才猛地从研究状态中清醒过来。

她收起所有工具，确保云游还安全地躺在保密袋里，便准备好要冲出去。但……往哪儿冲呢？这些外星蘑菇燃烧后产生了大量黑烟，完全模糊了眼前的去路。

阿弥陀佛，往哪儿逃？

此时，熊熊火焰已经吞噬了大片的真菌丛，形成一个火圈，将她围在了里面。不管她向哪边跑，都没有合适的逃生通道。走错一步，她的鞋底就可能会瞬间熔化。更让她沮丧的是那些无法判断的未知变量，比如，工作服的防火性如何？燃点是多少？

琼需要得到更多的数据，而且要尽快得到。她找了个火苗

_____
① 高等真菌的产孢结构。

看着比较小的地方，打算用手试试。指尖轻触到了煤烟，手掌慢慢伸了进去，顿时感到一阵灼热——

啊!

她立刻把烧疼的手缩了回来，指尖近乎变成了黑色。曾经有一回，她在做饭的时候手腕碰到了烧红的锅盖，留下了严重的伤疤。这下不需要再进行任何实证研究，她已经很清楚，自己无法毫发无伤地逃出去。

火舌越舔越紧。释放出来的孢子非但没能灭火，反而加剧了燃烧。刚刚居然还加了那么多氧气，真是浪费了。

她最终选定了冲出去的位置。是随机选的，因为事实上她也不知道应该朝哪儿走。

千辛万苦才到了这儿，居然就要这样白白死了! 保持镇定，冷静分析，就是现在!

她绷紧身子，正准备冲出去，突然一阵狂风刮来。周围顿时陷入一片火海。她被推翻在地，好在身下的菌柄起到了缓冲，在她身侧扬起粉末。

她突然感到一阵眩晕，从肩膀到手臂，都像被千斤石压着般抬不起来。她艰难地翻过身，仰面躺着。热浪已经变得难以承受，汗水刺痛了她的双眼。

远处上方，那是什么东西?

透过几列烟尘，她看到头顶上食管壁的褶皱里藏着大滴的液体，一闪一闪的，像拳头大的钻石，又像是天上的星星。在火焰的噼啪声和沙沙声中，恍惚间，她仿佛又听见了加尼的音乐，沉沉地闭上了眼睛。

从很小的时候起，我就一直在幻想未来的生活：找到心爱的人，和他生两到三个孩子，组成一个完美的家庭。我不知道自己为什么会有这样的愿望。甚至是成为科学家以后，这个想法依旧存在。即使在接受了理性思维和科学精神的多年浸润后，这种向往也从未改变，甚至到了无法抑制的程度。

怎么现在想起了这些？真是昏了头了。

有人抓住了她。两只大手将昏昏沉沉的她举到了空中。她睁眼一看，是凯文。但他是怎么来到这儿的呢？他的衣服上都是烧灼的灰烬，脸色也不好看，但在琼的眼中，她被抱起来时，凯文整个人都笼罩在一片明亮的光晕中。这是火光造成的错觉，但绝对不只是错觉。

琼抓稳了他身上的带子。凯文双脚扎实地踩在地面上，下一秒便毫不犹豫地冲了出去。穿越火焰的一瞬，仿佛持续了一个世纪。

他就是个醉汉，每天浑浑噩噩地生活。当个领队，除了暴力什么都不会，好勇斗狠，还性别歧视。

但那是飞船上的凯文，是那个来自吉木市荷兰贫民窟的凯文。在这个新世界里，他已经完成了蜕变，展露出了内在最真实的——

高尚的人格。

7

多亏泼了水,身后不断侵袭的热浪终于偃旗息鼓。

凯文气得拳头痒痒,但同时又有点儿庆幸:盖得的人不归他指挥,因此盖得本人待会儿就得亲自过来处理,这人肯定没好气儿。

等会儿再收拾你们。先逃出这晦气的地方再说。

刚刚这一趟火中救人,他的工作服完全没有被撕破,更没有烧焦,只是稍微受了些损伤。他并未接触到燃料本身。不过,盖得队里这帮混蛋倒是喷得不遗余力。

凯文抱着琼往前走。怀里的女人就像一只可怜的小鹿,睁着一双无辜的大眼睛望着他。他不禁暗自腹诽,这女人怎么这么蠢?从看见她半裸着坐在冬眠舱边上的那一刻,他就已经知道,将来他免不了要照顾这个拖油瓶。

"你比我还工作狂。"他嘟囔着。

没有回应。看来还没缓过神儿呢。

"下次工作时，留心点周围环境。或者让大家知道你在干吗。"

还是没有回应。

"尤其是盖得的走狗在附近时，要格外注意。他们可欣赏不来科学。"

琼早已被吓成了一只温顺小绵羊。软弱的人没法儿在星体立足，但她这表情是什么意思？换作是其他姑娘这副样子，凯文肯定就喜滋滋地明白自己晚上要得手了。这当然也不是他第一次和队员搞上，甚至，返程时和队里的新人双宿双飞几乎都成了他的惯例。

但这些姑娘们没人比得上……算了，别想了，但是琼？她可没法儿被当作一般人看待。

他们终于回到了大本营。凯文怀里抱着琼，还没在中心台上站稳，人们就从四面八方围拢过来，叽叽喳喳急着插上一嘴。

"上帝啊！发生什么了？"

说话的是马哈茂德。凯文松了口气。此时此刻，他宁愿跟一百个马哈茂德说话，也不想面对自称是公司财务的那小子。

"没啥事儿。"他注意到自己几乎是在龇着牙咆哮，但现在也顾不上了，"有新消息吗？"

凯文了解自己的这位副手，要是他慌忙跑来，肯定是有事要汇报。但当马哈茂德的目光落在琼身上，他顿时惊得眼珠都要掉出来了，什么评估测量都忘得一干二净。

这世上总有人高度敏感。

"你们俩浑身都是烟灰！盖得的队伍在那儿忙活的时候，"他用手指着胃那边几列向上直冲的黑色浓雾，"你们不会就在那里面吧？我的上帝啊。"

"马哈茂德，不是你的错。"

"我应该先好好检查一下的。费尔莫得小姐……"

凯文本想告诉他，你的费尔莫得小姐没事，但也不是真没事儿，她情绪现在和你一样不稳定。如果现在让她开口，我看你俩就要抱头哭泣了。马哈茂德，你快上别处待着吧。

"都是点火那帮人的错，这个责该他们负。我们都是成年人了。"

这话自然也没起到安慰的效果。马哈茂德狠狠地抓着自己的头盔，仿佛要把头发扯出来。凯文看着他，不禁露出一丝狐疑，这人一直是这么多愁善感吗？他回想前几次出任务的经历，最后得出了否定的结论。前一次任务中，他俩还曾经一起默默无言地把费易的上半截尸体从紧急切断的酸阀下拖出来。这样的场景还有很多。现在有什么不同吗？肯定是因为琼不是矿工，而是公司派来的，自然是重要得多。

马哈茂德注意到了琼被烧伤的指尖，又是一阵嘘寒问暖。琼赶紧把手缩成拳头，尝试着活动了一下背部，身子却是一僵。

凯文不便再抱着了。看她已经从刚刚柔弱无骨的样子恢复了过来，他就把她从怀里放了下来。

"我真是太抱歉了。"马哈茂德说。

"我个人建议，"琼为了躲开眼神接触，只得低头把胳膊和腿上的煤烟扫干净，"您还是忙您自己的吧，不用浪费宝贵的时间在我身上了，我真的没事的。"

"那就好，感谢上帝。"

"我才不会谢他。"

琼又回到了工作模式。不管片刻前她看向凯文的眼神里包含着什么，现在都又变回了冷若冰霜的模样。

"有没有安全区域能让我继续研究呢？"她问凯文。

"很显然，场地现在禁止入内。"

"去地沟试试吧，"马哈茂德急于做些弥补，在一旁插嘴道，"那里面都是真菌、孢子和漂亮的植物，而且我们是不会去那边费功夫的。如果要清理，工作量太大；就算清理完，也腾不出多少空间。"

琼收拾好工具就出发了，好像刚刚在鬼门关前走了一遭的人不是她似的。要不是她这么讨人厌，加上他还在为盖得手下的"清道夫"们烦心，就凭这一点，凯文肯定要高看她一眼。

至少这女人没有在他怀里崩溃哭泣。这可算不错了。

琼一走，马哈茂德的笑容瞬间消失，"这他妈什么事儿啊？"

"别问了。有什么消息？"

"鲍勃回来了。"马哈茂德翻动着手里的报告,快到凯文都有些跟不上,"快看,咱现在有两种可能,要么他没能走通隧道,空着手回来了,要么……"

"你这关子卖得挺好啊。"

马哈茂德清了清喉咙,"要么是第二种,你猜对了,腕骨腔这条路是通的。我让鲍勃多次钻探,取出的样品显示,里面很可能含有龙涎香。"

这正是我需要的。一批贮藏的龙涎香能让收获翻倍。但也会耽搁去核心的时间。可不管怎样,我们终归是有喘息和操作的余地了。

凯文松了口气,他看见头盔后面马哈茂德向他做了个"恭喜"的口型,心里非常清楚等有了这笔财富,自己这位朋友会用它买什么,毕竟之前没少听他讲——一所能住下全家人的大房子,远离吉木市,甚至是远离殖民地;一座他自己的小教堂,给流浪的人们一个安稳的居所,收容那些宗教难民。真是大善人的理想,对这个世界来说,太仁慈了。一个未能和自己成长过程和解的孤儿的理想。凯文真心希望马哈茂德有朝一日能亲眼看到他的理想得以实现。

一阵喧哗吸引了凯文的注意,看来得晚点再庆祝了。愤怒的脚步声由远及近,起初踩在肉土上还听不出来,但踏在铁轨上就无法忽视了。盖得浑身都散发着危险的气息,这身工作服几乎藏不住他身上大块的肌肉。他壮得像头鲸鱼,锃亮的光头再加上一口大白牙，让人不敢小觑。他直冲凯文走过来，晃动的拳头几乎要甩到凯文的脸上，而一旁的马哈茂德则幸运地被忽视了。

"你们队那个女的有什么毛病？"盖得的唾沫星子都喷到了凯文头盔的面罩上，"我可不负责照顾没人监护还到处闲逛的神经病。这儿不是托儿所，我的人可没拿这份儿钱！"

"我举双手赞成。"凯文回应道。即使把那几个队员的鲁莽行径告诉盖得，想必他连眉毛都不会抬一下。他现在正披着正义铠甲暴跳如雷，任何指摘都会被轻易地挡回去。"但在码头有句老话，吓尿了总比真死了强。她下次会小心的。"

"她最好是！"

盖得从不轻易俯首听命，即使是发展到大打出手的地步，他的赢面也很大。他料定了凯文不会轻易动手，才会这般肆无忌惮、撒泼放刁。凯文知道，对付盖得，只能智取。而对方现在冲过来发的这通脾气正中他下怀。这下他可以再次压制盖得了。

给他点儿甜头，他就能做条好狗。

"是公司把这些人塞给我们的，现在木已成舟，我最多只能让他们别碍事。如果你能带队去腕骨腔，我就能在这儿看住这个女人。"

盖得嗤之以鼻，"老子为什么要去？那地方都搜刮干净了。"

"那边有大量的龙涎香。"现在告诉他这个有点儿早，但也是为目的服务。

"行啊，派我去挖垃圾，这样你就能偷偷溜去核心，又能拿到你那宝贝奖金了，我说得没错吧？"

"一时半会儿没人能去核心。"凯文引着盖得去看真菌丛，"从食道到内脏都长满了这东西。要想清出一条道来，至少得花上整整六天。要么去挖宝，要么去烧草，你自己选。不要忘了，龙涎香能增加我们的收获，"还是钱财最动人心，"不管谁最后拿了奖金，咱们都能从龙涎香里获益。"

凯文心里清楚得很。和他不一样，大部分人来星体都是为了钱。虽然工作的内容难以想象，但回报和付出成正比。一个矿工往返十趟就能买套公寓，或者把自己的债务还清，甚至可以选个上流妓院，像个少爷一样快活几个月。也有人选择建房子和教堂。或是像凯文这样，给某个被自己甩了的前女友寄钱。他曾对自己承诺过，无论如何都会帮凯瑟琳逃离贫民窟，让她过上想要的生活。

盖得拿手指戳了戳凯文的锁骨，"我一定会拿到奖金的。"

"真有那一天的话，我会为你高兴的。"

盖得视此为嘲讽，讥笑道："不过嘛，我们队的贤淑还挺享受放火这差事的。不如您自己身先士卒去腕骨腔吧。"

"贤淑差点把我们的客人烧成焦炭。但你们想在那片地里撒欢儿的话，就请自便吧。不过说起来，我们已经打算上化学熏杀了。放火烧不尽，还是那个效果更彻底。"

这句话顿时让盖得哑了火。凯文看出他在掂量着是否要踏足那片地狱。这也情有可原,毕竟化学药剂是逼不得已的最后一招,能把那一整块地方全都变成有毒的荒原,剧毒的烟气会四处弥漫,导致能见度急剧下降。进去的矿工从来没有全须全尾出来的,下趟任务也几乎不会见到他们了。

"呵,"盖得亮了亮他的大白牙,"既然如此,咱们就几天后见了。"

"成。带上鲍勃和你们一块儿。"

盖得变脸比翻书还快,"臭烘烘的鲍勃!去你妈的!"

"没他在,就没法覆盖信号。他是咱们的……"

"通信专家!我他妈不是傻逼。"没等凯文回答,盖得就转身离开了,只有耳机里传来他的嘶吼,"谁把鲍勃给老子揪过来?谁看见那混蛋了?"

突然,他像是又想到了什么,转过身来,冲凯文眯起了眼睛,"你今天也许是最有种的,但纸扎的老虎也就威风那么一会儿。老子我要上场了。"

说完这句,他关上了频道,寻找他的队员去了。

可怜的马哈茂德,被这莽夫的一连串愤怒举动逼得节节后退。此刻他正在远处一个终端那儿假装干活儿呢。幸好凯文不是被吓大的,他曾和比盖得还恶劣百倍的人打过交道,当年也经常被人从仓库里丢出来。

化学熏杀,他在心里自嘲了一句,好像我真会这么干似的。

随着盖得的队伍离开，凯文又提振了精神，开始派队员上阵清理，看着食道一天天逐渐变回了原来的模样。重型绞车把一队手持燃烧器的矿工放进了第一胃里，他们开始有目标、有章法地燃烧真菌。从大本营看过去，食道口俨然一个正在燃烧的灶台，凯文甚至有一种想用它来暖脚的冲动。

#

皮肤真是个神奇的器官，薄如蝉翼却又坚韧无比。若是方法得当，还能制成皮革。即使是被浸进酸液里，它也仍能坚守阵地。直到皮肤被侵蚀殆尽，才会露出里面的肌肉和肌腱。

"上啊，试试看。"

"把手放进去。"

"泡到液体里去。到边上去。"

"穿过去。"

凯文一听便知此刻正在发生什么，他一直都警惕着这类不良行为的发生。这帮人真觉得他注意不到公共频道上兴奋的私语吗？棘手的是找出他们的位置。食道里有很多犄角旮旯，藏起来并非难事。

直接用无线电干预？他斟酌了一下，不行，那样留不下太深的印象。

他还是想要杀鸡儆猴。

　　中心台旁，四下无人。这也说得通。这帮人搞事情肯定会找个天高皇帝远的偏僻地方，即使做"皇帝"的通常睁一只眼闭一只眼也一样。潮湿的水雾遮盖了视线，凯文费力地仔细辨认。

　　他们可能在任何地方，不过那儿肯定有个特殊部位，可能是叫什么腺体之类的，是个能分泌液体的东西。凯文不知道它的学名。但不管叫什么，这附近的那东西不多，一只手就数得过来，他只需要猜是哪一个。

　　幸运的是，我也许不懂生物学，但我懂人心。找个藏身处不难，难的是找个密闭的藏身处。

　　他顺着抽液系统一路追踪，每隔20米就碰到一个酸液池。身后的肉墙越来越远，仿佛已经远在天边。正好给那些见不得光的勾当提供了完美的隐匿场所。

　　几台水泵正不断抽取着液体，旁边空无一人。再明显不过的迹象。所有人必定都被吸引过去了，这要是能猜错，仓库那么多年就白混了。他跳过一连串管子。机器挡住了灯光，在后方投下一片阴影。尽管光线有限，但他没有打开头顶灯，以便更容易地发现他人的踪影。

　　找到了！

　　那边的缝隙里传出了微弱摇曳的光亮。他悄悄走近。在鼠海豚老厂房，他也经常摸黑爬上房椽，简直易如反掌。起初他还只能听到无线电波里面压低声音的窃窃私语，但现在环境声也被收了进来。液体的晃动声，嘶嘶声，靴子底和肉土摩擦的声音。凯文宁可是自己听错了。他从角落偷窥过去,没有色子。他对眼前的一幕没有半分惊讶。

"看哪,我还能坚持。"诺丹虽然语气轻快,脸颊却在紧张地抽动着。

他身边围着司赖珂那帮人。几个人头顶上悬着一个用刀划开的肿块,里面的东西从口子里流出来,滴落在地上凿出的一个池子里,集满了一汪清亮的液体。池子边飘着一层雾气,那是肉体溶解后的现象。

雾气也萦绕在诺丹裸露的手腕上。这个愚蠢的孩子早已摘下了自己的手套,卷起了袖子,强迫自己把手毫无保护地浸没在酸液当中。

这种酸液算不上星体里最恐怖的东西,它的腐蚀速度很慢。但大颗的汗珠仍不断从诺丹脸上滚落,其他人却笑出了眼泪。司赖珂的叫好声听起来尤其讽刺。

"坚持住,马上就好!"

"马上是多久?"诺丹万般痛苦地挤出一个笑容。

没有回答。凯文看出来了,这小子已经濒临崩溃。这样更好。幸运的话,他还能不被发现,再溜回去。尽管他一再禁止这种恶作剧,但既然现在这伙人做都做了,那就这样吧。从现在起,这个新人就成了他们中的一员,他们就不会再找他麻烦了。

诺丹喘起了粗气,仿佛疼痛突然才开始找上他。他把胳膊收了回来，一想到已经解脱了，他脸上的每一个毛孔都舒了一口气。但司赖珂猛地扑向了他。在凯文疑惑的目光中，她用自己包裹在保护服下的手抓住了诺丹的手腕，又插进了酸液里。

男孩被吓呆了。等他反应过来，徒劳地扭动着想要挣脱，却被司赖珂牢牢压制着。她像一个疯子般站在池子上方，用诺丹颤抖的手搅动着酸液。

"马上的意思是，要我说了才能停！"

池子里的酸液冒起了泡。每一次搅动，诺丹的手就被腐蚀得更多。凯文焦心了起来，但还是选择按兵不动。虽然这已经越界了，但司赖珂从前也如此霸凌过其他矿工，那些人经过这一劫，都会变得更加强健，更加可靠。

"饶了我吧。"诺丹屈辱地呻吟着求饶。

另外两个人冲了过来，用一种奇怪的方式踢踹着诺丹的背部，仿佛这样就能从他身上榨取更多快乐。司赖珂为他们叫好。两个人抓住诺丹的脚踝，把他拎了起来，强迫他脸朝下。当他们开始向前推，诺丹的头盔都几乎碰到酸液时，凯文果断介入了。

他打开头顶灯，一眨眼的工夫就站在了水池边，像只食腐鸟一样俯下身子，扑向了他的猎物。

"够了！"

他的声音听起来很冷静，动作却迅猛非常。他用巧劲迫使司赖珂松手，又把诺丹的手抽了回来。那手上满是白雾，皮肤已经发白,手指开始像蜡烛一样熔化。凯文一放开手,诺丹就猛地后退,身前跟着一串白烟。他难以置信地看着自己的手,想要把一大团的皮肤捏回原来的形状,但耳机里随即传来的刺耳尖叫声已经表明了结局——太迟了。诺丹蜷缩成一个球,伸手够到了自己的手套,龇牙咧嘴地把它套在自己畸形的手指上。

已经溃烂了,凯文心里暗道不妙,应该早点插手的。

这孩子这辈子得学会带着伤痛活着了。

他这时候拿不准司赖珂的内心。她会因为被抓住了而感到羞耻吗?还是会因为被人抢走了玩具而大发雷霆呢?

凯文的心情降到了冰点。

"捉弄新人是我们的一个宝贵传统,"他说道,"但我说过'这趟任务不行',我也说过'进了星体不行',现在我觉得,还是统一禁止的好。你们现在已经不知道捉弄人和伤害人的区别了,是时候叫停了。"

这出乎意料的变化让所有人猝不及防。尽管耳机里仍隐约传来几声抱怨,但几个人已经冷静了下来。没人喜欢自己的隐秘乐趣被公开谈论。

"闭上嘴,干活儿去!"

矿工们纷纷溜走,只留下几句小声的牢骚。就连司赖珂也起身径直离开了。凯文看着她的背影,摇了摇头,但也就仅此而已。不会有惩罚,更不会上报。他可不打算因此坏了全队的名声，只能这样处理了。矿工们走后，只留下诺丹还在原地。

凯文对这个年轻人有着双重失望——为了融入这伙人，居然让自己卑微到这个地步；当情况走向极端的时候，居然反抗得如此无力。他把这份失望隐藏了起来，但对方察觉到了。诺丹拾起他可怜的自尊，努力把背挺得直直的，说道："将来我会努力让你骄傲的，领队。"

"你会的。"

男孩向着其他矿工离去的方向跑开了，踉踉跄跄的。

太令人不安了。

倒不是因为他们不守纪律。对一队经验丰富的矿工来说，不守纪律才是常态。但他们眼中那份放纵不羁，那种兴奋起来就上头的劲儿……这已经不仅仅是在新人身上找乐子了。这是完全不同的东西，是某种陌生而狂热的兴奋。

要是我没有介入，他们就已经把诺丹整个人抛进酸液池，要了他的命了。

即使是当年码头最肮脏的混蛋，在那个动不动就砍手砍脚、到处讲所谓的人情恩惠和尊严荣誉的地方，他们也明白什么是实用主义，行事也是基于经济逻辑的。只要能明白这一逻辑，就能游刃有余地生活。但是这个呢？这样虐待的目的是什么？司赖珂是个脾气暴躁的人，但凯文从不认为她会毫无意义地把自己的不快发泄到别人身上。

不管背后的原因是什么，他已经看够这些了。正当他准备离开，却忽然注意到后面还站着一个人，就藏在肉墙的褶皱里，看上去丝毫没有要走的意思。

"我说了，干活儿去。"凯文忽然感到一阵疲惫。身心俱疲。

"你对我的活儿了解多少？"

凯文心下一惊，头顶灯照过去，黑暗退去，露出一个试图用手挡光的瘦长人影。是元昌英久。他也参与其中了吗？凯文走近了这条公司的走狗，毫不掩饰地用灯光直射他的眼睛，看着他嘟囔着偏过头去。鼻子周围没有粉末的痕迹，不过这也代表不了什么。

虽然我已经不需要任何理由，但只要给我一个由头，我就会把你送回"卡柳号"上，或者更好的是直接把你丢到外太空去。来啊，只需要一个由头。你就是幕后主使吗？

"你在这儿做什么？"凯文不等英久回答，又接着追问，"你想对我的人做什么？看着那孩子受罪，你很享受吗？"

元昌英久退缩了。如果凯文想要拿下他，那他将毫无还手之力。他唯一能做的，就是用颤巍巍的胳膊护住面罩——好像这铁打铜铸的头盔连一拳都承受不住似的。

"别打我，"他虚弱地说，"在我看来，你那伙人自己就知道如何享受了，尤其是司赖珂。他们丝毫不需要我。"

凯文感觉血都涌到了头顶，"他们很享受？闭上嘴，别乱说！给我离远点儿。不论你干什么，管好你自己，别碍我们的事儿。"

他回想了一下经过，自己有没有看清楚？当时那么黑，场面一片混乱，起哄的人里有没有元昌英久？他是抓着诺丹的腿把他往酸液池里推的两个人之一吗？不太可能，他没这个胆子。他倒是更有可能躲在后面摩拳擦掌，在公共频道里小声嘀咕些变态的建议。

元昌英久提高了音量，但身子依然蜷缩着，"我想去哪儿就去哪儿，我有完全的自由。至于你嘛，童子军团长，"他知道自己已经踩在凯文的雷区，于是便抓住机会更进一步，"你唯一的任务，就是保证我的安全。第一步，就是不能威胁我。"

他慢慢地远离凯文，假装漫不经心地直起身子，眼睛却一直盯在对方身上。凯文沉默着。这时候最好让敌人一直说下去。否则，言语交锋说不定会导致互相毁灭。

"不过，这样的冒犯我完全不会放在心上，都是压力或者情绪上头造成的。人家说'不痴不聋，不作家翁'①嘛。"英久习惯性地摸向了自己的喉咙，却发现没有领带需要正，"这就说到了你我之间的协议，这才是我最关心的。说说看，兰格迪克领队，在这个病菌肆虐的阴沟里，你打算怎么保障我的安全。"

还是那个谎话连篇的懦夫样子。我祝你早日在食道里找个阴暗的角落，嗑药嗑到脑子都废掉。这就是我给你的健康安全协议，没人拦着你。但你要觉得我会听你差遣，那真是蠢到家了。可没人要求我给你提供方便。

---

① 出自《资治通鉴》，指作为一家之主，对下辈的过失要能装糊涂。

而凯文只消上前一小步，加上一句话，就轻松突破了对方的防线，"那你笑得那么紧张做什么？"

"呵！"英久又嘲讽地哼了一声，手指插进了身后的肉墙，随时准备闪躲。"终于要见识传说中凯文·兰格迪克的暴脾气了吗？在居酒屋和厂房里，你每次脑子一热就是这么挑衅受害者的吗？摆架势，撂狠话，然后砰砰开打！是啊，这案底三天三夜都讲不完。说不定我作为下一个受害人，也马上要进案卷了。多荣幸啊。你或许都不知道，每次有新影像送过来时，我们有多兴奋。那可比殖民地锦标赛赌起来有意思多了——赌赌看，谁先把谁的脑浆打出来？"

凯文对此早有预料，但这话仍无比刺耳。他不出任务时的生活，居然是英久办公室里拿来取乐的笑料。既然如此，不如就成全他们的期待。他把手放在英久的左肩上，缓缓收紧了手指。

"不管在吉木市，还是在这里，我们这种人，解决矛盾的方式就是直接动手。简单粗暴。另一方可能会还手，我作为领队，也可能会介入。如果他俩不能私下解决，就得交由我处理。问题解决了，大家握手言和，继续干活儿。这就是有血有肉的人解决问题的方式。"凯文放松了钳制，但仍没有放开他，"但你们那群人，踩着同事的尸体往上爬，在背后捅刀子，拿规矩当挡箭牌，升官谋权，循环往复，直到拿到属于自己的股份，过上光鲜亮丽的生活。你生活的世界是虚伪的，元昌先生。但这里是真实的，这份工作是有价值的。这是份肮脏又危险的工作，有时候甚至要和别人干一架才能办成事儿。但没有你们那种见不得光的做派。"

英久忍着咳嗽，揉着自己疼痛的肩膀，"你越界了，兰格迪克领队。"

"要是我不越界，你们还拿什么找乐子呢？"

"呵，听听你这话。但你不明白的是，你们一波又一波的打斗破坏了体系的融洽，也就是所谓的'和'。新财阀花了大力气想要改变这一点，重建社会的自然状态。"英久的脸上因愤怒而泛起了红晕，"但是，我把刀子捅进别人的脊柱，这本身就是体系的一部分。一个净化提炼的过程。异类是你，不是我。而且你显然也不清楚，到底是谁在给你收拾烂摊子。"

"那你是来对地方了。这里可太需要收拾了。"

元昌英久在试图激怒他。这一点再明显不过。诱他动怒，好革了他的职。但对方没能得手，不是吗？那个易怒的凯文，是私底下生活在陆地上的他，而在星体，一切都不一样。在这里，他是领队，他的头脑是清醒而冷静的。

不过，还是要小心，免得落入自证的陷阱。这样敌人就又占上风了。

"说得够多了。你问我，在这儿怎么保证你的安全？"凯文稍稍拉开了距离，显得更加正式，心里知道英久不会喜欢这个答案，"我不会保证，也不能保证，因为没人能保证。剑吻鲨可以送任何人来这里，给他们打上所谓的荣誉标签，但没有狗屁意义。很多人都死在了这里，真相就是这样。"

　　凯文每说一个字，英久的脸色就更加苍白几分。他像个泄了气的皮球，再没有还嘴之力，甚至对凯文这个人都失去了兴趣。"我不能接受。我们的策略是完美的，我们送来的材料都是顶尖的，那堵胶木墙……"

　　"是坚不可摧的。你们八成穷尽了一切手段来测试它的强度。电钻、辐射，甚至扔到太阳上，还用氢弹炸过。"

　　"是的！"

　　"但能要你命的不是这个，而是静脉、肌肉、体液。哪怕整天喷胶木，把每个洞都堵上，我们仍然身处一具尸体当中。当一切崩溃时，你爱怎么抓住那堵墙都行，那将是唯一留下来的东西。"凯文看着英久的眼神逐渐游离，停留在某个空地上。这人听进去了吗？他决定一试。"想活下去吗？那么从当前情况来看，你最好的办法，就是让我们不受阻碍地完成工作。我做好我分内的事，要打报告你请便，就是别来碍事儿。"

　　关于皮肤，可讲的还有很多。比方说，为了对付那些想从他碗里分一杯羹的讨厌鬼，凯文修炼了怎样一张厚脸皮。不听指挥的盖得前脚刚走，后脚就来了渴求关注的元昌英久。就凭他们还想搞垮他？毛长齐了再来吧。

　　既然话都说到了这个分上，英久只得跌跌撞撞地离开了。他一脸挫败，但凯文可不会就此轻易放手。他很清楚，在那虚弱的外表下，藏着个多么油滑的阴谋家。迟早要算总账的，他必须做好最坏的打算，或者找机会先发制人。

小事一桩。兵来将挡，水来土掩就是了。现在更重要的是，核心就近在咫尺，所有隐患都已查清，一切正按部就班地开展着。而我们此行的任务，就是要直取核心。

他很期待尽快和马哈茂德一起开始第一轮检查。终于要准备深入虎穴了。

他关掉了头盔顶灯，黑暗顿时吞没了他。周围的温度并没有降低，他的头脑却冷静了下来。思路渐渐明晰，呼吸也更加平稳。他关闭了收音信号，耳机里只留下环境音。

左边，液体咕噜咕噜地流淌。

远处，肉块与肉块互相摩擦。

发电机的噪声。

以及某个低沉的声音，他暂时无法辨认方位。高低的节奏感让它区别于星体无序的噪声，而情绪的起伏又使它不同于机器的响声。甚至还流露出一丝饱满的激情，让人不由得想起远古的鼓声。凯文突然感觉自己的心脏怦怦跳了起来。他热切地感受着这在星体重生的心跳。

8

干得漂亮啊，沙代子小姐，但最终还是枉费心机。你甚至都没意识到，你被我击败得有多彻底。

英久感到胃里升腾起灼烧的炙热，那是在每次和同事的较量中即将获胜时体会到的一种熟悉的愉悦感。还是要小心，不要喜形于色，他一边暗暗提醒自己，一边将乌龙茶摆在自己面前。

在禅意花园里，沙代子施施然走了过来，一身考究的和服，衣摆暗缝轻抚过脚下的步道。这里与他们那满是压力和喧闹的办公室虽只隔几米之遥，却让人好似置身于吉木市与世隔绝的远山别墅一般。在他们周围，小溪潺潺流过凹凸不平的沙砾，全息投影的苍鹭栖息在两畔，花园后方还有个添水[1]，泉水缓

---

[1] 日本庭院中常见的一种景观装置。

缓流入中空的竹筒里，筒满反转倒水入池中，复位时笃的一声敲在下面的石板上。添水最初是为惊走闯入农田的动物而设，现在却被日本人赋予了净化心灵的含义，因而成为禅意公园里"和"的一部分。四下静谧优雅，一切俗世的喧嚣、奔忙和滚滚红尘都被屏蔽在外，任何科技的痕迹都被小心地隐藏了起来。这样一来，两人的会面就像一场偶遇，仿佛发生在萧瑟荒芜的神殿山上，或是无人问津的神都圣殿里，而英久则像是恰巧在此品一杯茶香。

"沙代子小姐，今天的天气很好呢。"看着对方的木屐在他对面的榻榻米座位前停了下来，英久说道。

"英久先生，"她鞠了一躬，"一般董事长宣布重要决定的日子，天气总是很不错的。"

沙代子美得无法用语言形容。英久曾幻想过与她同床共枕，但又很快否定了这个想法。她一定会将自己迷得神魂颠倒，那他可就在劫难逃了。英久鞠躬回礼。

"请坐吧，我们一起喝杯茶。"

"如果不会打扰到您的话。"

沙代子以传统姿势跪坐在垫子上，英久用小茶壶为她斟上一杯茶。

今天他是专门在沙代子散步的路上等着的，目的就是和她再进行一次这样的对话。最后一次。这样当她得知自己的命运时，就知道谁是幕后推手了。英久开心地取消了今天第二次造访休息室的计划，穿上了他最完美的基尔罗伊牌西装。如此一来，对方身上的和服代表着过去，而他自己身上的西装则彰显着现在。

"经历了几个月的紧张和压力，休息一下也是好的。"他说，"这机会千载难逢，能真正地证明自己的价值。您从未梦想过自己上星体吗？"

"我得承认，我和很多人的想法不同。恐怕上星体还是需要有健壮的体格才行。从这点来看，可能有着真正武士道精神的男性会更加合适。"

"您太谦虚了。"

"不过这都不重要了。董事长已经授权理事会，今天就要宣布决定了。"

"但要是您真的被选中了呢？"

"那我会秉持剑吻鲨员工的尊严，接下这个任务。我宁愿吞下自己的舌头，也不允许任何有失体面的情况发生。"

英久内心狂笑不止，我等着瞧呢！等公布结果的时候，让咱们看看这个撒谎精会不会把舌头吞下去！他一边这样想着，一边举起了还在冒烟的热茶。

"那可太糟糕了，我们大家可舍不得您百灵鸟般的声音呢。"

"真的吗？"她拉起袖子，掩面轻笑，"您说真的吗？元昌。"

她直呼了英久的姓，这是在拉开两人的距离。英久的回应却仿佛在呼唤亲妹妹一样亲密温柔:"小沙代子。"

虚假的暧昧气氛在安静的花园里弥漫开来。两人都带着礼貌的笑,没有选择点破。

数月以来,一个阴霾一直笼罩着新北海道的总部办公室,像个不散的阴魂。这一切都起源于某个经理泄露了公司高层的口信,暗示接下来会有一个新计划。后来,他们暗中收买了部门会计,知悉了新计划的更多信息。在计划中,一名员工将作为公司的牺牲品,和矿工们一起被送往星体。那个没妈的星体!

只过了三十分钟,办公室的气氛就已濒临白热化,每个人都在争相寻求庇护,英久也不例外。他庆幸自己属于最早开始行动的一批,短信发了无数封,攀故人,叙旧情,求三拜四。经过数周的发酵,紧张感已接近令人崩溃的边缘,平日里的压抑气氛也达到了令人窒息的程度,官方终于发布了消息,将择期公布人选。

就是今天了。英久摩挲着自己的下巴,享受着滚烫的茶水在肠子里流动的感觉。很快这出歌舞伎表演就要落幕了,叛徒也即将被送到太空。至于什么时候回来,就只能等命令了。

在新计划的消息传出后,他注意到了一个冲着他来的阴谋,而幕后黑手就是这个狡猾如蛇蝎的女人——沙代子。部门里一小撮人拉帮结派,想要把英久选进星体计划。然而,他们当中有人走漏了风声。不管和其他人之间有多少嫌隙,英久都用影响力很好地进行了弥补。而当药品攻不破，勒索行不通，恭维话全变耳旁风的时候，他还剩下最后一条路。

我手上有她的录音。全裸的、不堪的艳照。和服下一览无余的身体。

他自己也许树大招风，但他已经确信，被风摧折的一定会是沙代子。问题的关键在于怎么把材料送到对的人手上。说实话，英久甚至不关心对方拿到材料是想传播开来，还是直接毁掉。

"抱歉，我得回去了。"他将杯中茶一饮而尽，把名牌牛津皮鞋放到外面的木地板上，"时间差不多了。"

胜利的滋味多甜美啊！英久鞠了一躬，沙代子回礼，他便起身离开，向花园出口走去。不管他走到哪儿，都有苍鹭昂首引颈，仿佛在向它们的新主人致意。

当他穿过包裹着花园的嗡嗡振动的薄膜，瞬间就掉进了办公室那让人头疼的忙碌和喧闹当中。但他今天心情大好，甚至都不需要去休息室吸上一口。

不过，他还是没忍住，让笑容爬上了嘴角，这一切都是值得的。现在我只需要耐心等待，最终决定随时都会公布，我只需要等着看她花容失色、惊声尖叫。

英久开心地舒了口气，他一边走回自己的工位，一边想象着自己坐到沙代子那张简约的办公桌后面。那里唯一的装饰就是那排价格不菲的限量版芥子人偶，做工精妙绝伦。说不定等她一走，他就可以鸠占鹊巢了。他打算当众把那些木头小人砸个粉碎，或者随便找家小店贱卖掉。这一切为的就是羞辱她，不管沙代子去哪儿，他都希望她能感受到这份屈辱。

他刷卡启动了桌子。等待屏幕投影到视网膜上时，他的脸上仍挂着笑容。灵敏的键盘已经在他指尖下准备就绪。

胜利的滋味顿时化作阵阵苦涩。

命令是剑吻鲨最高领导层下达的，写得清晰明了，不容一丝质疑。只不过语言包装得仿佛一份赐予他的最高荣誉。最下面是董事长的签名、私人章和办公室印章——没有人会冒着被开除或被逼自裁的风险盗用。

沙代子像幽灵般突然出现在他身后，伏在他耳边轻声说：

"你可要一路小心啊……小英久。"

#

生死之际，一幕幕往事走马灯似的从英久眼前闪过。

他后知后觉地想到了一些征兆：这几天他都感觉牙疼欲裂，以及每天例行散步的时候，都听到胶木墙发出吱吱呀呀的声响。而就在刚才，一道巨大的裂缝将整堵墙撕成两半，接着便碎成无数片，纷纷扬扬地落下，整个食道瞬间变成了一个呼呼的风洞。幸而这一切发生时英久不在墙边。他默默念了句"感谢祖宗保佑"，虽然心里也不知道是不是那群王八蛋帮了自己。

兰格迪克和他的副手提前一天离开,难道纯属巧合?他一直盯着几个人的动向,佩服他们这风头避得着实巧妙。自打在酸液池旁侥幸躲过一劫,英久觉得还是暂时不去触凯文的霉头比较好,免得自己脆弱的肩膀再在铁砂掌下遭殃。

他每做一件事,都深思熟虑。

他说出的每一个字,都先在肚子里嚼一遍。

他远远地跟踪着,小心保持着距离。兰格迪克最近在干什么?那个狗娘养的打算什么时候对我动手?

正因如此,他发现了凯文和马哈茂德要短暂离队。就在众人即将猝不及防地被食道上的大洞吸出去之前,他意外截获了一次通话,是兰格迪克和琼之间的。经过一番努力,他精准锁定了通话频率,饶有兴致地偷听了他们的对话。

"……我现在很需要换干净的内衣裤,"英久听到琼的抱怨,"更要命的是,我的鼻子已经痒痒了两天了。"

"都是为了工作嘛。"兰格迪克的回答心不在焉,也许是因为,他知道即将发生什么。

"还有谁像我一样,需要忍受黏在脸上的长头发?这可不是……"一阵静电噪声,英久赶忙调整了信号,"……宇航员训练。"

"习惯习惯就好。好消息是你这一轮的时间快到了。满6天就能回飞船上好好睡一觉。恭喜你啊教授,第一次出任务圆满完成。"

"还有一天呢。"

"一眨眼就过去了。坚持到工作完成。"

他几句话就把琼打发了！难道他和沙代子那个娼妇是一伙儿的？合起伙来就为了对付我，再顺手把琼也干掉？

他一定要让沙代子付出惨痛代价，沙代子！他不在乎是不是整个部门都对他伸出了黑手，更不在乎是不是矿工队伍都站在她那边。这个女人就是他耻辱的代表，她甚至喝茶的时候都还在奚落他，这个女人！等他当上董事长，看她那时要如何自处！他会把那身价值连城的和服扒下来，然后找个最破烂的麻袋把她塞进去。

接着，胶木墙就塌了。报仇的事情暂且放放，活下来变成了他最要紧的事情。

墙塌的时候，英久很幸运地正处在食道的最远端，站在胃的边缘感受垂直距离的落差。在灾难发生的一瞬间，他在空中划出一道抛物线，被狠狠向后摔了出去。

引力仿佛突然来了个九十度大转弯。他向下看去，脚下是怪物的尖牙巨口，外面就是浩瀚无垠的宇宙星辰。

整个世界顿时成了尖叫的地狱。

带着下巴剧烈的抽痛，英久就像一只被冲进下水道的蜘蛛一样，尽管胡乱挥舞着四肢，但依然无法阻止自己快速下落。他甚至都来不及感到恶心。沉重的器械和缠绕的电线从身旁掠过，但由于速度太快，他无法抓住任何东西。

顷刻间，他已经落到了食道中部。就是现在，他一定要抓住什——当的一声，他感觉头被砸中了，顿时一阵眩晕。

再睁开眼睛时，刚刚撞过来的那个矿工已经消失在了下面的深坑里。英久被撞离了原先的方向，朝着一根上下翻飞的抽液管猛冲了过去。真是走了狗屎运了。英久跟着管子起伏，四处抓握，终于碰到一个东西，便使出吃奶的力气紧紧抓住。

那是一根工作服的腰带。腰带的主人是他的熟人凤彩蝶，朋友们都管她叫"小蝶"。她是英久在矿工中积极争取的对象之一，过去几天他一有空就找她，以及其他几个熟面孔，试图和他们建立融洽的关系。而此时此刻，这个女人对他来说又有了个新用途——人形绳梯。

他紧紧抓住眼前的腰带，一下一下顺着她的背往上爬。凤彩蝶伸长了脖子，回头看是什么突然拽住了她。她和这个瘦长的日本人四目相对，不由得一阵哀号。她的体力显然已经到达了极限，抓着管子已是勉强，现在还要再多承担一个人的重量。

英久双臂死死环着小蝶的脖子，生怕滑下去。呼呼的风声震耳欲聋，但现在也无从关掉外置麦克风了。

"抓紧，再坚持一会儿！"他大声喊道。

他拼尽全力抬起一条腿，架在她的肩膀上，接着再抬起另一条腿。暂时是安全了。他腾出手来，想要抓住头顶上设备装置的横杠。看上去近在咫尺。只要能抓住，就能躲过狂风了。他带着赌一把的心情，猛地冲了出去，抓住了横杠的最下面一格。

而这一下的力却把凤彩蝶推了下去。她掉入了下面的深渊。英久先前在她身上的努力都付诸东流了，真是浪费。再见了，小蝶。

他强忍着手指的疼痛，勉强支撑着。整个世界就只剩下那段几近四分五裂的抽液系统，中间的两个酸液池已经从食道里被连根拔起，其中一个就悬在他左上方，只有系统的终端还严丝合缝地连在动脉上。

"是你！"

风里传来一个尖厉的声音。英久疲惫地抬起头，看到酸液池边上有几个黑色的人影，不时地躲避着袭来的狂风。幸存者！

"救救我。"他哀求道。

"爬上来！"

说得容易！

他试着挪出一只手，可刚抬起来，就感受到了下方强大的吸力。他做不到！怎么可能做得到？他们怎么能说出这样的要求？汗水和泪水顺着他的下巴淌了下来。

再试一试。

他举起颤抖的手，奋力向上，想要抓住横杠的倒数第二格。等松开最后一格的刹那，他就会变成风中的一片叶子，短暂地暴露在疾风的旋涡当中。

他松开了手。

一个箱子擦着他的头盔落了下来，吓得英久失声惊叫。他往上一冲，紧紧抓住了横杠。

接下来的几步也是一样。他用尽了余下的所有体力，几分钟后，终于到达金属装置的顶端。他简直不敢相信自己真的爬了上来，这里的风力小了很多，感受也好了不止一星半点。他紧紧抱住横杠。

"真是活见鬼了，"幸存者当中响起了司赖珂的大嗓门，"你是所有人当中，我最没想到能活下来的。"

你说得对，我们活下来了，暂时活下来了。

在他们身后或下方的某处，某个氧气罐在怪物的巨口里爆炸了，引发了一连串冲天而起的火球。大本营被炸得四分五裂，只留下肉土上的一个大坑。

司赖珂迅速对众人说："没时间耽搁了！诺丹、海能，你们负责打开盖子。元昌，尽你所能把密封打破。只许成功不许失败！"

此时此刻，这个站在避风口的女人俨然成了一位镇定自若的船长，正守护着她的舰艇，藐视外面正席卷一切的烈风。司赖珂肯定已经疯了，但至少她知道如何逃脱这必死无疑的命运。英久一秒钟也没有浪费，立刻蹲下身查看设备入口盖。盖子上围绕着四个紧固的操纵杆，将密封盖分成四等分。三名矿工已经在大汗淋漓地试图把它们拉开。

我这精细保养的手怎么能干这样的粗活？多高级的护肤品都救不回来了。

然而，当他试图抬起操纵杆时，却发现这活儿需要的是蛮力。

"我们直接去主动脉不是更好？"他抱怨道。

司赖珂刚把她手里的操纵杆抬起了几毫米，闻言怒吼道："只有气压稳定了，门才能打开。不然我们就得死在这儿。给我拉！"

他没有再反抗。去他妈的个性，去他妈的骄傲，直觉告诉他，这就是自保的唯一方法。而自保又恰好是他最擅长的，这么多年带着恐惧和对母亲的担心，还能在有史以来最有权势的公司谋生，他已经把这本事练就得炉火纯青了。

他拼尽全力去拉动操纵杆，甚至身上携带的生命体征监测仪都报警了。

他妈的给我抬！起！来！

对面的海能已经把手里的操纵杆拉起来了，甚至连瘦弱的诺丹也做到了。很快，司赖珂也成功了。盖子颤动着，发出嘶嘶的响声，仿佛已经感受到了自由的气息。其余三人手脚并用地向他这边爬来。

英久心中居然升起一丝尴尬。真奇怪。

四人齐力果然有了效果，最后一根操纵杆也被拉开。瞬间，整个抽液装置一阵颤抖，而管子仍然接在上面。司赖珂差点被掀翻，好不容易才保持了平衡。

"现在怎么办？"英久大声问道。

"现在！"司赖珂大喝一声，帮着海能把盖子抬起来，露出主动脉的内部。内壁上满是亮闪闪的橘黄色黏液，是最近刚被抽剩下的，"进去！"

恶心！绝对无法接受！但毫无疑问，这是他们最好也是最后的选择了。这条主动脉沿着肉墙一路向上延伸，一直通向动脉的入口。那一头是密封的，他们要是能把身后的管子打个结什么的，应该就安全了。

至少比现在安全一些。

没错，这就是他们活下来的唯一办法。司赖珂几乎是扯着诺丹的后脖颈把他推进去的，接着海能也弯身挤了进去。

"到你了。"

英久环视了最后一眼，庆幸头盔遮挡了视野，让他看不到咆哮的狂风，看不到造价高昂的设备在食管里疯狂飞舞、而后成为太空垃圾的一部分。他一定要活下来。沙代子出了牌，他只是暂时落后罢了。

他又感觉到胃里灼烧的恨意。

我会让她付出代价。不单是她，还有整个公司。我这么多年兢兢业业，为了利益和发展，做了那么多脏活丑事，他们居然想把我像垃圾一样丢掉。迟早要找他们彻底清算！

但此般大事要如何做到呢？他们的弱点在哪儿？

英久露出一丝恶毒的冷笑。每个人、每件事都存在一个同样的弱点。他们都有秘密。那些邪恶、可悲、令人发指的秘密，如果被公众知道了，将会震撼吉木市和所有殖民地。

那么请问，剑吻鲨是如何把这些地方都变得如此舒适宜居的呢？

如果现在身边没有其他人，他一定会忍不住放声大笑。绝大部分人，甚至是那些在政府工作的中产阶级政客们，都不知道太阳系里正在进行的地球化①运动的真正幕后推手，其实是新财阀们。

稍微想想，就知道这个消息有多么敏感。机密中的机密，绝对骇人听闻。甚至连新财阀的存在本身都是一个秘密。脑袋里保密的东西，连帽子都不能知道。

甚至连他的同事们也是偶尔在交谈中，才能窥到这一秘密。比方某个应该有数据的地方，表单上却空空如也，或是时间线上某一段空白，等等，但也仅止于此了。

地球化。这是剑吻鲨能像操纵文乐②人偶一样肆意指挥他们选出的领导人的唯一原因，也是他们能一统全宇宙的原因。

要是泄露了这个秘密，那可太妙了。这并非不可实现，那帮骄傲自大的人早已让我掌握了所有的底牌。这样想来，英久突然对这件事信心十足。而他冲动之下说过的话，现在却成了

① 人为改变天体表面环境，使其气候、温度、生态类似地球环境的行星工程。
② 日本的木偶戏，由三个人分工操作。

他的命中定数。我要成为剑吻鲨的董事长，即使要搞垮整个公司，甚至动摇人类进步的基石，我也要成为董事长。

"别磨磨蹭蹭了！"

女人的声音把他从沉思中拉了回来。没时间了！他得趁着还有体力赶紧行动。司赖珂咬牙撑着实心的钢板盖子，等着英久钻进去。主动脉内部看起来依然恶心无比，但他为了自保做过的事情，哪一件又比这儿干净呢？

9

　　震耳欲聋的爆炸声把琼吓了一跳，数不清的巨石从斜坡上滚落，食管里尖叫四起。而在她身后，建介也被吓得猛地转过身来。他们俩此时正站在一条小动脉的入口，准备出发。

　　有一股力量在扯着她的胳膊。

　　这一次，她立刻反应过来——真菌丛里的遭遇让她警觉了很多。她绷紧身躯，稳住自己。矿工们的惨叫声被吞没在呼呼大作的狂风里，气压差推着她，强大的吸力急于要把她拖回食道，吸回怪物的嘴里，最后抛进太空。

　　"固定住你自己！"她对着建介喊道。

　　他们俩一人抱住了一个沿着动脉安置的夹子。夹子一左一右，像两个门神，不让动脉塌陷。随着从动脉深处吹来的气流越来越强，两人都被吹到了空中。琼紧紧地抱住螺旋弹簧，暗暗祈祷它安装得足够牢固。

她伸长了脖子,透过严重扭曲变形的血管开口处往外看。几缕浓烟飘过,还夹杂着火星子;轨道从地面被整个拔起;一个身影闪过,那人在飓风中无力挣扎的样子让她赶忙闭上了眼睛,不忍再看下去。

"你的箱子!"建介从另一边吼道,整个人上下翻飞,像是夹子上插着的一面旗子。

琼的工具箱已经不知何时从腰带上松了下来,眼看就要飞走了。

云游!

她没有半分犹豫便伸出了手,在强大的吸力要卷走箱子的前一秒抓住了它的把手。她的另一只手臂仍牢牢地抱着吱呀乱叫的螺旋弹簧,脚下只剩一片虚空。

"坚持住!"她大声喊道,但这话更多是对她自己说的。

建介使出了浑身解数不让自己被吹走,但琼注意到,他的夹子正剧烈颤抖着,底部固定处似乎已经松动了。她刚想要大喊提醒,但嘴刚一张开,就被风死死堵上。无论如何,她得先紧紧抓住自己的两个宝贝——弹簧和云游。

爆炸声突然响起,一声、两声、三声,接连成片。粉红色的火光点亮了动脉,有那么一瞬间,琼甚至能看清楚皮肤下延展的毛细血管。

是氧气罐,她心下不由一沉,应该全都没了。

她甚至不用亲眼看见，就能想象出此刻满目疮痍的景象。她身后的灯光、温暖以及一切生命都已经化为乌有，整个食管毫无疑问都正在被吸进外太空。

而她也已经筋疲力尽，也许不久之后就将步他们的后尘。

"再多坚持一下！"建介咬着牙喊道。

但琼从他的声音里听出了难以掩藏的绝望。建介自己也清楚。他紧握的唯一依靠每一秒都在松动。坚持不了太久了，而琼，也会紧随其后。

琼的手指疼得像要根根断裂。

建介忍不住大声呼号。

在他的尖叫声中，他的夹子砰地裂开，螺旋弹簧挣脱了束缚，一下子远远跳开，把他整个人甩了出去，直直地飞向入口，朝那漆黑一片的食道飞去。

琼自己也快抓不住了，但她依然不愿意放开装着云游的箱子。

血管突然开始抽动，入口处比之前更加剧烈地扭动了起来。就在建介要飞到食道的刹那，血管口仿佛一张要吞噬猎物的血盆大口，一下子咬在了一起。

琼头朝下掉了下来，面罩都砸进了肉土里，但手指依然牢牢握住箱子的把手。

伸手不见五指。

但好在风是停了。

　　她费力地站了起来,听觉系统还无法适应这突如其来的寂静,嗡嗡的耳鸣声显得异常洪亮。她用力把箱子压向胸口,试图平复自己咚咚不止的心跳。

　　好了好了,没事了,我的小宝贝。

　　她打开了头顶灯,却没能驱散多少黑暗。她唯一能看到的,只有沿着动脉壁安置的一排金属夹子反射的微光。

　　既然入口已塌,那我暂时不会被吸出去了。得继续走,留出一定的缓冲空间。

　　她拔腿继续向前走,但在可见度几乎为零的环境下,加上不确定血管是否真的闭合了,她的脚步多了几分犹疑,只能强迫自己深呼吸来保持镇定,努力把注意力集中在远处的某一点,从而把杂念丢在脑后。

　　"琼……琼!"

　　听到她以为已死之人的声音,她难以置信地转过头来。有那么一会儿,除了一动不动的肉壁,她什么也没看见。然后——动了。正是先前的入口处所在的位置。建介的半截身体正好卡在闭合的血管口。他微弱的呻吟变成了撕心裂肺的号叫。

　　琼赶忙跑过去,跪在他身边。建介伸出手想要抓住她的肩膀,但却几乎动不了。他的面罩已经被汗水和急促呼出的水汽模糊了,看不清他的表情。

　　"稳住别动。"

　　她把手插进了周围的组织里,在外面狂风的击打下,这里相对还比较好下手。她刚一刺破皮肤，橙色的液体就满溢了出来。她每向下挖一次，就有一股液体奔射而出，直至她全身都被染成了橘黄色。

"把我挖出来！挖出来！"建介气喘吁吁地对着话筒喊。

突然，他僵住了。

"有什么东西在拽我的腿！一只手，或者什么**别的**！"

"我正在挖！"琼回答道。

他惊声尖叫着，像条刚被钓上岸的鱼一样胡乱挣扎着。琼猜测应该是有人正把他当成救生圈，但她没有深想，更不在意满身的黏液，只是一心把包裹着建介的组织撕扯开，再把挖出的碎片扔到一边。

建介的呼吸慢慢平稳下来，也可能是他已经快喘不上气了。头盔里的雾气渐渐散去，露出里面苍白的面庞。如果没有医疗介入的话，怕是很难救回来了。

"还不算太晚，"他喃喃地说着胡话，"接着挖，这里更软些，这里。"

她弯着腰在狭小的空间里继续挖着。谢天谢地，这套衣服是绝对密封的。真正令她不安的，并不是这里肮脏恶心的环境，而是对这具生物体的无知。她全身上下的橙色物质到底是什么？这些组织还在喷射其他看不见的化学物质、毒药或信息素吗？幸运的是，作为一名外星生物学家，她不但听过很多关于星体的故事，自己也已经锻炼出了一颗强大的心脏。

"我……感觉不到腿了。"

琼一边奋力挤着面前的肉体和黏液,一边想,即使自己能把他整个挖出来,即使他的工作服还完好无损,断了一条腿也是个大问题。她能从哪儿找个东西当止血带?而现在她的身下,橙黄色的液体已经多得聚成了池塘。

正当她又拽上来一大块肉时,一只手忽然抓住了她的肩膀,把她从建介身前拉开。琼感觉自己的心脏漏跳了一拍——她以为这里别无他人。

"别挖了,"凯文用命令的语气说道,"正是有他卡在这儿,才暂时保持了压力平衡。如果胶木墙真的塌了……"

"而胶木墙是不可能塌的。"耳机里传来马哈茂德的声音,却不见其人。

"那我们必须赶快行动,能存活下来已经很幸运了。"

琼停下了挖掘的动作,立刻引来了建介的强烈抗议。他愤怒地挥舞着双手,"你敢!把我弄出去,你这条狗!我不是个机器,不是个说报废就报废的零件!领队!凯文!求你们了,马哈茂德,我听到你的声音了,求求你们帮帮我!"

琼狠心撇过头去,尽可能地保持着冷静,努力让自己的心像禅意公园里的石头一样坚硬。"凯文,你有什么打算呢?"

"我们要让血管塌陷得更多一些,安全起见至少要再多10码[①]。但建介不堵在这里我们是办不到的。"凯文遗憾的目光落

---

① 英制长度单位,1码 ≈ 0.91 米。

在他同事的身上，"对不起，但你知道我说的是对的。"

马哈茂德拿着两根长长的灭火器跑了过来，在离他们还有一段距离时停了下来。琼不禁心想，灾难发生时，他和凯文到底已经走了多远了啊？

"我来卸这一侧的夹子，"琼指着一侧吱吱呀呀的金属支架说道，"你去那一边。"

她想要站起身，建介一把拽住了她的胳膊，但被她猛地挣开了，快得连她自己都吃了一惊。他无声地看着她，满是哀求的眼神让她愧疚得面无血色。她一边道着歉，一边走到第一个夹子旁，蹲下身，解开了上面的螺旋弹簧。收到信号的凯文也解开了对侧的弹簧，转瞬间，血管又开始扭动，建介尖叫了起来，在内壁的不断抽搐中，他像颗葡萄一样被肆意地挤压。没有丝毫迟疑，琼匍匐着穿过颠簸起伏的肉土，卸下了剩下的夹子。又是一波新的抖动，建介的声音却再也听不到了。

随着最后一个夹子也被撤掉，血管噗的一声从顶端垂了下来，只剩中间一条窄窄的裂缝。凯文和琼铆足了劲儿，才在闭合的前一秒逃了出来，走到了仍在微微颤抖的马哈茂德身边。三个人都面色凝重。

"快走吧。"

马哈茂德把其中一根灭火器的管子塞进凯文手里，他们一齐把泡沫填进中间的缝隙里。泡沫一接触到肉体组织便开始滋滋作响，冒出白烟，开始融化，直到几秒后硬化成坚不可摧的树脂材料——胶木。如果换一个场景，琼想必非常欣赏这个过程。两个人一直喷到灭火器只剩最后一滴。凯文扔掉了手里的管子，轻轻地拍了拍马哈茂德的肩头，却把对方吓得举起了手。他的头顶灯在血管里来回闪烁着。

"上帝保佑啊！这太糟糕了。我们到底要怎么才能逃出去？通信浮标已经损坏了，如果没有鲍勃，我们甚至都联系不上飞船。"

"没错，我们需要鲍勃。不过好在盖得的侦察队还活着。灾难发生时，他们应该还在血管深处作业。"

"上帝保佑。"马哈茂德握紧了胸前口袋里的小十字架，低声祈祷着。

琼的肾上腺素逐渐平复，她似乎才真正意识到刚刚发生了什么，她想要捂住嘴巴，手却只能摸到面罩。要是出发晚了几分钟，他们早就被卷走了；要是她选择了建介抱住的那个夹子，那现在被入口压住，埋在胶木和肉土里面的就是她了。

这勾起了她另一段更加残酷的回忆，她一直刻意不去回想。她甚至都已经给他取好了名字。

她懊恼地走到了一旁，狠狠用手锤打着肉墙，下手之重，甚至在上面留下了痕迹。

不要再自怜自艾了。我还活着，这就足够了。我的音乐还在奏响，我对家庭的期待还没有实现，还未到穷途末路，前面一定会有我需要的东西，那么，继续前行吧。

　　她听到耳边传来凯文沉重的呼吸声。他正凝视着面前坍塌的血管。

　　"万能介。我和他……"凯文几乎是咬着后槽牙说出来的，"一起出了三趟任务。他本来已经可以晋升了，我本来打算一回去就推举他的。"

　　"他死了，是因为我们想活，"琼坚定地说，用手套在裤子上擦拭干净，"对于这一点，我们谁都没资格说什么。"

　　凯文轻蔑地瞪了她一眼。他改变了话题，声音冷得吓人，"你身上有钻子吗？小刀呢？"

　　"只有一套化学设备，没别的了。"

　　回应她的是一记冷哼。

　　"如果你有什么计划，凯文，那我洗耳恭听。"

　　他倾身逼近了她，仿佛这样会让无线电里的声音更清楚似的。一张饱经沧桑的脸赫然出现在她面前。他早已习惯让困境和他人都臣服于他，而这次，事情并未按他预期那样发展，让他沮丧又愤怒。

　　"我会告诉你我的计划的，外星生物学家女士，只要你告诉我，到底他妈的发生了什么。我们当时不在场，而你在场。"

　　她还没来得及回答，马哈茂德就向前推了两人一把。

　　"先走！边走边说。"

　　血管内部空间刚好能容纳三个人并行，每次琼的头顶灯不小心擦过肉墙，她都能透过黏膜看到里面。那里面包裹着凹凸不平的肉和类似软骨的东西，甚至有一次，她发誓她看到了有东西在动。

凯文不耐烦地清了清喉咙。

琼迅速地回忆了他们进入血管的经过，以及之后发生的灾难。"卡斯滕又开始放火烧菌了，另外两个人把我带到食管的边缘，到第一胃。我觉得他们是刚刚钻开并接上了一条新的血管，然后……氧气含量开始上升。飞船呼叫我们去确认通信浮标，所以我想着利用一点时间去研究一下动脉里黏液的成分。"

"也没有请示。"凯文说。

"我并不是你的手下，凯文。而且不管怎么说，我有建介做支援。当时我们刚进去没几步，灾难就发生了。我听到有什么坍塌了，紧接着是一连串的爆炸，应该是氧气罐炸了。然后便狂风大作，我们差点被卷走。建介和我各自抱住了一个夹子，但他的那个松动了，接着整个入口就塌陷了。"

凯文无意识地将着自己的头发，丝毫没有发现自己抚摸的只是头盔表面而已。"就那么卡住了他。确实，太糟糕了。"

马哈茂德突然停下口中喃喃的祈祷，将头顶灯直直地朝琼的眼睛射了过来，她只得抬起手，挡在面罩前。

"灯能别对着我吗，拜托？"

"所以胶木墙就自己轰然倒塌了？"马哈茂德逼问道，"25英尺①高的胶木啊。而且失压发生的时候，你又恰好在血管里。

① 英制长度单位，1英尺=30.48厘米。

142

这说不通。什么外星生物学家，你根本不是。凯文，她在骗我们。"他一把抓住了琼的胳膊，"你是政府派来的探子。"

琼脸上血色尽失，但凯文立刻帮她把手臂抽了出来。"她的处境和我们没什么不一样。"

"我们甚至都不认识她！是管理层安排她上飞船的，但他们那些人又知道什么？现在我们全都……是她炸了氧气罐，毁了无坚不摧的胶木墙。我们死定了，上帝啊。"他抓紧了小十字架。

不是的，爆炸是墙倒塌之后发生的。

"疑神疑鬼只会让情况更糟糕，马哈茂德。"凯文说道，"现在没时间争执，抽空的血管很不稳定。"

凯文从腰带里掏出一张叠成薄片的地图，上面画着的并非是星体的确切形状，而是一张血管和区域交织的网络，看起来更像是吉木市的地铁线路图。他一边走，一边指着图上某些做了标记的点。

"这里标着五个聚集点。第一个是入口处，第二个是大本营，现在这两个都被毁掉了。第三个在星体另一侧的主动脉里，几乎不可能过去。剩下的两个更靠谱些，一个在腹囊，就在去腕骨腔的路上，另一个在核心附近。如果食管里有人幸存下来，去腹囊的可能性比较高。"

"但我们得猜测盖得队的动向，"琼说道，"如果他们还活着的话。"

"没错,更合逻辑的选择就是去离腕骨腔更近的地方。他们的目的地原本就是那里。那儿离皮肤也近,找到飞船也更容易。"凯文回答道。

马哈茂德气呼呼地推开琼,抓过地图,研究起了上面的线路,"那还说什么呢!队伍在那儿,鲍勃在那儿,出口也在那儿!去腹囊最近的路怎么走?"

"等等,"凯文说,"这事儿还没决定呢。我们来星体不能只是着个陆,然后马上就飞走吧。储液库最多才刚装了十分之一,还不到八十石的油。这样的失败,剑吻鲨是不会允许的。"

"开什么玩笑!我们能活着离开就是幸运了。凯文,去他妈的公司吧!"

"我理解你的心情,但像盖得那样的硬茬儿,他心里想的估计和我一样。你也清楚,核心已经近在咫尺了。如果我们不知道那里的情况,就不知道还可能会发生什么。"

马哈茂德双臂抱在胸前,一种自我防御的姿态。

对于琼来说,最好的选择毫无疑问是后者。她不在乎公司的利润,更不关心那些用收集的液体制成的药品。她的目标是研究星体运行的众多奇怪过程,至少官方的说法是这样。她是第一位被允许进入星体的科学家,肩负着崇高的责任,要解开人类是否是宇宙中唯一生命的谜团。目前和他们共享宇宙的,居然是真空中一个充满未知的巨型尸体。一些人将它奉若神明,另一些人只把它当作资源,但无论如何,这一趟任务的价值不可估量。

但是否高到值得我牺牲生命？

凯文等待着她的决定。这并不是出于民主，毕竟他才是领导。但琼的地位非常特殊，如果不把她的任务纳入考虑范围，那帮老板们是不会放过他的。

"我们去腹囊。"她说道。马哈茂德长舒了一口气，声音里还带着点呜咽。凯文刚想再说点什么，就被琼打断了。"但这只是为了更好地对现状进行评估。如果没有后援，也无法通信，再继续深入就等同于自杀。盖得应该也是这么想的。要是他想自己逃跑，我们就逼他改变主意。等我们到了聚集点，就做好准备向核心进发。我想取道胃部应该是最合适的。凯文，在没有大本营和物资供给的情况下，我们能支撑几天？"

"她疯了，"马哈茂德喃喃道，"食道死了那么多人还不够，她要害死我们所有人。"

凯文的目光深不可测，仿佛是两道射出的X光，穿透她的头骨，审视着里面的想法。"星体的肉吃不死人，但会让你的胃剧烈痉挛；氧气含量能撑两个礼拜以上。所以，一切都取决于我们能否联系上'卡柳号'。"

这个回答还可以接受。

为了资源，值不值得冒这么大风险呢？对于琼来说，星体的意义超越一切。多年以来，她一直在培养皿里研究从外星巨尸上偷运回来的真菌标本，目睹了它们惊人的生命力。在她不断刺激它们，终于把它们从休眠状态中唤醒后，它们就开始疯长，最后她差点把实验室都烧了，才勉强控制住真菌的蔓延。那天晚上，琼带着被彻底震撼的心情，在城市里漫无目的地徘徊，心底有什么东西像是要破茧而出。在星体内部，沉睡着某种能够创造生命的神秘力量。从那一刻起，没有任何同事或官僚机构能够阻止她。不管采取什么措施，她都要到达星体的心脏，也就是真菌起源的地方——核心。

既然做了决定，他们就继续沿着动脉前行，很快便遇到一个又一个分岔。两旁的夹子越来越少，导致血管顶部向下塌得越来越厉害。一路上，琼都无视了马哈茂德嘴里嘟嘟囔囔的祷告。他无时无刻不跟在她身后，罪恶的手随时都有可能伸向她的头盔，只消从后面一拽，她就会倒在地上扑腾了。

又走到一处岔路口，凯文停下来辨认方向。通道越变越窄，他们只得匍匐前行。再这样下去，过不了多久他们就只能把血管挖开，另找一条可通行的血管了。三个人手脚并用，在柔软的肉土上一寸寸向前挪动。血管里仿佛变成了桑拿房，高温不断消耗着他们的体力，让他们大汗淋漓。

琼感觉到马哈茂德抓住了她。

他要掐我的脖子！

她慌张地挣脱开，连脚趾都做好了向前猛冲的准备，但马哈茂德也很快缩回了手臂。这时，琼才看到他也是一脸惊慌，他那双眼睛在头盔的阴影中显得又大又亮。

"费尔莫得小姐,"他结结巴巴地说,显然是被她的反应吓了一跳,"我想向您道歉,我就像《圣经》里那个无知的水手,为了找替罪羊,把约拿扔进了海里。我也不知道自己是怎么了。"

这番话并未让琼紧绷的神经放松下来,但想到这样一来,他暂时能控制住自己了,她也就接受了道歉。"这是最理智的做法,马哈茂德。我们会挺过去的。"

耳机里传来了马哈茂德柔和的笑声,琼心想,这真是出人意料啊。"正是! 我们都是老手了,我和凯文,不会轻易被冲昏头脑的。"

通道窄到已经寸步难行,凯文举拳示意停下。琼默默祈祷他们不要沿着这条窄小的通道爬回去。如果现在要掉头,她肯定会崩溃。她想试着评估一下前面的路况,但头顶灯能照到的范围有限,根本什么都看不清。

"别乱动,"凯文边说,边忙着在地图上搜寻,"这样只会让情况更糟糕。"

他们得往上走,直接穿过肉墙。凯文确定好最佳的开洞位置,然后开始和马哈茂德讨论哪种挖洞方式比较好。

黏腻的环境让琼有点儿上不来气,但她坚持着没有动。

好像……

"嘿,停一下。"

两个男人同时回过头看她。琼指着上方,血管上壁正微微颤动,仿佛下一秒就要塌下来。马哈茂德瞪大了双眼,呼吸也变得急促。

"动脉要塌了。应该是哪里有裂痕或者孔洞，或者是泡沫的问题。我们得快点行动！"

凯文向琼爬了过来，越过她往上看，却什么也没发现。他再向前爬了几米，头顶的灯骤然熄灭。

"切！现在就切！"

血管开始抖动和收缩，越来越剧烈。三个人不得不加快了手上的速度，呼吸也变得分外急促。凯文用小刀把肉大块大块地剜下来，再扔到一旁，让两人挪走。琼不遗余力地搬运着。她不想把体力活儿全都留给男人——那么多个月的训练不是白练的。但没想到，很快她就感到肌肉酸疼，疲惫不堪。她更没想到的是，真正的困难才刚刚开始。

接下来可以称得上是她人生中最恐慌的几个小时。从坍塌的动脉里逃出来的整个过程，她几乎都是神志不清的，大脑一片空白。他们在虎钳般的肉体中拼命挣扎扭动，像发芽的种子从土里拱出来一般往上钻。她几乎是全凭着本能在浓重的黑暗中求生。有几次，她发现自己完全无法动弹，全凭两只坚定的大手把她从狭小的孔洞中拽出来。

当他们终于挤出孔洞，钻了开阔的空间，她才好像暂时从恐慌中恢复了神志。但坍塌仍在继续。她听不清凯文在大喊着什么。他们钻回了大片令人窒息的肌肉组织当中。

10

凯文抓住琼的两只手腕，一把将她从黏膜另一边拽了过来。两人浑身都是粉色的腐肉和橙色的黏液。

"嘿，琼！"他打着响指，试图引起她的注意。

然而她毫无反应，嘴巴一张一合，不知在说些什么。凯文刚扶她站起身，她就又倒进了他怀里。这也难怪，换了谁都会难以承受。

"没事了。你能听见吗？"

她是翻了个白眼吗？不对，她根本连看都没看他。琼像个正在重启的机器人，神志慢慢恢复。凯文放开了她。

这女人是怎么扛过来的？亲手压死了建介，从肉土里死里逃生，脸上却丝毫没有变化？说实话，甚至我自己都有点站不稳了，但她竟然……先是差点在真菌丛里被烧死，接着又经历了这些。我都有点怀疑她是不是被元昌英久附身了。

腹囊非常适合作为聚集点。它由一系列小空间构成，整体呈海藻般的墨绿色，完全没有受到真菌的影响。它大概相当于人体的膀胱一类。在夹子的支撑下，所有通道都保持着打开状态。四壁光滑，闪烁着绿色的微光，与食道和胃部的样子大相径庭。

马哈茂德指了指他的头盔。凯文调高了音量，却意外地听到了里面传来的争吵声——他的队员们！五六个甚至更多个声音，正在激烈地争执着。

"在哪儿？"他对马哈茂德做了个口型。

马哈茂德读唇语可谓轻车熟路，也没人比他更熟悉星体的布局。他打了个手势：前面两个隔间。凯文本以为琼会留下来休整，但他刚一转身，她就又跟上了。马哈茂德走在最前面。三人朝着一个用钳子固定起来的褶皱缝隙走去，前面有一个洞穴，再前方还有下一个。

凯文抵达的时候，耳机里叽叽喳喳的声音仍没有停歇。他看着眼前的十三个人，松了口气，正想要提醒大家自己在场，却意识到现在不是时候——他的队员们完全没有注意到他。他们围拢成一团，正手舞足蹈地喊叫着，中间的两个人正相互扯着对方的头发扭打在一起，如斗鸡一般。

"锁他的喉！"

"叛徒！"

叫嚷声里蕴含的不是愤怒，而是恐惧。他们在朝谁喊？上次在食道里发生的事情还历历在目，凯文冲过去，拨开众人。令他失望的是，正在中间地上扭动的两人，毫不意外又是司赖珂和诺丹。男孩震惊地弓着身子，司赖珂一拳拳打在他的胃上。

"Ophouden[①]！"

即使用的是荷兰语，众人也非常清楚这句命令的含义。凯文挡开了挥过来的拳头，诺丹踉跄着退后，司赖珂像一条愤怒的蛇，嘶嘶地喘着气，已接近癫狂。

"都给我住手！"凯文咆哮着说。

他毫不留情地像拧抹布一样扭住了司赖珂的双手，牢牢制住了她，任她不断挣扎。她的眼睛有这般血红过吗？诚然，他们现在看起来和尸体一般不堪，这帮人却没法像上次在酸液池边一样冷静下来。是同一拨人吗？大概率是的。

"凯文，是他破坏了胶木墙！"

"是他害了我们所有人！"

"笨手笨脚的新人活下来了，马利克那样的老手却死了，这绝不是巧合！"

"他要是活着，我们都得死！"

凯文拿出了全部的耐心。

"我认为，这场灾难害死的人已经够多了。"他松开了手，司赖珂挣脱开来，揉捏着自己酸疼的手腕，"但现在我们什么都不

① 意为"住手"。

知道。谁有任何证据吗？看到了什么吗？你们看，这里不是法院，我们也不是法官。这对每个人而言都是灾难，我们必须要团结起来，才能共渡难关。"

这伙人太奇怪了。要让每个人都好好地把我的话听进去。凯文直视着每个人的目光。

"控制好自己，要相信……"

身后有危险！

刀光一闪。凯文转过身来，神情紧绷，做好了战斗的准备。但司赖珂没有理会他，而是无情地向诺丹刺去。诺丹挥舞着手臂抵挡，但刀仍划破了他的工作服。鲜血从伤口中喷溅而出，男孩瘫倒在地。

凯文愣住了，像被当头浇了一盆冰水。他已经不记得上一次有这种感觉是什么时候了。在港口无人的街巷里，暴力和谋杀他没少经历，但从来没遇上过眼前的情景。他感觉手套里的指尖开始微微发麻。

人群中传来紧张的低语。

他们嗜血的欲望得到了满足。现在要没有我在这儿，他们肯定要欢呼喝彩的。

马哈茂德可靠又仗义的一面这时凸显了出来。在凯文没有行动之前，他就已经冲上去帮助诺丹。琼也紧跟着冲了过来，打开装着药品和其他杂乱器械的箱子。但利刃之快、伤口之深，地上的人已经翻了白眼，他们已经无力回天。诺丹当场死亡。

凯文死死盯住司赖珂,她在震慑下也不敢轻举妄动,只有汗水从额头上不断地滚落。她仿佛才刚刚意识到自己做了什么。

"死了吗?"凯文问道。

"恐怕是的。一刀扎进骨缝。"马哈茂德回应道。

"记录下来。"

马哈茂德打开了平板,记下了诺丹死亡过程的细节,"现在呢?"

"按流程办,"凯文仍死死盯着司赖珂,"她被拘留了,等待审判吧。"

人群开始骚乱。马哈茂德迟疑道:"头儿,现在拘留……恐怕有点难啊。"

凯文没有回答,而是问琼有没有什么能让人昏迷的药。琼回答她确实有,但是非常珍贵,应该到了情况真正危急时,在紧急医疗中使用会更有价值。但凯文不肯让步。谋杀就是谋杀。他命令两个人按住司赖珂,让琼准备注射液。

有人抗议道:"放了她!"

"我说了算,海能。她是个威胁。"

"放屁!"

而司赖珂自己似乎毫不在意。她当然也反抗了几下,但很快就被制服了。琼慌忙地拿着注射器过来,打开司赖珂的面罩,把混合的药品注射进她的脖子里。

"别碰我!"司赖珂突然尖叫起来,双手在空中挥舞挣扎着。

接着,她慢慢失去了力气,失去了对身体的控制,被压在了地上。马哈茂德用两根金属棍和一张破烂的帆布,临时拼凑出一个担架。在紧急情况下,已经非常好了。他们合力把司赖珂抬了上去。

当凶手慢慢陷入昏迷,众人的怒火却越发难以遏制。凯文的耐心也即将耗尽。

得让这帮不懂规矩的家伙闭上嘴,听我指挥。

剑拔弩张。在情况即将失控时,马哈茂德说话了。

"这是对我们的考验,"温和的言语带着安抚人心的力量,"你们觉得我们是第一支遭遇打击的队伍吗?灾难已经发生,我们现在要向前看。咱们幸存下来的有领队,有身经百战的队友,物资也足够支撑一段时间。我们只要听从凯文指挥,他一定能带我们逃出去,不是吗?只要听凯文的,我们就会有惊无险。等我们将来回了家,说不定还能笑着回想今天惊慌失措的样子呢。"他脸上露出了最灿烂的微笑,"来吧,我们抽签决定谁第一个来扛司赖珂,她肯定喜欢这样做决定。"

凯文扫了一眼诺丹的尸体,他知道马哈茂德内心此刻有多痛苦,因而心里更加感激他的果决和老练。

现在办正事,他脑中已经构思出了第一步计划,把队伍分成几组来——

等一下。

这不可能，不可能。

在这个损失惨重的队伍边上站着的，居然是元昌英久。藏身于众人之中。

他是怎么……

凯文没来得及细想，但答案已经呼之欲出。形势非常明朗了。他忽然明白了事情的来龙去脉。

元昌英久就是公司的一条哈巴狗，还长了条能说会道的舌头。在恐惧和愤怒之下，队员们会把矛头指向队里的新人，还是一个毫不认识的外人？哪个更有可能？英久在压力下为了自保，唯一的手段就是把怀疑转嫁到别人身上。转嫁给谁呢？答案不言而喻。自然是这里唯一一个地位比他还低的人。

现在诺丹已经躺在腹囊的绿色地面上了。要不是身上的伤口，他看起来甚至只是像睡着了一样。替罪羊已经被杀死了。

但这说不通，完全说不通。他是怎么让司赖珂变得这么癫狂的？变成一个变态杀人狂？她虽然粗俗，但不是这样的人。

凯文和英久眼神相接。后者微微弯着身子站着，手捂着胸口，仿佛正忍耐着痛苦。他说不定已经把心挖出来，献给什么狗屁董事长了。

我不能现在和他对峙。

现在不是时机。元昌英久的手上没有沾血，和他对峙并不能让队员们重新站在自己这边。团结才是最重要的。如果成为一盘散沙，他们将毫无生还的可能。

然而，他也不打算轻易放过这件事。之前他太温柔了。在食道里他们把诺丹丢进酸液池的时候，他的处理太轻飘飘了。人不能在同一个地方栽两次跟头。他转向了活着的队员们。每次他真正动气的时候，声音都会沉得近乎低吼。

"这不是我期待看到的，"凯文站得比平时笔挺，完全展示出他的个子和力量，"我为你们感到丢脸。这就是训练有素的矿工吗？你们的魄力呢？像没种的工薪族一样，就这样被轻易激怒了？"

没有人抱怨。不错。

凯文顿了一下，好让队伍充分领会他的意思，接着继续说道："说说接下来的计划。先赶到腕骨腔，盖得的队伍在那边等着。鲍勃也在那里，这样我们就能和飞船取得联系。飞船上的队员也不是傻子，他们肯定已经注意到了异常，正在想办法联系我们。取得联系之前，我们先扎营，等确保安全之后，我们就向核心进发，"耳机里立刻传来一阵骚乱，间杂着难以置信的喘气声，"我们取道胃部。到时候需要穿EVA工作服。"

"EVA是舱外作业的意思……"琼的声音短暂地分散了凯文的注意力，但他很快发现她是在自言自语。凯文都快忘记她的存在了，他心安理得地继续忽视了她。

"我知道你们在想什么。想夹着尾巴溜回'卡柳号'是吗？我是不会轻易放弃的。只要再挖得深一些，就有巨额奖金等着我们。出任务本来就不轻松，这个活儿也不是什么庸才都能干的。没有任何犹豫和退缩的余地。只有新北海道最硬的汉子才能把核心摘下来。"

凯文这一席话狠狠踩在了所有人的自尊心上，效果拔群。矿工们表示，他们绝不当懦夫软蛋，一定会全情投入，出色完成工作。侦察队建立起来，向着黑乎乎的通道出发了。仅仅几小时后，第一批数据便传了过来。

大部分都是坏消息。

凯文利用手头所有的信息，大致拼凑出了一份灾情概况。他对此经验丰富。动脉里的经历显然不是个例，报告里到处都是坍塌。马哈茂德评估后，有些迟疑地汇报称，剩下的都是最不利的路了。通往腕骨腔的替代路线倒是有一条，可不仅绕路，还不好走。

"要是从哪条肋骨穿过去，会不会更好？"凯文刻意压低了声音，"我们上次为了取骨髓，把它们都掏空了。骨头相对坚固，不会轻易坍塌。"

马哈茂德闻言，脸色刷白，"虽然这样路上时间能节省一半，但资料显示，肋骨的缝隙一次仅容一人通过，一旦进去，就不能回头了。"

凯文闻言，脊背一凉，想象自己在几乎没受灾情影响的肋骨中穿行，像块人肉橡皮泥一样挤过各种形状的通道。在尽头等着我们的会是什么呢？万一什么都没有呢？

不，不能走那边。

他需要更多的数据。他更粗暴地催促队员，马哈茂德则在一旁唱红脸。他们一起计算了剩下的食物配给。不幸的是，仍旧没有好消息传来。他们面对着一条需要几天时间才能走完的路线。凯文不情愿地在无线电里发布了消息，并告诉他的队伍好好休息，为接下来的艰难旅程做好准备。

他把马哈茂德叫到了一旁。

"你说得对，还是回动脉吧，"他小声说道，"我们中间有个奸细，公司高层派来的奸细。"

"你怀疑是英久？"

"他活下来了。怎么这么巧呢？"

"这话搁在琼身上不也是一样？"

"琼没有在我们内部挑起对立。"凯文的声音里带着深深的寒意，"我们得想个计划除掉他。"

"上帝啊，救救我们吧，"马哈茂德是真的慌了，"我们摊上的这是什么事儿啊？我们……我们先看看怎么逃出去最好。首先是要找……"

凯文点点头，双眸在黑暗中格外明亮，"嗯，盖得，眼下的头号失踪人口。"

"这是我最头疼的，他们的队伍现在还没过来。那就有两种可能性。要么是他们全都死于灾难了，或者不知道为什么，他们去了别的集合点。"

凯文咬紧了后槽牙，"三种。直觉告诉我是第三种可能。

他们完全没把规章制度放在心上，要么堵了口子待在里面，要么老早就离开了。"

"等等，万一……"马哈茂德还是更倾向于人性本善，"他们根本没意识到出事了呢？"

凯文用能动的半边脸撇了撇嘴，"跟大本营的通信一断，鲍勃肯定就知道了。而且他们本来就该返回了，路上一定会经过哪里？腹囊啊。"

两个人都沉默了。

"你刚刚说补给……"尽管用的是私人频道，凯文的声音也还是低了一个八度。

"我稍稍夸大了一点。好吧，夸大了不止一点。补给储量很少，不出几天，我们的氧气和食物就都不够用了。愿上帝保佑。多亏了液体回收系统，水的储量还稍微多一些。"

"那就没得选了，我们必须找到盖得，拿到他的装备和物资。至于他本人，我倒是不在乎。"

"你确定他在腕骨腔建了个临时大本营？"

"是的，如果他仍待在那儿，没有带队离开的话。"

马哈茂德熄灭了头顶灯，大概是想节约点能源。"我这样说你别介意，但我真挺佩服那家伙的胆识。"

"你说的是实话。快睡一会儿吧，朋友。接下来的路可不轻松。"

#

整个队伍都已疲惫至极，与其说是在休息，不如说是在昏睡。矿工们打着鼾靠在一块儿。从外表来看，司赖珂反倒是里面最舒服的一个了。

凯文得等会儿再睡了。

食道里到底死了多少人？我还能依靠谁？他解决威胁的方式一般是先集中精力审时度势，然后直接出击，做出试探，观察反应。然而现在，情况越模糊，失控的感觉就越强烈。唯一的安慰是，星体并没有给他太多的选择。没有EVA工作服，想回到食道就是天方夜谭。我们是不是应该先找飞船？还是继续向核心前进？如果人手足够，要不要兵分两路？

"凯文，"耳边轻轻传来琼的声音，"能跟你说几句话吗？"

他示意她调到私人频道，免得把别人吵醒。她膝盖着地，一点点挪过来，两个人像是围坐在篝火旁似的。但实际上，腹囊里非常昏暗，只有四面八方的幽幽绿光。

"自从灾难发生以后，行动就完全不按常规进行了。说实话，我很没有信心。而且没有了规章制度的约束，也让我有点无所适从。"

"很正常，"凯文猛灌了一大口水，"现在世界都乱套了。不过你和我一样，都还要坚持去核心。我是应该钦佩你呢，还是觉得你傻呢？"

"你什么都不用想，就当作是科学家的好奇心吧。"

"那你得好奇成什么样啊，"凯文打量着对方，"愿意躺在鱼缸一样的冬眠舱里两年，明知道我们是一帮亡命徒，还跟着上了贼船。"

"好奇得很，寻根究底的那种。至少现在你知道我的决心有多大了。"琼看着腹囊皮肤下发出的奇怪幽光，仔细斟酌着措辞，"凯文，如今和我目标一致的只有你一个人。核心是我的一切诉求。"

他点点头。

"其他人都没兴趣，"她继续说道，"至少现在还没兴趣。我没办法说服他们，但你也许可以。至少你有可能试着去说服他们。他们都很仰慕你。"

说实话，我现在也已经越来越不确定这一点了。凯文的目光扫过睡梦正酣的队员们，最后停留在四仰八叉躺着的马哈茂德身上。

"那你呢，你仰慕我吗？"

琼叹了口气，好像已经预见到了他会这样问，而她非常想回避这个问题，"这并不影响我们的工作关系。"她思忖了好一会儿，才慢慢说道，"其他人更欢迎我一些。"

"那是其他人想睡你。"

"热心的女矿工们也是想睡我吗？"她反问道，仿佛早就料到了这个回答，"而你不想睡我，这才是你想表达的吧？"

当然不想！

呃，好吧……他当然也想。他对床伴可是从来不挑。她想问的究竟是什么？自己欢不欢迎她来星体吗？

你还不明白吗？对这次任务来说，你是个危险的存在。我该如何向你解释呢？你和那个疯子元昌英久就不应该出现在这里，尤其是现在这种情况下。应对这场危机需要我们倾尽全力，而你们是累赘。但不可能把你抛在身后。而且，你到底为什么要去核心？

你就是个大麻烦！他想朝着她怒吼，你连给凯瑟琳提鞋都不配。

完全是条件反射。事实是，他已经很久没有正眼看过琼了，没有仔细看那张藏在金属和塑料制成的头盔下的脸。但现在，他看见了。

放下之前强加在她身上的成见。

不再把她和过去的恋人进行比较。

第一次看见了她。

一张沉静秀气的脸庞，香汗细渗，几缕凌乱的发丝贴在额头上。他之前怎么没有注意过呢？她的神情勾起了一些温暖、熟悉又非常自然的回忆。他的心怦怦跳了起来，升腾起一种莫名的感觉，仿佛有什么东西在他心里扎了根。

她的眼神仿佛看穿了他，凯文有一种一丝不挂的错觉。

"那你又是为什么这么拼命呢？"她问，"为了剑吻鲨吗？"

这一刻，凯文觉得自己像一只小白鼠，每个部分都被解剖得清清楚楚，但回忆涌上了心头：怎么回事，我已经很久没有想起那个时候了。外人要是知道这工作有多么危险，肯定会觉得我的故事难以置信。

"这帮人手里有我的把柄，是比他们以为的还要重要的东西。"

"是吗？"

他穿好了靴子，在地上蹭出一道亮闪闪的刮痕，脑海中浮现出他第一次"招呼"剑吻鲨的场景。

#

"滚一边去。"

垃圾站一样又脏又臭的小酒馆，只贴了几只纸糊的蝴蝶充门面。凯文刚进门，迎面来了两个穿着统一西服的干瘦男子。他们的头发梳得一丝不苟，戴着隐形眼镜，脸上还擦了粉。凯文直接把厌恶写在了脸上。西装男们向他鞠了一躬，这份礼貌显然与周围环境格格不入。小日本味儿太浓了。其中一人朝他走来，身上飘出一股带着花香的须后水味儿，恶心得他真想一拳揍断对方的鼻子。他狠狠把门一摔，想要把人吓走，但面对这点威胁，肩负着年度绩效考评指标的两人当然是镇定自若。他们给凯文点了一杯清酒，自己却什么都不喝。凯文心想，行吧，那就先喝一杯再开干。

"剑吻鲨很欣赏您的才华。"

妈的，这是几个意思？他不由得想起了一句黑帮电影里的台词。要么俯首称臣去亲吻老大的手，要么就被砍掉小指头。这些蛇鼠之辈知道什么我的才华？一定是罗文派来吓唬我的。他把手伸进外套口袋里，找到了之前用来打架的扳手，已经不知道抢过多少个脑袋了。

又要加班了。今天老子兰格迪克就把账结清了。

"去他妈的剑吻鲨。来啊，动手啊，我兜里一个子儿都不会给的。"他懒洋洋地抖着腿，从吧台凳子上站起身，一把揪住了对方的衣领，"你们还等什么？我可没有一整天陪你们耗！如果他妈的罗文想把老子扔进妹儿河里淹死，那我们现在就做个了结。"

然而文质彬彬的西装男出人意料地制住了凯文。他还没反应过来，就又坐回了凳子上。对方丝毫没有被他张牙舞爪的架势吓到，另一个同事更是面不改色。

"您会错意了。我们不是罗文·提格先生派来的。我们来自采购部门，隶属剑吻鲨的众多部门之一。"

"从来没听说过。"

"您真会说笑。我们正在为一支特殊的考察团选拔人才，想向您发出工作邀请。兰格迪克先生，我们认为您具备任务所需要的品质。"

要是现在有口痰，凯文一定很愿意吐在面前这张油滑的扑克脸上。他从儿时起，就迫于生计承担起了重活累活，到了后来，只要一千米外有人扛着胡萝卜和缰绳上门，他都能闻出来。去他妈的剑吻鲨，他在这儿过苦日子也比和那些人渣打交道强。"滚一边去。"他又重复了一遍，接着把杯中酒一饮而尽。

"先别急着决定。您那笔巨额贷款的还款日期是上个礼拜，"男人的笑都咧到耳朵根了，"罗文·提格这个人可是出了名的从不妥协。就像您说的，他花五千块就能找人把您抛尸河中。还有……"他假装短暂和同事确认了一下，这出双簧不知骗到过多少傻瓜，"您对御斋夫人造成的损失……"

"她当时没比我喝得少。"

"她短期内还无法下地行走。手术费很贵，我们理解。但摆脱经济困境的正确方法应该是通过正经的工作，而不是再借一笔钱，然后去虎头虾赌场孤注一掷，对吧。"

凯文心烦透了，他们什么都知道。"你们还挺厉害。"

"我还没说完呢。您和黑社会那些臭名昭著的家伙的关系。上次我们听说魏伦已经对您耗尽了耐心，萨伊特·甘特也放弃了您。总的来说，鼠海豚货运公司是您手里唯一的牌了，但即使在公司，您的信用也快耗尽了。"他伸出两根精心护理过的手指，"您最多就剩下这么多天了，公司就要关门了。"

"趁我还没发火，还有什么话你一次性说出来。"

尽管嘴上满不在乎，凯文也开始意识到他现在的处境，可谓是弹尽援绝，寸步难行。几年来他各种含垢忍辱，就是不想落入这般田地，但债一旦欠下，只会继续高筑，不会凭空消失。不管他在鼠海豚干得再好都不够，厄运就像一条甩不掉的黑狗，一直跟着他。

他妈的，他突然清醒了过来，我的处境确实如此。真是倒霉透顶了。

港口既救了他，也毁了他。多年前他在惶恐中从家里逃出来，是这个地方收留了他。在寻找自己的路上，他享受着姑娘们敞开的怀抱和大腿，赌博、酗酒，还嫖娼，染上了一身的坏毛病。不管他把仓库经营得多么成功，都没有办法阻止情况恶化。几年的努力即将以失败告终，小西装说得对，说不定公司连一天都撑不下去了。

他们拿住了他的弱点。

"我要是做这脏活儿，债务就能一笔勾销了，对吗？"

"您所有的污点都能被洗刷掉，这可是我们非常擅长的。"

"那是肯定的。你们泼脏水的能力也是一流。反正你们要是想控制我，总能找到方法。"

西装男带着歉意耸了耸肩，他的同事把箱子打开，从里面拿出一沓合同纸塞到凯文手里。最下面一张立刻就被吧台上洒的啤酒浸湿了。时间就是金钱，真不愧是剑吻鲨啊。两个人站在一边冷漠地看着，对凯文的命运毫不关心。

"既然我已穷途末路至此，你们为什么还要专门来招募我？"

西装男露出两排令人厌烦的抛光大白牙，"兰格迪克先生，我们精通很多业务，但最擅长的莫过于挖掘人的潜力，我们会让您有所成就的。"

"这是一项什么工作？不过这也不重要了。"

"您的工作将帮助人类进步。同时大可放心，根据我们的深度分析，工作也非常适合您。"

凯文对此毫不在意，脑子里只有一个念头——离开码头。只要不坐办公室，他就没有意见。

"要是我签了字，"凯文含着怒气问道，"你们又不帮我解决罗文和那帮狗娘养的……那么，这张纸就比海鸥的屎还不值钱。"他一边说着，一边有些不耐烦地晃着身子。他已经在这儿耽搁挺长时间了。

对方露出了友善的微笑，举杯向他致意，"干杯。"

他喝得晕乎乎的，脑子短暂清醒了一会儿，这几年在码头那些珍贵美好的片段闪过脑海，但紧接着就是最痛苦的回忆。他唯一后悔的就是抛弃了凯瑟琳。在那短暂的日子里，她给了凯文家的感觉。就凭这一点，她就不该承受他做的那些事，尤其是在她说想要孩子之后选择不告而别，这是最不应该的。

这是和魔鬼做交易啊，他浏览着文件，心里暗想，不过是缓刑罢了。但我还是得签，谁知道呢，说不定我这回还能做点好事，不管是为谁，也不管是在哪儿。

他曾认为自己再也不可能感觉到幸福了。哈哈，他当时错得多离谱啊。

第一次去星体出任务时，全程高度保密，他已经做好了死的准备。他从来没有离开过新北海道那么远，而随着离殖民地越来越远，从出生以来就压在他身上的痛苦和煎熬越来越轻。在星体着陆后，经过刚开始几天的适应，他几乎不敢相信自己的感觉。作为矿工，他要和其他同事在狭窄的甬道里艰难爬行，身上被涂满厚厚的血和黏液，被成山的腐肉包裹着，他甚至还直接吐在了工作服里。

感觉棒极了！

就像是一个孩子闯进了可以自由嬉戏的游乐场，没有丝毫文明的痕迹，没有半分社会的约束。他一想到这儿，一想到星体，就感觉心头一阵雀跃，这里就是他的荒原。但星体带给他的还不只是自由。在这里，他感受到了温暖和爱护，他不再受风吹雨打，甚至还被勾起了刚出生时那段已经泛黄模糊的回忆。母亲慈爱的双臂环绕着他，他则安睡在母亲温暖的怀抱里。

#

此时此刻，他正体会着相同的感觉。不可思议的是，在他身边的不是别人，而是琼。

"这里，就是我的家。"他对琼说，即使并没有将整个故事和盘托出。

"我觉得我能明白。如果我的家离得那么远，我可能会疯掉的。星体就是你的家，你在新北海道才是在思乡。"

打了一场又一场的架，喝了一杯又一杯的酒，睡了一个又一个的女人，但却依然填不满他心里的黑洞……

"是的，"凯文回答道，"你说得对，就是思乡。因为我待在星体的时间太短暂了。"

他突然有一种想要放声大笑的冲动。

11

难以置信！英久怎么也想不明白，那么多人都死在了食道，他母亲是怎么活下来的。不过他并没有因此松一口气，反而产生了一种复杂的心情。

两个人混在大部队里，还成功用私人频道通上了话。母亲错后几步跟着他，在无线电里说："我没想到那姑娘真的会杀人。真是胆大妄为！"

在他身旁，两个男人用拼凑而成的简易担架抬着司赖珂，懒懒散散地向前走着。诺丹的遗体则被扔在了腹囊。甬道两侧的肉墙布满了裂口缝隙，他们已经连续走了数小时，却仍然看不到尽头。

"是啊，真让人吃惊。"英久喃喃说道，害怕有人发现他在和这位老妇人进行秘密通话。这真是太不明智了，别人会不会已经怀疑他们的母子关系了？想到母亲可能会成为制约他的砝码、拖累他的累赘，他就暗暗祈祷不要被发现。

"我喜欢她的为人处世，况且她还在食道帮了你一把呢。听好了，握力不够不是你的错，都怪你爸那边的基因遗传。"

英久可不想再回忆一遍那段死里逃生的经过。她就不能把嘴闭上吗？

"他们把这姑娘弄昏还真是可惜。不过，不得不说，你的处理真是游刃有余，不然他们就要针对你，到时候肋间中刀、躺在地上的人就是你了。现在死了个小新人而已。可怜的孩子。"

别说了。我不觉得他可怜，一点也不觉得。你看看代价是什么？这局以性命为赌注，那我为什么不能对他们不择手段？如果输了就是一个死，那无论做什么都情有可原。

他向后偷瞄了一眼，被眼前的画面吓了一跳。他那永远盛装打扮的母亲，此刻正穿着一件粗俗的工作服，和其他人一样脏兮兮的。她得多想念自己的和服和高档香水啊。

"既然现在那姑娘睡着了，下一步就是确保其他人不会再把矛头对准你。"母亲的声音低沉嘶哑，她总是抱怨的嗓子疼一直没有好转。

英久从离开腹囊起就已经在盘算这些了，"关键是，不知道诺丹的死能不能平息大家的怒火。我希望答案是肯定的，但这事儿也不能靠希望。"

五大三粗的兰格迪克可能并未察觉，但这帮人都已经处于神经崩溃的边缘。他们安静地赶着路,似乎只是一支平常的队伍,正做着平常的工作,但英久透过那一张张麻木的面庞,听到了他们内心被压抑的尖叫和哭号。每个人都担心自己一旦崩溃,那所有人都会控制不住,后果不堪设想。

这真像我很久以前过的日子,他不禁怀念起了过去,每当新一轮裁员的风声传出,或者降级前夕,名单上的人都感觉像是跪在断头台上,等待他们的要么是撤职,要么是降薪,多丢人啊!

"母亲,我得走一步看五步,最重要的是搞清楚到底谁说了算。我们伟大的领队已经在房梁上悬好了上吊绳,等着我们乖乖地把脖子伸进去。他会逼我们去核心,丝毫不管我们的死活。相信我,对这种事我的直觉很准。发生了这样大的灾难,他却还要继续深挖,这不是贪婪,而是疯了。"

"我想你已经有更好的计划了?"

"那是自然。我们找一个合适的地方安营扎寨,按照资历配给物资,派一支小队去联系'卡柳号'。如果联系不上,就等着下一艘飞船过来。"

然而,还没等英久把计划和盘托出,队伍突然一停,公共频道里响起了马哈茂德的声音。前面的路又被堵上了。这次不是肉块掉了下来,而是有一大丛真菌挡住了去路。英久踮起脚尖,越过人群的头顶,看到前方隧道里已经长满了白色的菌柄,不由得一阵恶心,向后踉跄两步,正好撞上了母亲。他移了移身子，确保挡住了母亲的视线。

"你看不了这个。"他支支吾吾地说。

"胡说八道，什么大风大浪我没见过？"

但她依然选择躲在了英久身后。

与此同时，兰格迪克和马哈茂德还在权衡下一步的行动。用小刀和钻头劈出一条路来？真是痴人说梦。那些伞菌得用大砍刀才能削下来，况且现在是成千上万的真菌聚成一簇，连绵成片，一眼望不到头。燃烧器倒是个不错的选择，但它们全都被留在食道了（现在早就被抛到外太空了吧）。即使他们能用烟熏法对付真菌丛，也还面临着一个问题：得有一个矿工甘愿牺牲自己来开路。

情况就摆在眼前，这群原始又无处不在的真菌轻而易举地拦住了他们的去路。琼是唯一一个高兴的，她蹲下身来，还逗了逗上面垂下来的菌环。

"司赖珂肯定知道该怎么办。"浩史抱怨道，他抬担架已经抬得手指酸麻。

"是啊。哪怕只给她一把小刀，"一起抬担架的海能也意料之中地附和道，"她也能一会儿工夫就劈出一条路。把她叫醒吧。"

更多的声音加了进来，要叫醒司赖珂的呼声越来越大。英久揣摩着众人的情绪，寻找着开口的时机。

"我们现在需要所有的人手！"他大喊道，换了频道，让自己的声音盖过其他人，"叫醒她！"

在此之前，兰格迪克一直未曾反应，但在英久出声的一瞬间，他便立刻将锥子般的目光射了过来。英久心下一沉，这人是要发作了吗？在最糟糕的情况下，英久可能要被迫退回腹囊，当时有三个矿工公开拒绝和领队一起上路，那仁叛军也许会张开害怕的双臂接纳他。但此刻，他感觉很有底气，毕竟有这么多人站在他这边。

他冒险又进了一步，俨然公开地站在了凯文的对立面，"凡事都有例外，领队，剑吻鲨不是不通情达理的。"

"凯文，罚也罚够了，"一旁传来浩史的哀号，和英久的有理有据形成鲜明的对比，"我们需要她，以后再罚也不迟。"

"安静。"兰格迪克发话了。

天哪，英久不禁有些窃喜，反对他的人太多了，现在他要反击了。

"我已经下过命令，司赖珂不得叫醒。"他知道这会招致反对，因此马上提出了对策，打断了下面的抗议，"我们先原地休整，接着准备就地穿墙过去。是吧，马哈茂德？"

作为副手，虽然马哈茂德临场发挥的功夫还没有炉火纯青，但他胜在对星体有充足的知识储备，"是的！我们旁边就是分隔两个器官的软骨。根据其腐烂程度，很可能该组织已经被分解，并形成了一片可通行的区域。如果上帝保佑的话，我们能找到一条继续通往腕骨腔的路。"

"如果上帝不保佑的话，"凯文攥紧了拳头，指关节咔咔作响，"我们就自己上。"

此时此刻，休息显然比叛乱更具有吸引力。浩史和海能下一秒便放下了手里的担架，其他人小心翼翼地喝了几口水。凯文和马哈茂德则不知疲倦，立刻规划起了行动。

英久对这个结果也并无不满。事实上，他也算是赢下了这一回合。每当危机出现，同样的桥段上演，都将削弱兰格迪克的权威，他的领导地位也将被一步步动摇，直至大厦倾颓的一刻。会有这么一刻的，会有的。*我只需要耐心等待。他已经嗅到了。*唯一让他越来越担心的是这一刻不能再快一点到来，赶在他自己不可避免地被推上审判席之前。

"我知道你在想什么，"耳机里突然传来母亲的声音，不容置疑的语气让他瞬间脸色煞白，"别那么软弱。我不想看到你沉迷于那些垃圾。"

"如果是那样的话，母亲，"他迎着她的目光看过去，尽最大努力不让自己躲闪，"那我建议你别看。"

自己现在确实渴求着精神支持，为即将到来的疯狂做好准备，但她又是怎么猜出来的呢？英久一边想，一边在口袋中摸索着。

钱包，安瓿，到队伍后面去，这样吸的时候就不会有人打扰了。

他的存货足够坚持几个星期，便放纵自己多倒了些。白色的粉末在钱包里侧闪闪发光。他早已能娴熟地使用鼻烟管，只需稍稍移开面罩，便可把粉末吸进鼻腔。直接在飘满外星孢子的空气里呼吸给他一种难以形容的感觉，但药品成功让他忽略了这种不适。

接着，粉末便侵入了他的神经系统，四处游走，将他的意识撕得粉碎，再一块块重新拼接起来。

他不由自主地向旁边倒去，在失去平衡前最后一秒，又颤颤巍巍地撑住了。

接着，钱包突然从手里飞了出去。奇怪，他明明一向都保管得很好，从来不会粗心大意地随手一丢。安瓿从里面掉了出来，一些落在较软的肉土上得到了缓冲，其他则在更为坚硬的地方撞碎了。价值连城的粉末在星体里洒了一地。

真是讽刺啊，他的脑子迟缓地转动着，这些东西就是从这具尸体上取材制造的。

英久望着空荡荡的双手，突然触电般清醒过来。刚刚钱包是被另一只大手打掉的，而手的主人，正是兰格迪克。此时，领队像一棵枫树般居高临下地站在他面前，树冠一高一低，脚下生根，一直扎进地里最深处的核心，坚不可摧、无法撼动。

"我的……"英久张张嘴，但什么也说不出。

"你做了什么？回答我，元昌英久。别想在我这儿蒙混过关。"

"你正在失去民心啊，领队。这大家长想必也难当吧。"英久的话虽然尖刻，语气却绵软无力，全然没有他预期的效果。

然而，兰格迪克手上的动作可比言语狠多了。自己花了好几年奖金才买来的药品被毁了还不算完，对方又攥紧了拳头，猛地向他的胃砸了过来。英久瞬间感到一阵剧痛。

"你不是什么办公室财务。你是如何破坏胶木墙的？"兰格迪克的声音沉了下来，明显占了上风，"你到底有什么目的？"

英久大口地喘着气，不住地咳嗽着，药品混合着鼻涕从鼻腔里喷出来，全都黏在了面罩的内侧。他抬头望向旁边，那张雪白如妖怪般的面庞。

"母……母亲……"

保护我！在我遇到危险的时候，为什么不保护我？

"在码头厂房，我们有一招专门对付不速之客。把他们双手双脚捆起来，绑在妹儿河的一块浮冰上，在河里漂上一整晚。到第二天早上，要是他们命大没有被货船撞死，就会什么都招了。想必我们也能为你量身定做一套方法。"

英久瞬间瘫坐在地上，上气不接下气。旁边的人要么在忙别的，要么站得太远，要么毫不关心他将遭受什么。

"你的阴谋诡计到此为止了，元昌英久。我看到你对着墙壁反复侦察。你既有作案时间，又是公司派来的，你现在就是在找机会完成搞破坏的任务。"

"饶了我吧。"

兰格迪克已经又一次举起了拳头，这一次的目标要么是下巴，要么是已经断裂的肋骨。英久不敢想这两个地方哪一个更致命。他闭上了眼睛，等待拳头落下来……

但预想中的疼痛并没有到来。

他大着胆子偷偷睁开眼睛，却看到那石柱粗的胳膊前，拦着一个瘦弱的身影，块头还不及那巨人的一半。她的手高高举起，虽然连碰都碰不到兰格迪克，但他却因她的出现而完全呆住了。

"放过他吧，凯文。"

兰格迪克一言未发，甚至没有一丁点儿反抗，就像一只受到主人命令的狗，又回到了日常的状态，肩膀一前一后，双臂慵懒地垂在身体两侧。他当然意识到了在别人的眼里，他这样的反应有多么糟糕。但他只是向猎物龇了龇牙，并未再有任何进攻的动作。

马哈茂德已经在肉墙上凿开了洞，兰格迪克的身影也消失在了里面。他一走，琼便蹲下身扶住了英久，帮助他站起身。

"我只是看不惯他这么欺负人。你没事吧？"

"勉强撑得住吧，"英久颤抖着说，"我……他居然想要揍死我，还扔了我的……"

他无望地指了指地上打碎的瓶子，远处皱成一团的钱包，心头突然涌起一阵尴尬。刚刚兰格迪克的弱点在众人面前暴露出来，想必他也是一样的心情。英久不想让琼看到这一幕，然而那让他羞耻的秘密，就这样被大刺刺地扔在地上，无所遁形。

琼拾起了地上的空钱包，拉上拉锁，交还给了英久。她全程没有说一句话，更看不出任何情感波澜。

我不用担心将来她会拿今日之事攻击我。

对方善意的举动也让英久瞬间意识到，他需要把琼争取到自己这边。她是唯一一个没有参与到这场云谲波诡的斗争当中的人。他迟疑了一秒，不知道自己这样把她卷进来是否道德。

但也仅仅是迟疑了一秒。

他感到胃里一阵灼热的快感，这快感甚至驱散了肉体的疼痛，让他越想越兴奋——琼对他有好感，而她又能牵制领队。那他就可以利用琼来扳倒兰格迪克，同时在矿工队伍里做群众工作。这样就能确保胜利了。她的存在真是太完美了，就像给顶级的和牛牛排配上了一杯纯米吟酿。

#

英久不知马哈茂德是虚张声势还是的确对星体了如指掌，总之这器官之间的软骨还真形成了一条通路，而那原先饱满多汁、怦怦跳动的器官，如今已经缩成一个皱巴巴的葡萄干，悬在头顶上。周围虽然漆黑一团，他们却找到了一条能继续向前的路。

剩下的矿工们也设法穿过了长满真菌、飞满孢子的肉墙，司赖珂躺在担架上被抬了过来。他母亲走在两个魁梧的男人之间，虽已徐娘半老，但仍风韵犹存，不时地向他们抛着媚眼。令英久失望的是，琼又重新走到队伍前面去了。

接下来的几个小时都在单调的跋涉中度过，周围静得只听得到靴子踩在骨头上的声音。药品带给他的快感早已荡然无存，只留下臼齿还在抽痛。他心里清楚，这已经是接下来很长时间里的最后一次放纵了。

一天过去了，他们似乎依然没有进展。

有人提出短暂休息一下，但被驳回了。英久已经累到只能靠着肌肉记忆继续前行。

脚下的地面也并不像想象中那样坚实。偶尔会传来骨头断裂的咔咔声，不时还会踩到泥浆似的东西，脚底打滑。甚至有个英久已经记不清名字的矿工，走在后面忽然就毫无征兆地掉进了某个洞里。众人急忙赶过去，然而现在下去救人太冒险了，他们只得皱着眉头，眼睁睁看着洞口黏液慢慢重新合拢。大家本就铁青的脸色变得更加凝重了。

又前行了几小时，英久被什么绊了一下，在灯下定睛一瞧，居然是一具已经僵硬的尸体。他大叫着后退了几步，引得其他矿工纷纷围拢过来。

"这是谁？"

"穿着剑吻鲨的衣服，想必也是我们中的一员吧。"

凯文拨开人群走了过来，眯起眼睛仔细查看了一番，"是肯皮斯，E班的。"

英久脑中快速闪过轮班的流程：我们是A班，是公司运往星体的八班矿工之一。这样轮班虽然费时费力，却能最大程度保证矿工的身心健康。剑吻鲨的政策看似人性化，实际上都是为了追求产出最大化。

每隔半年，就有一班员工被送到星体，工作整整四个月后再乘飞船返航——途中还需要在冬眠舱里睡上两年之久。与此同时，另一班矿工将被送过来，接手继续工作，然后再下一班……每个四年周期里，都有八班成员，八次往返。每一支队伍在辛苦劳作后，能稍微回家放松休息一番，不久又会被送回去，从头开始，继续工作。剑吻鲨考虑过扩大资源开采的规模，又担心一旦超过八支队伍，星体的存在被泄露给公众的风险就会大大增加。之前就发生过消息走漏的事，花了大代价才压下去。

"肯皮斯，"兰格迪克遵照古老的葬仪，用荷兰语虔诚地念着不幸者的名字，"Rust in vrede①。"

有人小声议论道："他怎么会死在这儿？"

"找错路了吧。"

"难怪是E班的。"

英久呆呆地看着肯皮斯破碎的面罩后面那空洞的眼窝。它仿佛隐隐预示着他们所有人的未来。

突然——尸体头骨上紧绷的皮肤动了一下。

_____

① 意为"安息"。

只剩一半的肩膀也颤抖起来。

英久吓得抓住身边人的腿就爬了起来。当然,他并非唯一一个看见的。腿的主人甩开了他,饶有兴趣地向尸体靠近了几步。

"真有意思。"是琼。

她小心地把尸体的头盔推到一边,仔细检查那张瘦骨嶙峋的脸。英久有种想逃的冲动,他看过太多的恐怖剧作,很难不联想到这将是一场丧尸危机爆发的开端。

但另一边,琼冷静地用录音机记录着观察到的感染程度,以及死者内脏里真菌生长的情况,这些疯狂蔓延的菌种让她不由得想起了云游。她取下肯皮斯的一只手套,发现每片指甲下面都已冒出了白色的卷须,由此便可窥见体内该是怎样"郁郁葱葱"的景象。

#

兰格迪克这个蠢货,居然径直把大家带进了沼泽地里!

英久的双脚都深深地陷入了泥潭里,只得不情愿地继续蹚着浑浊又危险的淤泥向前。一脚踩进去,淤泥直接没过膝盖窝。他想去问问母亲的情况,但一时间又找不到她。不过他干吗要关心呢?本来就是她自己选择跟来的。

抬司赖珂的矿工们只得把她举在头顶上跌跌撞撞往前走,

但勉强坚持了没多久，担架就掉进了泥沼里，顿时又是骂声一片。

一步踏错就一命呜呼了！这地方简直就是鬼门关，我们所有人都要死在这片沼泽里了。沙代子估计要亲手在我的档案上打上"已故"的标签，我都能想象那个画面。

"我最开始只是对黏稠度感到惊讶，"琼的语气里带着孩子般的惊奇，她把探测仪放进白色污物里，这已经不知是她第几次险些掉队了，"但更神秘的是液体中酶的含量。如果把星体看作人体，我怀疑是有一些类似唾液的分泌物，但我们这里距离消化系统很远……"

英久刚把左腿从泥地里拔出来，看到这一幕，只好又停了下来。

"我们得继续前进了，琼。"

自她从兰格迪克的拳头底下救了他，他就发现自己在她面前变得不会说话了。之前在"卡柳号"上，他能轻而易举地谈笑风生，现在却连嘴都张不开。目前这个女人对他来说是最重要的一枚棋子。不管是上刀山还是下火海，他都一定要把领队拉下马，绝不让他的阴谋诡计得逞。想必到那个时候，兰格迪克免不了要发疯。虽然他对抗不了这个二百三十磅[1]重的巨人，但琼也许可以。她不知道用了什么方法，竟成了唯一能驯服凯文的人。

---

① 英制质量单位，1磅 ≈ 0.454 千克。

说不定正是因为她实在是太难搞了。

"我们过去20个小时都是朝这个方向走的。"她停顿了一下,"英久,我们很快就能追上其他人的。"

英久内心非常挣扎。求生的本能告诉他,要跟紧大部队,藏在人群当中,等着马前卒在前面开路。

琼突然打了个响指,又重新调整了探测仪,"也许我从一开始就错了。到目前为止,我一直认为这些反应是星体内部自发的过程。不过,如果液体并非自然产生的呢……"她仔细看着仪器的示数,像是有了新发现。"酶正在解构尸体来喂养真菌菌落。这就解释了为什么这个泥潭里充满了孢子和溶解的组织。事实上,所有这些都是正在溶解的组织,是器官的残余物。"

听到这儿,英久顿时感到一阵恶心,"太好了,那我们能走了吗?"

"还不能,"琼摇摇头,"我觉得我应该再把仪器放得深一些。毕竟液体和器官的接触面是在下面。"

"不管在哪儿,它……"

"因此我想在这儿取样,"她指了指下面,"我看到这边的沉积物稍微薄一些。我应该能潜到下面去。"

简直是疯了。英久转头望向继续前行的矿工们。整个软骨现在成了一只巨型牡蛎,兰格迪克和马哈茂德正率领众人沿着牡蛎壳龟速前行,丝毫没有注意到后面两个掉队的,更没人关心公司派来的这两个傻偶是否会遇到危险。

换作是以前的英久,他能说出一百个理由来警告琼,劝她不要冲动行事,甚至是不动声色地威胁她,之后再顺理成章地按他自己的计划进行。通常情况下,他确实会这么做,但是……

"如果你拉住我,我们就能办到。"

琼松了松腰带,确保它不会在压力下撕裂。然后她指导英久如何用双手拉住它,在她下潜的过程中保证她的安全,"双腿分开一点点,分散重心会更容易一点。我先试试我能潜多深。"

"什么意思?"英久吸了一口气,"你是说我力量不够吗?"

"力量不是重点。这里泥层够厚,不管是起重还是载重都没问题。只要你别放手就行,不然我靠自己没法出来。"

英久一眼就能看出这种计划有多么空中楼阁,但他和琼结盟的机会实在太少了,只得抓住任何可能的机会。

琼抓住了英久的手,让他抓住自己的手腕,一种从未有过的美好感觉让英久不禁心旌摇荡。他的手指缠绕上她的腰带,去感受想象中她的体温。

"去吧。"英久的声音里有一丝紧张。

琼把工具箱交给他,闭上眼睛,条件反射地先深吸了一口气,不过穿着这一身密封严密的工作服,这一举动显然完全没有必要。接着,她就一头扎进了银色的泥层里。英久被猛地向前一拉,只能尽可能向后倒,让自己保持平衡。琼不停地踢着腿,想要头朝下立起来。

即使在泥层下,琼的声音还是一样清晰:"就是这样。我得想办法再深入一些……"

英久的手肘都已经陷进去了。他想要减缓她下降的速度，但这女人已经使出了全力，再这样下去，他自己都要陷进去了。

"如果你再向下，"他的手指已经到了极限，"我就拉不住你了。"

先是一阵沉默，接着是一声"哇！"她怎么会这么激动？"我知道了！这里的浓度要高得多。这里可能就是孕育它们的地方，或者是寄生虫在体内传播的媒介。这里有某种……膜。我需要样本，"泥潭里又是一阵搅动，"更深的样本。"

英久已经无法继续坚持了。他想要反对，但琼已经把双腿垂直地伸向了空中，这样他除了抓住她的脚踝继续向下推，便没有其他方法能打破表面的张力。

琼的双腿像沼泽地里插着的两棵芦苇，他只能颤抖着抓住，向下继续推，却感到越来越滑。

"我几乎已经……"

"你可以的。"琼还在鼓励他。这话如果从别人嘴里说出来，他肯定会觉得自己被小瞧了。"我快穿过去了，这里比上面要黏得多。"

他把她推到膝盖深处，这已经是他敢承受的极限了。这个过程几乎没有任何摩擦，再加上双手又湿又滑，所以他只能手指拼命用力抓紧，来保持她的脚踝还露在外面。

"好的，就保持这样，如果我能……"可能是倒立时间太长导致的眩晕,琼的声音有一点喘,"从薄膜下面取一点样本就好了,这样我就有机会搞清楚菌丝和宿主之间的关系。"

"琼?你是在和我说话还是……"英久话音未落,琼的左脚就从他手里脱了手,整个人又向下沉了一英寸①,他勉强才能拉住她,"在和你的数据记录器说话?那个,我还是觉得应该把你拉上来了,现在这……"

"等一下,"琼命令道,"我快要触到薄膜了。稳住!"

我需要支援!

尽管他非常不愿意开口向敌人求助,但眼下也别无他法了,只得咽下这份欠人人情的羞耻感。

但是……他妈的!还得切换频道!

要想从私人频道切换到公共频道,英久还得手动在头盔上拨号,但现在他哪里还腾得出手来?他咬紧牙关坚持着,因为担心吓到琼,都不敢喊出声来。

他已经要吐了。

他将头顶灯照向众人离去的方向,抱着一丝希望能示意他们帮忙,但目光所及,已不见任何踪影。所有矿工都已经离开,甚至他们在这片泛着五彩光泽的泥地上踏出的脚印也荡然无存,连母亲都抛弃了他。他已然孤立无援,只能拼尽全力拉住露在外面的最后一点靴子。

突然,一阵极度的恐慌袭来,让他顿时脊背一凉。公司的

---

① 英制长度单位,1英寸 =2.54厘米。

阴谋、药品、他在星体的敌人们走马灯似的出现在眼前,接着是他的同事、背叛、琼、他疼痛难忍的牙,还有再也无力支撑的手指——全部的全部。

英久发出一声尖叫,终于脱了手。琼的双脚被强力吸进了沼泽里。一分钟后,当他回过神来,他用手臂拨动着泥沼,试图找到她的一条腿或一只脚,但已然是徒劳。琼已经彻底消失在下面了。

12

云游!

泥浆吞没了她。琼一下子穿过了这个腐烂器官的外膜。她感觉自己像是掉进了一只饿兽的嘴里，正被囫囵个儿地吞下去。

"我得浮上去！"

鉴于她的胳膊已经被半凝固的蜡状淤泥困住，挣扎肯定是不现实的。下滑的势头不可阻挡，而头朝下的姿势也让她很难保持头脑清醒，只能拼命让身体横过来。

依然是徒劳。泥沼无情地将她吸了下去。

太有趣了。这意味着泥沼的构成应该是……

我的平均下沉速度是三厘米每秒，而且在慢慢减缓。

在这种倒立的状态下，我还能保持呼吸多久？

尽管琼现在的氧气罐是满的，但她的肺会被自己的器官压扁，再过几个小时就将衰竭而无法呼吸。

我还在下沉吗？

她拼尽全力用手碰到了头盔，按下了开关。

"我在这儿，"当她发现舌头终于不再紧贴着上颚，马上开口呼救道，"我还在这儿，能派人支援吗？"

唯一回应她的只有耳机里的静电噪声。这是因为星体的肉里有一种莫名的电流，阻隔了所有通信。这是英久曾在"卡柳号"上向她解释的，现在回想起来，已恍若隔世。

"即使星体早已彻底死亡，它的影响在死后仍然是巨大的，"英久是这样说的，"这具尸体上依然遍布着干扰，正常信号几乎完全无法穿过，这就是为什么我们需要通信浮标来保持联系。"

停下了。

琼发现自己已经不再下滑，此处的液体浓稠到无法通过，她停在了这个难以描述的地方。然而，先前下落时由于相对速度而产生的空隙，现在却因她的静止而在慢慢减小，一点点地将她包围起来。浑浊的淤泥糊住了她的头顶灯，工作服也被完全裹住，只有在头盔里，她才能活动自己的脑袋。

这下连需要计算的东西都没有了。

*不。*琼感觉血一下涌到了头上，五脏六腑都在翻腾，现在怎么办？*快想，快想！*

她努力在脑中回想加尼的第六交响曲，却怎么也想不起旋律。第一句是什么来着？ La vie. La vie, c'est...[①] 不，不！

即使是跟凯文和马哈茂德一起在星体的血肉里爬行时，琼也并未因空间狭窄而感到恐慌。那时她有前行的动力，也看得到走出去的希望。但眼下她整个人无法动弹，只能听到幽闭恐惧症发作下那急促的心跳。

我一定要逃出去！

她四下搜寻，却一无所获。飞速运转的大脑简直要爆炸了。虽然看不到自己的样子，但她能想象自己双眼凸出、脸颊渐渐发紫的样子。

"我要离开这个地方！"她大声喊道，"我要回到云游身边！"

在倒立的状态下，眼泪顺着眼皮流向眉毛，直至消失在发际线里。一想到自己将在死前忍受数小时的折磨，一阵愤怒便涌上心头。这种环境的残酷之处，就在于它没有立刻造成身体伤害，却成功困住了她，她只能眼睁睁地等待死亡的到来。任何掉进这淤泥的东西，都会如此这般被吸入地下。

要是她手里有把刀，她一定当场切腹自尽。

想到这儿，她不禁哑然失笑。切腹纯粹是被灌输的观念，还不如捅心脏来得更快。她被淹没在这片外星沼泽里，在宇宙中孤独地漂浮着，所谓荣誉对她而言还有何价值？也许一百万年以后，后代会找到她保存完好的遗体：这里躺着琼的

---

① 大意为"生活，生活就是这样……"。

遗体——吾乃万王之王是也，盖世功业，敢叫天公折服！[①]

她笑出了声。到了这般田地，她居然还能产生臆想。

反正都已经沉到这儿了。调整呼吸，吸气，呼气，集中注意力。你不会静静等死的，琼，你的肺还能呼吸，手臂还有力气，快起来，就现在，为了他。

琼的身上仿佛有成千上万只手压着她，但她挣扎着向上蠕动，终于成功连带着手肘抬起了一只手臂。她的腿被困住时还保持着踢踹的姿势，接着再移动腿。每次取得这样的小小胜利，她都要休息好一会儿，才能进行下一步。当她试图挪动上腹部的时候，两侧的泥浆强烈地吸住了她，仿佛要把她一撕为两半，但她奋力一吼，把头抬了起来。

当她把自己蜷缩成婴儿的姿势，阻力顿时减轻了不少。她现在能够在淤泥里把身子倾斜过来，但要判断上下，就只能依靠她的内在平衡，以及皮肤下面血液流动的细微变化。

先前像吸盘一样牢牢钳制着她的阻力，此刻却成了她慢慢调整成直立姿势的助力。

不过这也是她能达到的极限了。现在虽然能够自由扭动身体，但想要游动或是钻出表面几乎仍旧不可能。她将会留在这摊泥泞里，生命定格于此，尸体被完整地保存下来。

她感觉血从头顶慢慢回流到了心脏，一并退去的还有残存的恐慌。留下的，只有无尽的伤感。

---

① 此处引用雪莱的诗《奥西曼迭斯》，王佐良译本。

如果我的死能有任何生物学上的价值，我还能为自己找到些许意义，甚至甘心接受命运的安排。可惜周围这团东西并不是某个食肉植物富有黏性的舌头。我没法成为任何生物的养料。我偶然掉进了这个陷阱，得到了这不幸的结果，但这本该是有意义的！

没有人能逃脱自己的命运。想想他们之前抛弃的那些矿工。如果他们连自己人都不救，又凭什么拼上性命去救一个科学家呢？

还有英久……英久总是在找理由退缩，这对他的要求太高了。

她比以往任何时候都更加确信，自己这回是真的要死在星体了。只是，现在的她离云游太远了。

太远太远了。

她想象着把他搂在怀里，看着他冰凉而毫无生气的身体依偎着自己。她甚至能准确地想象出他的每一个部分，连每一缕发丝的位置都分毫不差。每当她闭上眼睛，这些画面就会浮现在她眼前。云游已经是她生命里不可分割的一部分了。

通常这种时候，她都会拿出通信卡，上"人类网"打发时间。但现在陪伴着她的，只有冰冷而无望的现实，以及她试图弥补的过去。

死亡并没有那么难，她想着，试着把自己从恐慌中解脱出来，死亡只是失去余下的一切，反正我所拥有的也不多了。我最重要的东西，不久前就已经被夺走了。

新之助一直等着她从医院回来。过去的几个礼拜用灾难来形容一点也不为过，一波未平一波又起，琼已是疲惫不堪，甚至称得上心力交瘁了。在这样暗无天日的生活里，爱人是她唯一的光亮。

"我回来了。"她一边说，一边把脚从鞋子里滑出来，踏上屋里的榻榻米。

"欢迎回家。"[①]新之助问候道。

在琼的心里，他们的家是宁静的港湾，是理想中"和"的天堂。尽管她自己不是日本血统，但她的一生都在吉木市度过。她居住在上流社区，在上流学校接受教育。在这里，她的天赋才华被欣赏，她对主流文化的融入被认可，她发自内心地觉得自己找到了家的感觉。他们的公寓永远沐浴在一片金色的余晖中，柔和的光线透过一面木栅栏纸板墙照进来。为了不破坏这份和谐，屋内的智能科技几乎都完美地隐身了，就连厨房用具和独立办公桌这样现代生活痕迹不可避免的地方，也都用屏帷墙轻松覆盖了。

琼现在只想和新之助一起蜷进被子里，去感受他的温暖和

---

① 原文为日语。

安慰,让她知道生活还是有好的一面的。

"我好想喝一碗葛粉汤啊!"她说道,想象着甜滋滋的葛粉汤润过她干哑的喉咙,"名字我也取好了,叫'云游'。我希望他将来能环游全宇宙。"

然而,新之助并未立刻起身去烧水,他像只石狮子一样站在房间中央。有些突兀,但也没有让人不舒服,就那样站在那里而已。

"这种生活我已经忍受不下去了,琼小姐。"

比起他分手的言语,这声"琼小姐"更像是一巴掌打在了她脸上。他喊的不是"小琼",也没有亲密地直呼名字。一个称呼,便立刻拉开了两人的距离。这个称呼当然朋友之间也适用,但更多是用在陌生人之间。无论如何,不会用来称呼爱人,何况是妻子。此刻的礼貌就像一柄利刃,无须多言便已斩断了他们的关系。

这真是太有日本人的风格了。琼甚至都不禁钦佩起了这份优雅,但那背后隐藏的懦弱无能却让她无比恶心。真不愧是日本人。

如果换成别的日子,如果不是疲惫到如此丢盔弃甲的地步,或许她还有耐心来承受这一切。但今天她做不到。琼走向新之助,愤怒的红晕爬上了脸颊,她想要大叫,甚至扇他一巴掌,问他到底在想什么,是不是想离开她,为什么要离开她,为什么现在离开,为什么要怪在她头上。但即使是面对这样的情况,如此歇斯底里的表现依然是不可接受的。琼费力咽下了最后一丝愤怒,开口道:"我知道了。"

话一出口,她就意识到,自己接下来很长时间的生活都将如行尸走肉般,无论是愤怒还是喜悦,都不会有任何感觉了。所有的情绪仿佛都从身体里剥离了出去。连爱人都离开了自己,失去情绪感知又有什么关系呢?

"你一直都是个好妻子,"琼明白,这是他在表达他曾经爱过她,"如果我们有任何走下去的可能,我肯定会想办法坚持的。我相信你能够理解。"

"我理解。"

新之助朝她鞠了一躬。这一切都让琼感觉太不真实了,她甚至不知道自己该不该还礼,该不该比他鞠得更低。

我甚至不知道,我们此刻算什么关系。

仅仅几个小时之前,他们还在医院相拥。新之助用双臂搂她入怀,轻轻安抚着啜泣的她。琼穿着他的西装,却依然觉得冷,于是他又把夹克披在了她的肩头。在此之前的几个礼拜里,他一直都扮演着完美丈夫的角色,对她关心又体贴,得知消息时心急如焚,为她提心吊胆。但那时他们也没有分开,甚至共患难后还更加亲密了。

他是什么时候下决心要离开我的?一定是在过去的几天里。他的爱是什么时候变得刻意而虚伪了呢?我为什么完全没有察觉?

当然是因为那个变故，肯定是了。但此刻她沉浸在悲伤里，无力再揭穿他。而且他非常擅于控制情绪。琼知道他本性善良，共情能力也很强，但不知何时，他决定在这件事情的处理上不带任何情感，摆出了最官方的姿态，这可能就是所谓的耐心和——

"因果轮回啊。"他说。

他们都不是虔诚的佛教信徒，但神都佛教的理念早已渗透到殖民地生活的方方面面。

"是因果轮回。"琼的声音和她的情绪一样，听不出任何起伏。

新之助经过她身边时没有碰她，只是动作僵硬地离开，在她身后把门滑关。琼知道自己要尽快搬离这间属于他的公寓了。他给她留了独处的时间，让她得以整理情绪、计划下一步。这是他最后无声的礼貌。

几周后，她的邮箱才收到姗姗来迟的离婚文件。一页页晦涩难懂的合同术语，只需加上她的电子签名，便可自动触发殖民地的登记变更。而自从新之助离开家后，她便彻底与他失去了联系。

#

琼的呼吸稍微稳定了些，但身体仍不住地打战。因为太长时间静止不动，身上变得越来越冷。虽然过去的回忆是痛苦的，但却帮助她冷静了下来，让她能客观地去审视自己抛在身后的是一种怎样的生活。

我可是个外星生物学家，妈的，我一定要完好无缺地活下去。

她努力把手放下来，划过膝盖、臀部，最后到髋部。她肯定已经把数据记录器好好放到腰带上了？没错，它正安然地放在那里。她颇费了一番功夫，才把记录器一寸寸地挪到了头盔旁边。谁也说不准语音信号是否能穿透厚厚的泥层，但除此之外，她还能做什么呢？

"我的名字是琼·莱利·费尔莫得，一名受雇于剑吻鲨公司的外星生物学家，目前驻扎在编号 AO173–T。这里有……"

她停了下来，删掉了这段录音。这不是我想要的。虽然是外星生物学家视角下的记录，但她希望能按照自己的方式来。如果要作为一名完全官方、循规蹈矩的科学家被世人永远记住，太有日本人的风格了，这让她突然感到一阵反胃。如果后人想要听到她的遗言，了解她的见解，那他们就要接纳一个真实的琼，好坏都要接受。

"我是琼。我被困在这里了，以下是我的遗言。我几乎已经不可能全须全尾地活着出去了，如果将来有人找到了这段录音片段……我个人感觉应该是很久以后的将来了。我这个人虽然被贴过很多标签，但从没有人说过我天真幼稚。星体坚持不了多久了。目前我观察到的一切都表明腐烂正在加速。一定要相信我，因为我本人就是陷进了一个正在解体的器官当中。"

不管是她先前收集的数据，还是成年累月在量子显微镜下观察腐烂过程的那些经历，眼下都救不了淹没在沼泽里的自己。事实上，她有些庆幸自己现在几乎看不到什么。

"星体正在变得越来越不稳定。如今回过头来看，我会被派到这里，很可能就代表剑吻鲨已经猜到这一点了。公司想知道每一趟还能获得多少利润，又或许……"尽管琼从来没把那些阴谋论的论调放在心上，但此刻一个想法突然跳了出来，"这是一场保险诈骗呢？会不会是公司为了巨额赔付，故意破坏了食管？"

这听上去荒诞至极，若果真是如此，也太可悲了。因为这关系到外太空的重大研究，一旦有了开拓性的发现，甚至能推动人类文明的巨大飞跃。再说，剑吻鲨并没有资金上的压力。这没由来的揣测还是留给后人去证实吧。

"趁着还有呼吸，我想坦白几件事情。来到星体……是我孤注一掷的决定。"嘿嘿。"当然是这样，不然干吗要大老远地的跑到这儿来？自然不是为了什么研究，或者更具体地说，不是为了那些人的研究。我不在乎剑吻鲨对星体有什么计划，我真正感兴趣的是星体本身，是它受真菌群控制的一系列生物过程。虽然这有可能是我的职业偏见，但我真心认为孢子是一切的关键，是整个生物过程的根本，更是这里唯一的活物。虽然大部分原理对我来说仍是一个谜团，但仅仅是过去的这个礼拜，我就发现了至少两个生长阶段的真菌，分属于发展中两个完全独立的阶段。我希望……或者说我曾经希望能够发现之后的生长阶段状态。在星体内部，更靠近核心的地方，也许能实现这一点。这是我目前的假设，同时也是我认为的唯一……的解决方法。"

她剧烈咳嗽起来。是呼吸变得更加困难了吗？是氧气快耗尽了吗？可能是黑暗的环境迷惑了她，或许她已经被困数小时了，或许她的意识早就出问题了，而记忆也早已不连贯了。

"一切都不是我预想的那样。云游，对不起。我本来希望能给你更多的。我本来能给你更多的！世上一切生命都渴望活着，活着！而我让你失望了。"

生命是……肆无忌惮的。La vie, c'est implacable.

加尼的第六交响曲。第一个音符在她耳中敲响，接着连成一曲乐章。音乐如春潮般席卷而来，清澈而嘹亮。

那些眼泪是从哪里来的呢？她为什么哭了呢？

"这……对不起，我失败了。我曾自负地以为能把你带到这个世界上，但却没法让你活下来。我就像一台出故障的机器。是我的错，是我的身体出了问题。"

一抹淡淡的微笑爬上她满是泪痕的脸颊，即使以前的生活已经被远远地抛在了身后，她仍没有勇气去想象他真实的面孔。云游，她强迫自己去回想，他冰冷的小小脊背，没有血色的脸，圆圆的两颊上呈现出斑驳的灰色。也许是出于对她深深的同情，他选择自己合上了眼睛。每每想到这儿，琼都会感到无限感激，这样她就不必看到他那了无生气的双眸。脐带被安静地剪断，她把死产的胎儿抱到胸口，他却再也喝不到母亲的乳汁。

琼张着嘴，努力克制着因紧张而颤抖的下颚，"我是想要那样去爱你的。"她的声音低得几乎是从喉咙里发出的呜咽。

而你却连活下来的机会都没有。

此时此刻，她像一只蜷缩在壳子里的寄居蟹，在黑暗的笼罩下，情感肆意地从胸中宣泄出来。

"英久说得对，我一直在欺骗自己。生命是残酷的，而不是肆无忌惮的。不然为什么我没法给孩子一个健康的子宫？"

是啊，甚至不孕不育也好过这般啊。我怀了云游九个月，感受他在我肚子里活动、玩闹，直到再也没了动静。是我的身体杀死了我的孩子，也杀死了我一直渴望的家庭。而新之助最终选择离开，只是这一连串事情不可避免的结局罢了。

为什么还是不死心呢？本来就是出于绝望才来这个地方，难道她还希望找到某种神奇的治疗方法，在这里寻求救赎吗？菌群以自己的方式完美生存着，琼和她的痛苦又关它们什么事？甚至它们都不知道她的到来。

这样反而更好。就这样无声无息地死在这具外星巨尸的深处，任谁都找不到。就像是这些年来，我也一直忙到谁也联系不上的状态。

"不管有没有价值，以下就是我最后的遗言，"她专门对准了记录器，"很多年前，我就已经失去活着的意义了。无论我在这里寻找的是什么，尽管做了那么多努力，我仍然没有找到。再见了[①]。"

她暂停了录音，停止了思考，耳边传来的唯一声音，是这具庞然大物正在跳动的奇异脉搏。更确切地说，不是听到，而是感受到。它和真菌发出的神秘声音一样，她已经听不到了。

她没来由地想起来一首自己很喜欢的诗。一首来自她祖先故土的诗，以殖民前的文字写成。

此外无一物，但见废墟周围，

寂寞平沙空莽莽，

伸向荒凉的四方。[②]

珀西·雪莱[③]，来自旧时代的人，他与琼之间跨越的年代距离，就像他和奥西曼迭斯之间一样遥远。

琼仍不能动弹，每一秒都感觉有千斤重的担子压在肩上。

真的是……

她挣扎着，想要活动自己蜷曲酸痛的背部。

太难坚持下去了。

她抬头向上看去，却只看得到无尽的黑暗，让人无处可逃。

---

① 原文为日语。

② 此处引用雪莱的诗《奥西曼迭斯》，王佐良译本。

③ 珀西·比希·雪莱（Percy Bysshe Shelley，1792—1822），英国浪漫主义诗人、作家。

她又一次尖叫出声。等她再次使自己冷静下来，便重新打开了
记录器。

"即使如此……我也想要活下去。请帮帮我。我不知道为
什么，但即使经历了这一切，生命对我来说，依然弥足珍贵。"

#

云游。

#

琼猛然意识到——我快睡着了！肌肉因长时间的痉挛而
痛苦呻吟着，她已经坚持不了多久了。

#

周围一度无法穿透的泥墙，突然变得像融化的蜡一样。能
够活动手指尖就是好兆头，她下意识地舒了一口气。

#

光。我看到光了。

无边的黑幕陡然亮起无数的光点，像一大片融化的珍珠般灿烂夺目。其中一个光点正不断下沉。她几乎从未见过这般美丽的景象，但不仅如此……

她浮起来了！她不再被困在结实的泥塑外壳里，而是在逐渐液化的泥浆里像海藻一样漂浮起来。虽然充当桨板的手臂不够长，但她也在不断向上、向着光的方向艰难游去。离得越近，泥沼对她的桎梏就越少，先前压在身上的成千上万只手，此刻仿佛都消失了。

连呼吸都兴奋了起来。冷静。这可能只是临死前回光返照的幻象。

当她终于清除掉挡在光源前的浮垢，一瞬间不太能确定自己看到的是什么。刚扒开一道缝隙，淤泥又自动合拢了。她看到，更准确地说是感觉到了一条平放着的粗绳，像是某种凹凸不平的材质做成的腰带，其中一端悬挂着个发光的诱饵，上面连着一个小型设备。粗绳摸上去温热舒服。

这让琼莫名地想起了琵琶鱼，那是地球深海里一种凶猛的鱼类。她是不是上钩了？这个器官里是不是游走着某个超大型寄生虫？她会不会被拖走，成为它今天餐桌上的一道美味？

我倒愿意这样慢慢地死。她把粗绳缠绕在手腕上，再用力系紧，收线吧！

大概等了半分钟，对面才有了反应。粗绳被向上拉紧，她的手臂也被猛地拽起。琼小心地维持着不让自己脱钩，泥潭却牢牢吸住她的靴子不肯放手。

"快放开啊……"

她是不是听到绳子拉扯的声音了？是不是要拉断了？尽管正被缓慢地向上拉起，一米又一米地上升，但她现在仍处于泥潭的极深处。手腕上的光被周围的淤泥吸收，仿佛在她眼前拉起了无数道银色的丝线。

上升的过程几乎和下沉花了一样长的时间，但她竭力不去想万一再次下坠会怎么样。要是再经历一次，她肯定要崩溃了。

她扬起头向上看去。上面是什么？

她花了好几分钟仔细辨认，透过那一团团黑影和闪烁跳动的光线，终于看清了一群人的鞋底。她终于又从那层器官壁里钻了出来。一切都是为了科学。

也是为了云游。

刚钻出来没多久，在头盔完全浮出泥沼之前，琼突然感到一阵缺氧，但下一秒，好几双手抓住了她的身体，一起把她从底下拖了上来。有人从她紧握的拳头上解开了粗绳，又有一只手帮她擦去了面罩上厚厚的泥垢。

好多人，好多双手，好多声音。她一下子完全反应不过来。肠胃里翻江倒海，但她忍住了。

"真是太冒险了！但成功了！"一旁传来马哈茂德的笑声，听上去他也松了口气，"我一直祈祷抗凝血剂能够起作用。"

"琼，嘿，"有人生气地敲了敲她的头盔，叹了口气，"你还活着吗？"是凯文。

她咽了口口水，点点头，"是的。"

"这是你第二次冒险了，你逼得我不得不再重复一次：我们队里不需要小孩儿，我也不是你老爹。下次要是再自找危险，你就只能自己救自己了。"

对于领队来说，这些指责已经够了。凯文转身继续向前，马哈茂德犹豫了一下便立刻跟上。接着，另一个人走了过来。由于大半个头盔上还盖着污泥，琼看不清来人是谁，只感觉到他扶住了自己，帮助她坐起身来。

"真是难以置信，"英久像是打开了话匣子，"你居然还活着，居然还在下面，而且这东西居然真的起作用了。主意是兰格迪克出的，估计他这种人一遇到水，第一反应就会想到钓鱼线吧。用绳子绑上重物，用带有放射元素的物质来软化液体。不过琼你别担心，剂量不大，等回到新北海道后，没有什么是一两粒药解决不了的。"

"我消失了……大概多长时间？"

在她身后，有人把那条腰带绑成的"粗绳"一个个解开，又把腰带还给了原本的主人。英久摇了摇头，他也不知道。突然，琼惊声尖叫了起来。

"云游！云游在哪里？"

"啊！"英久在他的工作服后面摸索了一番，把手提箱交还到了琼的手上，"完璧归赵。我可没少费功夫呢。"

琼迅速接了过来，她看到云游还毫发无伤地躺在笼子里，或者说还安然地保持着死状，那具小尸体的皮肤都因为寄生虫的活动而产生了褶皱。看得出它们在里面过得不错。

她松了一口气。我应该对他还有其他人说声谢谢吗？谢谢他们救了我？救了我钟爱的事业？但这样会不会让他们的努力显得廉价？毕竟是救命之恩，一声谢谢未免太轻了。

"为什么救我呢？"她小心地斟酌着字句，"为什么不救其他人？比方说之前掉进去的那个人？"

英久笑了笑，或许他本意是想隐秘地示好，但在琼看来却充满了奸诈的意味，"那个人跟我又不是好朋友。"

为了这一次救援行动，凯文得说服多少人？英久是不是强迫他去计算谁的价值更高，是不是说失去她会对公司造成不可预估的损失？即使他不是发自内心想这样做……

那个可怜的矿工，现在还困在泥潭里。

而她已经奇迹般地逃了出来。事实上，琼甚至都没有抱活下来的希望。如果世上真的有因果，如果这就是她的因果轮回，她已经准备好了迎接来生。说不定她能转世成更好的生物。

她甚至都已经录好了遗言。

我的数据记录器！

她心下一惊，慌张地寻找这个她身上最为重要的仪器，却猛地想起来，她当时应该只是随意地把它挂在手上，没有好好放回腰带。如今那里面的所有记录，包括她发自肺腑的遗言，全部都没了。有那么一瞬间，她甚至想要跳回沼泽里，去把它找回来。

"出了什么问题吗？"英久问。

"没有，"琼闭上了眼睛，"就只是……经历了这样的事情，你会感觉好像失去了一部分自己。"

也许这样更好。她当时留下的遗言，现在已经深深地留在星体内部了，不管是她活着的时候，还是未来很长时间里，都不会有人发现。等她下次真正离开这个世界的时候，这遗言不还是用得上？

13

"喂！"凯文正忙着交谈，突然怒气冲冲地大喝一声，"快住手！"

他越过马哈茂德的肩膀，无意间正瞧见后头这一幕，下一秒便一个箭步冲向了那十几个矿工。

这些人沿途撕下了一些腐肉，此刻正打开面罩准备偷吃。把生肉塞进嘴巴里，胡乱擦一下嘴，再把头盔合上。只要吃的时候屏住呼吸，等咀嚼的间隙再换气，还是勉强能咽下去的。

凯文一眨眼的工夫就来到了几人身边，给每个人脑袋上都重重地来了一下。"你们脑子被驴踢了吗？"

"吃坏肚子能忍，"卡斯滕喃喃道，"饿着肚子忍不了啊。"

"你知道个屁。"凯文瞬间提高了音量，"听好了！其他人要是有正馋这些肉的……你们先看好这俩人的下场。这肉不到饿得受不了，绝对不能吃。"

站在卡斯滕身边的诺尔后悔地按住了自己的胃，但毒肉早已吃进了肚子里。

他们每向前多走一米，时间每过去一分钟，整个队形就变得更加松散，矿工们也愈加口渴难耐、目光涣散。腕骨腔近在咫尺，他们的速度却越来越慢。队伍只剩下十一个人了。饥饿和疲惫终于击垮了一部分人，他们只得被留在后面。

除了累垮的，还有造反的。

元昌英久跟在队伍最后，偶尔冲到前头来，对着某个矿工一阵耳语，尽说些极其无聊的废话。凯文对此非常恼火，觉得他在影响队伍的士气。显然对手已经疯狂地行动起来，着手为扳倒他做准备了。

现在这个人又跑去和外星生物学家讨论着什么。琼已经把自己收拾干净了，完全没有刚从泥坑里逃出来的狼狈相。事实上，她也是唯一一个状态看起来没有明显越来越糟的人。不过凯文也不敢打包票。

她不会的。她不会站在元昌英久那一边的。

她到底为什么对自己如此重要？凯文没想明白，也不太关心。反正他的直觉通常也没什么理由。

他调整着无线电旋钮，直到找到他想要的频道。这是领队才知道的小诀窍。不管是不是私人频道，多少都能截取到信号。凯文混在行动迟缓的矿工里面，一边艰难地前行，一边偷听着二人的对话。

"你当然也感觉到了引力，"凯文听到耳机里传来琼虚弱的声音，虽然还有些惊魂未定，但已经恢复了公事公办的语气，"随着位置的改变，引力强弱也有微弱的变化。"

"你不会是又想下去研究研究吧，不会吧？"

"那我就告诉你吧，英久，也请你帮着参谋一下。我怀疑这里存在某种未知的器官，我们先通称为'节点'吧。'节点'分布在整个星体上，产生自己的引力场。对于我们感受到的持续不断的引力，这是目前我唯一能想到的解释。"凯文听到她跳来跳去，并将靴子踩进泥里做着示范，"各个场域相互重叠，让引力覆盖整个星体，在边缘附近逐渐减弱。如果引力来源是唯一的，那么整个引力场的差异变化会大得多。"

"为什么……"

"那下一个问题就更大了，不是吗？如果星体四面八方都分布着'节点'，又为什么只有向下的重力呢？这一点一直困扰着我。按理说，它应该形成一个复杂的重力井系统，每个节点都将我们拉入其引力轨道。我们会在许多不同的引力场里来回穿梭——地板一会儿变成天花板，上方又会变成下方。这真是一个谜。"

"我想说的是，现在考虑这些事情干吗呢？既然现在有重力，而且重力运转对我们有利，那我们就不要自找麻烦了。眼下的问题还多了去了。"

琼勉强笑了两声，语气却更加严肃，"你说得有道理。那这样的话，我们就说说眼下的问题。我想你也注意到了那些孢子对我们的影响吧？在食道里，司赖珂的工作服破了，接着她就是第一个出现偏差行为的人。"

"她一刀捅死了人，"英久借着她的用词调侃道，"你觉得对他们那样的野蛮人，这也算偏差行为吗？"

琼并没有接他的话茬儿，"而且我被派到这里来研究真菌丛。我是历史上首位获准来星体的科学家，这肯定不是巧合。"

"当然不是巧合。早在我们进行风险评估之前，公司就注意到了事故量的上升。而且引人注目的是，事故原因居然是矿工神经错乱，短暂的情绪急剧激动。确实有意思。不过怎么现在提起这个了？"

"困在泥潭里的时候，除了思考也做不了别的了。"

"要是你能提供任何想法，"英久的声音听起来有点不安，"我们是非常欢迎的。"

"英久，你不觉得我们应该采取措施避开孢子，或者至少对其他人发出警告吗？"

"我同意你的观点，但你真的觉得他们会听我们的吗？对熟门熟路的矿工们来说，这里就像是他们的后花园，他们是不会相信我们的。"

他还真说对了，凯文心想，我甚至都没法阻止他们吃腐肉，区区警告对他们来说没有半点作用。

　　连他也不会轻易相信。孢子很危险？这本来就和他多年来的经验不符。真菌和他在工作中遇到的其他事物一样都是无害的。过去他自己也在孢子环境里暴露过，发生什么了吗？什么也没发生。琼的理论根本站不住脚。

　　琼不依不饶道："我怀疑剑吻鲨送我过来是别有用心的，绝不只是研究蘑菇。不过你肯定又要说你对此一无所知了。"

　　这次，凯文甚至能听到英久回答时脸上挂着的笑意，"正相反，我非常清楚我们俩为什么会来这个地方。"

　　"你这样我真的很难信任你。"

　　"你本该如此，不要信任我。"

　　倒是颇有自知之明。

　　凯文听的时间越长，心里就越是烦躁。这人正使出浑身解数讨琼欢心呢。不过不知道为什么，马屁总是拍到马腿上。凯文切换了频道。既然他现在不能插手，偷听也没什么用。有琼在身边，他也放不开手脚。更别提之前那一回，还被她看到自己做了不符合领袖身份的事。得想个办法弥补一下。等他们到了盖得的营地，他就……

　　就是这样，不能再拖拖拉拉地等了。

　　他急忙加快了脚步，用私人频道把马哈茂德叫到了身边。马哈茂德还是有点犹豫，但在凯文眼里，元昌英久必须死，他只想讨论什么时候弄死，以什么方式弄死。然而他的好兄弟还在张口闭口道德的问题。对于凯文来说，这早就不是个问题了。

难道打死只老鼠还要讲道德吗？

"我这个手势一出，就是行动的信号。"

现在就连马哈茂德的声音都是苍白无力的。"用你的刀吗？"

"直接从后面捅，当场死亡。"

"上帝啊，我们不能这样做。"

"我们没得选。"凯文先把狠话放出来，"如果我们任由他这样下去，整个队伍都会分崩离析的。你也看到了司赖珂和诺丹的下场。他总有本事把人往绝路上逼。"

马哈茂德的双臂都在颤抖，他恳求凯文不要这样做。谁知道会发生什么呢？听天由命吧。

但凯文要把命运握在自己手里。

"那其他人怎么办？他们看见你……处理英久，怎么办？"

凯文半边嘴唇轻蔑一笑，"我的人都很忠诚。他们会认为是元昌英久捣毁了胶木墙。就算到了关键时刻，我还有你呢。你为人处世的能力那么强，我就靠你唱红脸了，不然我可能要失去队员的心了。"

但我也快到崩溃边缘了。马哈茂德低下了头。

"这事儿我做不了，凯文！"比起生气，他心里更多的是悲伤，一想到有人可能要成为刀下亡魂，他就止不住地悲伤，"你解释不通的，说服不了公司高层，更说服不了董事会。"

"元昌英久要为诺丹的死负责，还有我们在食道失去的那么多伙伴的命。你们的经文里面不是有'什么牙什么眼'的吗？"

"不要把《圣经》扯进来！我们现在讨论的是实实在在的谋杀，不是什么哲理妙趣。我都不敢相信自己居然在和你讨论这个……"

凯文抓住了马哈茂德的肩膀，想把这些想法从他脑子里晃走。

"我们是朋友，你一定要相信我接下来要说的话，"凯文放慢了呼吸，每一字都像颗钉子钉在地面上，"除非杀了元昌英久，不然我们就要死在这儿了。"

你明白吗？我们没得选。

"但是头儿，我……"

凯文已经习惯了向别人施压来达到目的，必要时甚至不择手段。但面前这个人，脆弱得就像一枚鸡蛋，稍微给点压力就可能崩溃。他只得努力从满是汗水和疲惫的脸上挤出微笑。

马哈茂德看起来像是下一秒就要晕倒了。但最终，他点了点头。

必要时他会出手相助。

凯文看得出对方心里有一块地方正在塌陷，但现在要补救也太迟了。伤害已经不可挽回。他只能相信马哈茂德能够处理好这一切。是的，就是相信，彼此相信。相信我，朋友。但他选择了逼迫他的朋友，直至濒临崩溃，这一点不可抵赖。

队伍里突然骚动起来。前方赫然出现了一堵墙，众人发出了欣慰又喜悦的欢呼。这趟地狱般的漫漫征途终于要走到头了。前面就是腕骨腔！在那里，他们能找到所需要的一切。

甚至连凯文也小小地松了口气。我做到了。他满怀自豪地想着。这一路走过了多少暗流险滩，但我没有让队伍散掉，还把大家带到了安全的彼岸。那段险滩真是让我们损失惨重，不敢想有多少人淹死在了里面。但我们做到了，我们安全了。

他们已经抵达了备用营地。对凯文而言，现在唯一剩下的任务，就是解决掉最后的威胁。

14

琼的胸中涌起一阵激荡的情绪，那是种难以抑制的狂喜，让人忍不住想要欢呼。她一时几乎辨别不出这种情绪，但看到身旁同伴挥舞着拳头呐喊的样子，她便立刻明白了。从出发时的大部队，到如今除她以外只剩十个幸存者，他们历经长途跋涉，终于安全抵达腕骨腔。她只是没想到，自己也会因这一小小的胜利而如此触动。

好奇怪啊！云游，我没有找到更多的突破。我们唯一的成就，只是又多活了一天而已，这就足够庆祝了吗？就足够了吗？

卡斯滕在她身边像狼一样号叫着，他的身体已经因疼痛而扭曲了，只得把双手捂在胃上。吃了星体的生肉之后还能站得住，这已经超乎常人了。马哈茂德帮他揉了揉背。他摇摇晃晃地从担架旁走开。司赖珂仍躺在担架上，虽依然毫无知觉，却毫发无伤。如果这场苦难证明了什么的话，那就是人的生命比琼想象中还要顽强，带着不屈的力量野蛮生长。就像她被埋在泥沼般的器官积液里时一样。

是啊，生命就是一切。一切值得的所在。

唯一一个没有参与到这场狂欢中来的是英久。可能他和凯文的争执比她想象中还要严重。只要对方在场，两个人都神色紧绷。谁才是这片丛林的狼，谁又是待宰的羔羊？或许两个人都是狼？或者都是寄生虫？

凯文正忙着擦拭袖子。和周围人一样，他也全身沾满了橘黄色的黏液。当时整个部位都被厚厚的脂肪包裹着，为了穿过腔洞，他们被迫从脂肪里穿了过去。琼奋力挤过狭窄的空隙，没想到却遇上了一摊不知来头的分泌物。

"我说啊，"穿过来以后，琼咽了口唾沫，润了润喉咙，"我们应该担心这个液体吗？"

凯文甩了甩湿漉漉的手腕，"衣服都被浸湿了。但不管这是什么，都不会渗到里面的。"

"凯文，你为什么不要孩子？"

他射过来的眼刀子真锋利啊！他肯定还在奇怪我这句话是打哪儿来的，但凯文啊，科学家的记性都好着呢，而且观察能力更强。

凯文又开始低头收拾衣服，但还是回答了，"人们生孩子都是为了些自私的理由，为他们的欲望和自尊。没有孩子是自己求着被生出来的。"

"你对做父母的很有敌意啊。"

凯文耸了耸肩。所有矿工都到齐之后，众人又爆发了一场庆祝的狂欢。这是灾难发生以来，第一次出现转机！

在此起彼伏的欢呼声中（甚至还有人嘲讽式地喊了声"万岁！"），琼已经在计划接下来的行动了。如果凯文的预测准确的话，之后一切就都容易多了。盖得的营地有渠道能联系上"卡柳号"，还能作为下一步向核心进发的集结地。这儿剩下的矿工也足够提供技术支持了。这样看来，食道被毁只是任务进程中一个短暂的挫折罢了。

她再也抑制不住内心的喜悦之情，将装着云游的箱子紧紧地抱进怀里，就像她第一次看到寄生虫出生时那般激动。

腕骨腔！

不过"腔"这个说法或许不够严谨。琼之前就很惊喜地发现，"腕骨腔"其实是一个非常完备的洞穴系统，由器官间的通道连接而成。在那些上千米宽又堆满脂肪的器官里，人根本分不清哪条路是哪条路，蜿蜒曲折，循环往复，到处都是死胡同。这种结构到底有什么功能尚不清楚。腕骨腔几年前还盛满了液体，但之前的团队在先期任务中，已经排干并开采了大部分液体，留下了这些巨大的空间。

这怎能不令人叹为观止呢？星体的生物系统俨然是一个

自然形成的完美迷宫。

而最让琼欢欣雀跃的，是这边的地面也被一层真菌丛覆盖着。只要矿工们一触碰，真菌便会向空中释放出孢子，而且数量多得难以想象！她小心地踩在上面，尽量不破坏这里的生态。

凯文倒是完全不在乎。他用靴子把真菌拨到一边开路。

"兰格迪克领队呼叫克斯托夫领队，"他脸上带着鄙夷的神色，一边说一边留神真菌的情况，"我们到了，盖得，快过来。"

马哈茂德也调到公共频道一起呼叫道："说话啊，盖得！你这大嘴巴居然不说话了，这可不像你啊。"笑声在他的头盔里回响，看得出这场胜利确实让他心情大好。

依然没有回应。

"这里墙太多，信号干扰太强，"凯文舔了舔门牙，"每隔五米，信号就减弱一些。"

"那好！如果他不来找我们……"马哈茂德跳着华尔兹的步伐，脚下扬起了一团团孢子。前方隧道分岔出了三个黑乎乎的洞口，通向腕骨腔更深的内部。他用手一指，"谁想进去？"

如果他这样做是想提振凯文的斗志，那么显然没能起到作用。凯文只是捏了捏他的手臂。连琼都注意到了这两个人有多亲密。

"你说得对，那我们就把队伍一分为三，分头搜索，两小时后到这里会合。这是最快的方式了。"那两个吃了生肉的矿工已经疼得冒冷汗了,凯文直接开始点兵点将,"浩史、诺尔、佐伊和琼,你们走右边的通道;海能、卡斯滕和宋松,你们带着司赖珂走左边;马哈茂德和元昌先生,加上我,走中间这一道。"

英久立刻说:"我拒绝。我要跟第一队走。我想应该没有人反对吧?"

凯文沉默地盯着前方,仿佛在斟酌各种可能性,过了一会儿才又开口道:"可以,但这样的话,我们要带琼一起走。提醒各位,我们的通信范围非常有限,要格外留心。"

"但你们的祈祷我们会听到的。"马哈茂德眨了眨眼。

琼不禁莞尔。他这句玩笑话眼下显得有些不合时宜,但有些人确实不在意这些细枝末节。而且她宁可听马哈茂德讲笑话,也不想看凯文阴郁的臭脸。好在凯文的状态没有影响到他人,除了她这一队,其他小队脸上都挂着舒心的微笑。

就在所有人离开前,领队突然记起了一句重要的指示,便说道:"还有,如果你们看到鲍勃在到处乱逛,无论如何都要把他拴在身边。"

#

琼走了一个小时,便已经完全迷失了方向,只能跟着马哈茂德往前走,反正他总能精准地从隧道里钻出来。每次钻进一个黑暗的洞穴,原本的路就又分出一个新的岔口,有几次他们也走进了死胡同,只得原路返回。

随着进一步深入,沿途的真菌群也越来越成熟。琼难以抑制自己的好奇心,在里面进进出出,连靴子都被染白了。虽然她仍对孢子有一丝担心,仍在祈祷它们不会穿透工作服,但能有机会研究,她还是很高兴。在她看来,最重要的是搞明白孢子的扩散是否具有目的性,以及按照她的推测,孢子是否对人的意识有一定影响……它们是会破坏激素平衡,还是会让人产生幻觉?要是她能够研究一下司赖珂,说不定就能找到什么线索。

你的目的是什么呢,小孢子?

她恰好知道,在荷兰语中,"Sporen"是"路径"的意思[①]。凯文用头顶灯照看着,脚下真菌丛规律地倒向一边。很明显,这应该是脚印,以及什么东西被拖拽留下的痕迹。

所以我们找对方向了。

不用再四下搜寻了。有意思的是,这个消息倒像一盆冷水泼在了琼的头上。

"终于找到了!他走得越远,回去的路就越长。上帝保佑啊。"

"马哈茂德。"

凯文只消一句话,马哈茂德便心领神会。不过看得出他也很是费了一番功夫,才让自己冷静下来。他们在背着她密谋什

① 英语中,"孢子"的拼写为spore。

么呢？

"凯文，等我们在备用营地重新会合的时候，"琼瞥见某块脂肪后面闪过一个黑影，"我能研究一下司赖珂吗？我不用把她唤醒，或者可能只需要她短暂醒过来一会儿。"

"行吧，"凯文改了主意，"等会儿再说吧。"

此后，三人便一言不发地沿着真菌丛里的痕迹，在隧道里曳足前行。凯文一路上都握紧了拳头。又过了一个转角，他们终于在一个洞穴里找到了散落一地的工作服，它们已经被丢弃，里面空空如也。

洞穴中间的景象简直难以用语言来形容。琼瞬间忘记了什么孢子，什么研究任务。身后的马哈茂德也不由得发出一声低吼。只有凯文似乎并无触动，至少表面上没有反应。

眼前是一个死人堆。队员们的尸体一丝不挂，满身血污，被随意堆叠在一起，每个人都被扭曲成奇异的形状。本该流成河的鲜血，早已被身下的真菌丛贪婪地吸走了，染出一片红色的花海。在三人头顶灯的映照下，琼看着一双双毫无生气的眼睛全都盯着自己。

凯文走了过去，抓起一个队员的手腕，又松开手。尸体的手悬在了空中，没有落下去。他摇了摇头。

马哈茂德哆哆嗦嗦地跟着走上前，眼眶里盈满了泪水，一下子瘫坐在地上。

"不……哦，上帝啊！"

他伸出颤抖的双手，握住一只脚，却触电般立刻又撒开。他握紧了面罩底端链子上挂的小十字架，双眼紧闭，口中喃喃念着《圣经》的诗篇。

可怜的人啊。要是琼也信基督，相信有个博爱的造世主存在，面对此情此景，想必她的信仰也会濒临崩塌的。

"这些，"她提高了音量，不想让马哈茂德再沉浸在崩溃之中了，"就是侦察队所有人了吗？"

"我们稍后会清点尸体的。"凯文说道。

马哈茂德显然需要振作起来，凯文却丝毫没有拉他一把的意思，而是围着尸堆开始巡视。

琼移开了目光。只有不再盯着眼前这恐怖的景象，她才注意到了周围的环境。死人堆的后面是一排条板箱，还有一个嘶嘶冒气的氧气罐。凯文也注意到了这一点。他本想摘下头盔，但琼立刻示意他不要这样做。

孢子浓度实在过高！她立刻意识到这里发生了什么，有些懊悔之前怎么没有把这一点提出来。侦察队的尸体已经说明了一切，真的。

凯文已经环视了一圈去世的同事们，接着打开了一个盒子，在里面发现了工具、食物包、手电筒以及便携水袋，再加上氧气罐，他们至少能在这里撑一段时间了。琼关掉了氧气罐的阀门，尽量多保留一些。氧气罐旁边放着一个眼熟的银色管子，是装着压缩胶木泡沫的灭火器。

凯文继续在条板箱里扒拉着，即使箱子已经见了底。他把里面的东西全推到一边，又开始在另一个条板箱里翻找，翻找，疯了一样地翻找……

他在找能救活他们的东西。原来他不像看起来那么无动于衷。

三个人中，只有琼已经从震惊中恢复了过来。她抓紧机会增加身上的氧气补给，增加水储量，再把食物包放进保密袋里。

我正在把自己从恐惧中剥离出来，她逐渐意识到，我很早就掌握这项技能了。

"我听过这类传闻，"凯文说，"传闻说有人因为在星体里待得太久，疯掉了。不过是在其他班次里发生的。"

"背后的真相可能是——"

"胡说八道。"

凯文继续挖着，两眼恨不得射出X光把条板箱扫描一遍。他努力让自己和琼一样从恐惧的情绪中挣脱出来。另一边马哈茂德则已经崩溃了，口中喃喃念着经文。

他们对我来说是陌生人，而凯文却认识其中的每一个人，这才是关键。这里没有人正在承受痛苦，他们都已经死了，所以对我而言，他们和大学陈尸所里那些等待解剖的尸体并没有两样。

"我们得去会合了。"琼不断调试着无线电，但耳机里传来的仍是大量静电噪声。她找到一个出口，想看看能不能用那张老式通信卡找到强一些的信号，却还是一无所获。"凯文，马哈茂德，我们必须去出发点会合了。说不定其他人都已经在等我们了。"

"我们到底受了什么诅咒！"马哈茂德突然开口，声嘶力竭，"为什么会遭遇这些？"

他站起身来，踉踉跄跄地向一个通道走去，但到出口，突然又啜泣着瘫倒在地。

琼只好转向凯文，希望他能坚强些。"不管这个洞穴里发生了什么，我们不能认为自己现在就已经安全了。凯文，你能让马哈茂德振作一些吗？"

但他们的领队蹲在条板箱前，只留下一个如熊似虎般宽厚的背影在那里疯狂翻找。琼知道她如果现在上前，对方可能会瞬间发作，但她别无选择。他们需要凯文恢复理智。

"兰格迪克领队。"

她把手轻轻放在他沾满橘黄色黏液的肩膀上。

一声痛苦的哀号顿时响彻洞穴。琼猛地后撤，想要保护自己，但凯文的反应出乎她的预料。

他呜咽着，恸哭失声。

地上随意丢弃的工作服，俨然一只只在沙滩上搁浅的水母，压扁的袖子和裤腿像是伸出的触手。突然，衣服堆里的无线电响起了杂音，骇人的淫笑声从一顶裂着口子的头盔中传来。

一声呻吟。咕哝声，音调慢慢升高。一声号叫。之后声音逐渐减弱，就好像那人刚刚经过了麦克风，现在又走远了。

是盖得！显然他已经疯了。

这是凯文所熟悉的——单一的问题加上直接的解决方式，领队的本能又夺回了大脑的掌控权。他先示意琼不要说话。如果无线电网络仍在运行，可能会被盖得无意中听到。接着，又指挥他们调到私人频道，关闭了外置音频。

"真相大白了，"尽管已经在私人频道，琼还是尽可能压低了声音，"盖得毫无疑问还活着。"

"而且就在我们附近游荡。"

肯定不在这个洞里，这一点也显而易见。除非他现在就被压在他队友下面。

好在马哈茂德也安静了下来。接下来，凯文又几个大步快速移动到尸堆的另一边，仔细观察尸体的情况。从队员们的表情来看，应该是暴毙的。

"他可能一个人，"凯文喃喃说，"也可能有同伙。"

"如果我们原路返回，就能躲开他。"

"我不会躲着盖得的。"

凯文还是那个蠢货！

"凯文，你不能这么想。我们需要联系上其他人。"

"他无论出什么招，我都收拾得了他。"

"我明白你现在很生气，心里沮丧难过，但打他一顿也不能改变什么。"

凯文不再理睬她。看到他这种反应，琼只得从工具箱里拿起一把槽口接合的钳子，守在一个入口外，准备望风。领队本人则深深吸了一口循环空气，做好了迎战杀敌的准备。

所以，最后还是免不了用拳头解决问题。我虽然可以自己跑回去，但如果少了马哈茂德在身边指方向，八成是要迷路的，而他现在已经神思恍惚了。琼掂了掂手里的"武器"，思索着怎么才能有效打击。钳子侧面相对宽一些，但如果锁紧钳口，猛地一击，应该能打断对方的骨头，甚至连面罩都可能打破。但前提是我有出手的机会。从生下来我就没和人打过架！但我的命是这些人从泥潭里救的，现在逃走简直天理难容。

洞穴里安静得落针可闻。在那堆裂着口子的头盔里，甚至连呜咽声都消失了。琼凝视着面前漆黑一片的隧道。看得久了，她不由得注意到了更多细节，粉红色的肉墙，地面上层层叠叠的真菌群……

盖得已经走过去了吗？其实他完全有可能没有注意到我们的存在，毕竟他脑子已经不正常了。

"马哈茂德！"凯文突然出声，"如果你要继续站在那儿，就把那个入口给我守好。"

马哈茂德像是丢了魂儿一样站在那里，依然沉默着没有回应，但也已经恢复了神志。不管此刻他脑子里正经历着怎样的狂风暴雨，琼都不由得担心，他的余生都会活在这阴影里了。

突然，马哈茂德从洞口缓缓地后退，一只手指向前方黑暗的隧道，"何等粗野的畜生……它的时辰已至。"[①]

凯文立刻反应过来，"是盖得。"

马哈茂德向后一倒，几乎是手脚并用地往回爬，满脸都是汗珠。琼和凯文来到这个洞口，准备好正面应敌。不管谁从里面走出来，他们在人数上都有优势。

"我听到声音了。"琼说。

一阵有规律的咔嗒声回荡在甬道里，由远及近。凯文藏在琼的对面，手指紧紧扣住了刀柄。

现在想想，有个孔武有力的矿工在身边也挺好的。

阴影里远远地亮起微光，光点若隐若现。来者每踏一步，便会发出哞的声音，紧接着又是噗的一声，那是踏在干枯的真菌上的声音。

凯文脸上泛起一抹微笑，琼都想不起上次见他笑是什么时候了。

"看我们找到了什么！"

一头四条腿的机械驴孤零零地走了过来。它就是鲍勃，是宇宙动态公司开发的机器驮兽，这也是地球上少有的非日本的发明。鲍勃可以轻松承载上百千克重的器械，用途广泛，除此之外，还配备了两个滑轮装置，一卷绳索，外加一套内嵌的通信浮标。

---

① 引自叶芝的诗《二次降临》。

"它在这儿做什么呢?"琼不禁问。

"我也不知道。说不定盖得队相互残杀的时候,它正在按指令四处巡逻呢。"

凯文从埋伏里跳出来,临时找了个地方把鲍勃推了进去。机械驴收起了蹄子,外壳扎进身下的肉土里。

"现在你这高科技也不'高'了吧? 主机都在食道里被炸飞了。"凯文掀开其中一个面板,扯出一个插满开关和仪表盘的操纵台,"终于走运了一次,能联系上飞船了。船上那帮人肯定都快急疯了。"

他从浮标上解下一个插头,连接上自己的头盔,然后输入代码。鲍勃像只小猫一样舒服地发出呼噜呼噜的叫声。

"'卡柳号',我是兰格迪克领队。我们现在在腕骨腔,这地方简直已经变成了藏尸房。请求马上撤离。你们那边状态如何?"

所以他已经抛弃了去核心的计划。他是什么时候改的主意? 不过在经历了这么多事情之后,我不会怪他的。

话是这么说,但琼还是难掩内心极度的失望。一想到这样非人的折磨终于要结束了,她当然也是松了口气,更不用提自己不必为这次失败负责。她现在也很需要回到安全、干净的庇护所。船上能洗澡,有床可以睡,还有空调可以吹! 但这么大老远地到了星体,却功亏一篑,她还是忍不住怨恨自己运气怎么这么背。如果说星体真的是生命之源,那她也无法从中啜饮一杯了。

通信浮标没有回应。凯文又试了一次。

"我请求撤离。快回答我，'卡柳号'。"

还是没有回应。他竭力控制住内心的愤怒，尽可能清晰地又重复了一遍。但收到的依然只有宇宙中一成不变的背景辐射信号。他从头盔上一把扯下了插头。

"没有回应。"

"所以……是他们走了吗？"

"不是。只是这破玩意儿信号太弱了，穿不透星体的皮肤。"

凯文照着驴屁股就是一脚，鲍勃哼哼唧唧地抗议了几声，才又摇摇晃晃地恢复平衡。

"明白，"琼站起身，盘算着下一步计划，"如果我们把通信浮标带到食管，应该能成功。"

"可那里现在是真空，没有氧气。"

"可能吧，但我们也不知道，说不定'卡柳号'已经清理好了食管，并且开始了营救行动呢。"

"你这是在赌啊。"

"那你是故意为放弃找理由吗？等我们到了，不就什么都清楚了？而且无论如何我们都是要回去的。而且有没有可能，"她随手打开了一个盖子，"鲍勃身上带着一套EVA制服呢？"

凯文打起精神，握住最顶端的锁闩一拉，滑轮向上滚动，机械驴背上一大半都被打开了。正中间放着一套叠好的宇航服，专为真空环境限时作业设计，比琼现在穿的这套要更加结实。

终于有了一线希望。只要凯文镇定下来，他们就有机会活下来。

琼瞥了一眼马哈茂德。他现在蜷缩进了一个角落，害怕地偷瞄着尸堆，心神似乎已全然被眼前之景震慑住了，嘴里不停地絮叨着："哦上帝啊，哦上帝。"琼估计，这个人暂时是派不上用场了。

她把目光从角落收回来，将EVA制服展开来，"我要进食道里去。"

"你有没有脑子？这太危险了，而且你都没有受过训练。"

"那就现在训练。"

"我们得先解决这堆尸体，你忘了吗？我没有时间一点点教你。"

"是吗？我当初能顺利毕业，可全靠的是你们男性的悉心指点呢。"

凯文上下打量着她，想确定这句话是不是在开玩笑。琼没有躲闪目光，反而换来了对方又一个半张脸的微笑。凯文不再多言，拉开了工作服的拉链。

"那好吧，来试试吧。等我们上路的时候，其他东西鲍勃会扛着的。"

看，猛兽被我驯服了。

琼心里有点得意，凯文已经贴心地为她撑开工作服，她正准备迈进去——

"小心身后！"

一个半裸的男人从后面冲了上来，双臂牢牢地锁住凯文，竟张嘴就向脖子咬去。好在凯文有工作服的防护，他大喝一声，顺势向后一倒，想借此挣脱开来，小刀却在挣脱的过程中滑脱了。汗水顺着盖得那沾满颜色的皮肤流下，橙的是星体的血，红的是人血。琼紧贴着洞穴的墙躲避着。

他着了魔了。

她感到一阵恐惧，慌忙从墙根逃开，顺着尸堆的边缘躲避着。孢子打着旋儿在她的脚边扬起，场面一片混乱。

耳机里传来凯文野兽般的嘶吼，琼尽可能让自己不去在意。可能也正因此，她忽视了另一个声音，那是几乎淹没在打斗声里的喃喃细语，气若柔丝，仿佛是对爱人的耳语。慌乱之中，琼很长时间都完全没有听到。

"都是真的……星体就是上帝。我们亵渎了上帝。"

等她转过身时，一切都迟了。马哈茂德不知何时出现在了身后，一把抓住面罩，把她压倒在地。琼顿时眼前一黑，跌进了一个死人怀里，整个人都撞在了僵硬的尸身上。

"救命！"

挣扎是徒劳的。马哈茂德以惊人的力气狠狠把她压在下面。他什么时候力气这么大了？他怎么了？但此刻她唯一能听到的，只有他粗重的喘息声。

"惹怒了它！玷污了它的圣洁！啖其肉，饮其血！现在，受上帝的指令，我要杀人了。杀戮中的杀戮，尸体中的尸体。'不可杀人。不可杀人。不可杀人。不可杀人。' [①]"

黑暗中，琼感觉身上压了块千斤重的巨石，只能竭力让自己保持冷静，脑中不禁再次思索起来，不知马哈茂德是如何突然获得了如此惊人的力量，似乎各方面都变得更强了。他单手便制住了她的两只手腕，强迫她举过头顶，另一只手轻轻抚过她脖子外的工作服。

琼终于恢复了视觉，眼前的人使她胆战心惊。

肆无忌惮的欲望，放大的瞳孔，还有……他领口被撕破的口子，隐约看得到里面裸露的皮肤……他在高密度环境下接触到真菌群了。

"我们是上帝犯了错的儿女，"马哈茂德语无伦次地吼道，"忏悔是我们的使命……不可杀人就是要爱人。是的，我们让它受了苦，就必须选择承受同样的痛苦折磨来忏悔。去爱，不是去杀戮。你一定要承受，要去承受。"

马哈茂德胸口内袋系着的十字架滑了出来，荡在空中，一下下敲击着琼的面罩。他解开了自己的皮带，拉开了裆部的维可牢尼龙搭扣。琼瞬间明白了他的意图，恐惧一下子涌了上来，大脑一片空白，身体本能地左右摇晃，想要挣扎脱身。

"马哈茂德！不要！醒过来！你现在脑子不清醒！"

---

① "不可杀人"出自《圣经》十诫。

对方全然没有理会她的恳求，她甚至都能看到他的大脑正在被孢子侵蚀，释放出迷惑的信号，扰乱荷尔蒙的运转。豆大的汗珠从他脸上滴落到头盔里侧，他正要撕开琼的工作服，却突然传来一记猛踢的巨响。

琼先听到了声音，才看到刚刚在她身上的施暴者此刻像个僵尸一样尖叫着被抛到了空中，直撞到地上才突然一顿。而此刻站在她面前健硕的太空矿工，喘着粗气却坚定不移，她曾经的救命恩人——

凯文！

但这一次，他的身后没有了光环。相反，一身工作服已经被撕扯得不成样子。他从刚刚那一记飞腿中缓过劲儿来，很快伸出手把琼拉了起来。

"Alles goed[①]？"他问道，没有意识到自己说了荷兰语。

"谢……谢谢你，"琼回答道，依然止不住地颤抖，"盖得呢？"

凯文冲她笑了一下，让她放心，但明显是虚张声势。失了智的怪物已经顺着尸堆滑了过来，急不可耐地要再次进攻。

我的天哪，琼注意到，盖得的左臂骨头都已经戳了出来，这却丝毫没有影响到他的进攻。

"这狗娘养的还挺能打。"凯文咬紧牙关，上前一步挡在琼的前面，眼睛死死盯着敌人，用手一指旁边纹丝不动的鲍勃，

---

① 意为"还好吗"。

"从鲍勃那儿拿些绳子,把马哈茂德捆起来,捆紧了。我们要救他,要活着出去。你、我、他,都要活着出去。"

但任谁都听得出他声音里的绝望。

"明白。"

凯文举起手臂抵御像棕熊一样冲过来的盖得,两个人很快就在真菌丛里缠斗到了一起。琼鼓起剩下的勇气向鲍勃走去,抽出长长一卷绳子。柔软,但坚韧非常,用来捆马哈茂德应该够用,也必须够用。凯文会打败那只脱缰的野兽,而她会联系上飞船,最重要的是他们在回到家之前都要保持隔离。

回到家……然后呢?

突然有人抓住了她的脚踝。琼在震惊中被猛地一拽,一下便跌进了条板箱和氧气罐之间。但她满脑子想的只有:拜托面罩不要破,拜托面罩不要破……面罩重重地砸在了灭火器上,直痛得她眼冒金星,但好在检查一番后,没有破裂甚至缺口,她才松了口气。

马哈茂德摇摇晃晃地走过来,居高临下地看着她。他的身体有节奏地颤抖着,似乎有些喘不上气。他俯下身来,继续试图拉开她的工作服。琼想要把他踢开,但反抗中,他的双手突然掐住了她的喉咙。

马哈茂德的双手不断用力收缩,粗硬的帆布在他手里竟像纸糊的一般。

他一下下艰难地喘着气,唾液都从齿缝间喷了出来,"我的主,我们有罪!"

"马……哈茂……"

琼感到自己的肺被紧紧勒住,热得发烫。她绝望地看向自己的四周,但目之所及,只有侦察队的补给品。要是能摸到鲍勃……她向着绳索伸长了手臂,但绳尾左摇右摆,难以抓住。

我们要救他,脑中依然回响着凯文对她说的话。

马哈茂德狠狠地掐住她的脖子,毫无疑问是铁了心要把她当场掐死。

琼求生的本能占据了上风。她不再管绳子,而是看向了旁边的不锈钢灭火器。她再次竭尽全力伸出了手臂,抓空了,再抓,这次她握住了软管,心里暗暗祈祷它还能派上用场。

就现在,扔过去,用尽全力扔过去。

伴随着无声的吼叫,她把喷嘴刺进了马哈茂德工作服的破口里,猛地推开了开关。

马哈茂德的反应太迟滞了。也可能是因为琼此刻已极度缺氧,才觉得整个世界都停滞了。灭火器从气缸里压出胶木泡沫,顺着软管从喷嘴里射了出来。马哈茂德工作服的领口不断膨胀,直到快要爆炸。又过了一瞬,琼却感觉犹如等了一个世纪,胶木泡沫终于涌进上面的头盔里。

马哈茂德放开了双手。琼松开了灭火器的管子,它现在已经牢牢插在对方的工作服里了。

"上帝啊!"他喃喃自语道。

泡沫让琼不禁想起了她之前做蛋糕用的蛋白霜。它们很快就充满了整个头盔，连鼻孔和嘴巴都塞住了，吞噬了马哈茂德的叫声。他抓着自己的面罩，手指扭动着，想要把它扯下来，无声地和死神进行着殊死搏斗。琼小心地爬到一边，看着头盔里的泡沫越积越多……

砰！

头盔裂开了，马哈茂德的脑袋在坚不可摧的树脂的包裹下，重重地砸向了地面。接着，他的身体也倒在地上，依然在无助地晃动着。

琼的心都快跳出嗓子眼了，整个人不住地颤抖。

而另一边的马哈茂德，则完全安静了下来。

她站起身，以为会听到凯文因失去挚友而发出的哀号，但好几秒钟过去了，依然什么声音也没有。琼关掉了耳机，恐惧到无法想象他会做出什么反应。她鼓起勇气看了一眼，凯文和盖得依然打得难舍难分，筋疲力尽，完全无暇顾及旁人。

一个念头闪过琼的脑海。

我杀了马哈茂德。

天旋地转中，她万念俱灰。如果继续待在这里，那她也必死无疑。

如果凯文打赢了，并且他的工作服也奇迹般地没有破损，等他看到我对马哈茂德做了什么，势必还是会攻击我。这还不算最糟糕的，要是盖得打赢了呢？

继续留在这儿就是等死。出发前的训练课程里说得非常清楚：在星体里，任何人都可能成为凶手。她必须走。

琼的太阳穴突突地跳。她从鲍勃那儿拿走了EVA工作服，虽然没有受过训练，但眼下已是箭在弦上，不得不发。她撑开工作服，套上自己僵硬的胳膊和腿。好在这套工作服的设计就是套在其他工作服外面的，可以连上领口的环扣，把她全身都紧紧包裹住，而这个过程中，不必摘下头盔。

她已经准备好返回食道了。

凯文还什么都没有察觉。他抓住了盖得的脑袋，砸向旁边湿润的肉墙，但似乎没有什么效果。琼不敢出声喊他。

现在逃跑真的太卑鄙，她倒吸了一口冷气，而且还剥夺了你的希望。如果你活下来了，如果你打赢了，请一定要鼓起勇气继续向前。

她凝视着前方黑漆漆的隧道，不知会通向何方。

然后她义无反顾地走了进去。

15

琼不由自主地产生了回吉木市的念头，她想念那些被她抛下的事物，想念往日的生活节奏，想回到从前的环境里去，依旧是每天清晨从蒲团上昏昏沉沉地醒来，一步一晃地来到两块榻榻米组成的冥想室，简单地清理一下思绪，然后到公共浴室快速冲个澡，就匆匆忙忙开始赶路。先挤上载满乘客的通勤火车，坐到公司站，再搭乘数千米高的电梯，一路下降，穿过地层，直至来到她的地下实验室。下一步是消毒，类似他们在胶木墙边准备进入隧道前的过程。等进了实验室，她便立刻投入昨日无菌办公台上剩下的工作中，一天的时间飞一样地过去，转眼她又回到了自己的公寓，伴着加尼的音乐，登录"人类网"，写写关于鹦鹉螺的文章。

时间一天天地溜走，她从未想过这种生活也有被按下暂停键的一天。

如果世界是系统模拟的，她心想，那过去一直模拟得不错，非常稳定自洽。我的生活中有那么多的地点和画面，但我从来没有不小心走入一片需要渲染的空白。换句话说，我没有任何理由质疑现实的存在，但我现在开始质疑了。星体实在是太不对劲了。

靠着直觉和一点运气的加持，她沿着来时的路在星体里穿行，慌里慌张地逃出了侦察队的临时营地，一路努力压制住内心的恐慌。可等她再次来到差点淹死自己的那片沼泽时，却因为认不出地形，差点又崩溃了。

我肯定是拐错弯了，迷路了！好的，冷静冷静，琼，大不了再回去找到正确的出口。这个迷宫又不是鬼打墙，它肯定有个口能放我出去。

转头回去之前，她又抬头看了一眼，发现了一个巨大而又干瘪的器官。当队伍蹚过沼泽时，这东西就在他们头上悬了一整天。她不禁倒吸了一口气。

我没走错！

她此刻正站在腕骨腔的入口，但这里已经发生了翻天覆地的变化。那原本没至膝盖的泥浆，现在却干涸到露出了盆地的形状，地表像大象的皮肤一般布满了裂痕和褶皱。

琼试了试地面的硬度，确定它和石头一样坚固，便继续赶路了。

想想看，要是我现在还困在下面……

这是反自然的。这么短的时间，地形改变得如此彻底，任何化学反应都做不到，也不可能做到。时间只过了差不多半天，一整个沼泽怎么可能就干涸掉了？但现在已经没时间研究了，她只能继续逃命。

好处是，没有了淤泥，穿过这片区域变得容易了许多。尽管沉重的EVA工作服确实拖慢了她的脚步，但她依然轻松节省了好几个小时。不过即便如此，她的双腿也因不停奔跑而像灌了铅一样，再加上周围的黑暗，以及头顶催眠般摇曳的灯光，等到了盆地的另一边，她还是累得快要睡着了。

琼摇了摇头，让自己保持清醒。这才是回程的第一站，从这里穿过去到食道，还有差不多20千米的路要走。我只能估计到这个程度，因为这儿根本就无法准确测量距离。最重要的是，我不知道剩下的部分有没有移动或是改变，还是否能够通行。

她停了下来，实在不得不休息一下。她双腿一软，跌坐在地上休息了几分钟，大口大口地喘着气。

她又倒吸了一口气。

在软骨干裂的缝隙中……直到现在她才看清，居然也长满了真菌。

她现在既没有工具，也没有时间去仔细研究，但至少可以让大脑聚焦在这个新问题上，而不用去回忆马哈茂德死前的画面——哦不，不要再想了。无论如何，别再想起来了。

但她越是努力忘记，思绪就越难以控制。

每当那些画面浮现在脑海，她的恐慌就再次升级，只想远远地逃走。请让她逃回到飞船上，请"卡柳号"务必带她回家。好几次惊恐发作下，她只能向前狂奔，但食道仿佛仍远在天边。每到一个地方，她都担心自己会被抓住——不管是被盖得，被死而复生的马哈茂德，还是被凯文抓住——让她付出应有的代价。

"我祝福你能赢，"她感觉自己的心脏扑通直跳，"祝福你能活着走出星体。这是你应得的。但这也是我应得的。但无论如何，命运已经不掌握在我们手里了。"

但每次惊恐发作后，她都会努力让自己冷静下来。除此之外，她也不能做什么了。

#

现在回想起来，琼一直都很讨厌那个电梯。每天早上，她都要告别吉木市凉爽的微风，不得不接受难闻的循环空气。不仅如此，进入室内前这段时间，也是她一天里唯一能见到阳光的时候。虽然新北海道的人工太阳实际只是一堆发着光的核聚变反应堆罢了。电梯下降到一半的时候，她的耳朵里便会响起嗡嗡的耳鸣。等到了实验室，她就已经开始头疼了。

她不由得回想起过去的日子，因为此刻的现实已分崩离析。

当时有三个矿工选择留在腹囊聚集点，这感觉像上辈子的事儿了。他们当时决定留下来，琼沿着腹囊隔间的边缘侧身而行，真是太走运了。不过我估计他们已经不在这儿了。

借着腹囊壁发出的墨绿色的光，她立刻看出了他们此刻的状态有多糟糕——三个人里面，两个已经七扭八歪地倒在地上。剩下的那个拉开了自己的工作服，神色紧张地靠墙站着，面罩后面的脸上已经大汗淋漓。他似乎没有注意到琼的到来。

尽管非常好奇，但琼还是克制住了自己。换作是之前傻乎乎的她，这会儿肯定已经被吓得魂飞魄散，但此刻，她的情绪已经没有起伏的余地了。她意识到：

打从一开始，这具长满了真菌和寄生虫的尸体就已经准备好要赶我们走了。我们不属于这里。

#

每走一个小时，就要换一条血管，琼已经有些分不清哪个是哪个了。数不清的岔路口，数不清的血管。有些血管里有支撑板，大部分没有，但不论哪种情况，血管里总少不了真菌圆润肥硕的身影，勤奋地顺着血管壁一路向上生长。

头顶灯闪了闪，琼抬手给了头盔几下，灯又恢复了正常。人在极度疲惫下就会变得非常务实。

继续走,接着走,走。

她依然能感觉到脚趾扎在蛋壳上的刺痛,但这已经无所谓了。她身上的EVA制服,鞋里的蛋壳,这一切都已经变成了她的第二皮肤。

等她回到"卡柳号"上,第一件事就是说服驾驶员李友博(是叫这个名字吧?),让他相信剩下的队员都救不回来了。刚刚在腹囊发生的一幕更加让她确信,孢子会让人失去理智。现在没有领队凯文,也没有英久,那么琼就是公司派驻星体的领导团里地位最高的人,所以她可以下命令,马上返航,回新北海道!

我走了多久了? 可能已经走了一天了,也可能……她不禁焦躁起来,我会不会不小心拐错了路,现在又在朝着腕骨腔的方向前进?

她还没太想清楚,突然踩到一个凸起的肿块,脚下一滑,脸朝下栽进了沟里。但她立刻又站了起来,担心会被地上的真菌感染。

继续赶路,这是唯一重要的事。

但她心里清楚,自己已经在透支了。虽然从腕骨腔拿的食物包在途中给她补充了能量,饮用水也还有富余,但浑身的肌肉都因力竭而濒临崩溃。要不了多久,她的身体就会撑不下去的。

更要命的是,她也几乎睁不开眼睛了。头顶摇晃的灯光让她越来越恍惚……越来越恍惚……

在彻底失去意识之前，她隐约看到了前方黑暗中的轮廓。顿时，她像被电击中了一般，双腿又有了些许力气，支撑她向前冲了过去。这条动脉的末端赫然出现了一个钢制的矩形，中间有着锯齿状的缝隙，表明这是一扇可以打开的门。侧面挂着个操作面板，上面有按钮和信号灯，还有个滑稽的警告标志——这里就是动脉系统的入口大门。琼几乎热泪盈眶。

终于要回到那个没有星体的腐肉、肌腱和体液的世界了！

她虽然亲手抛弃了那个世界，但世界没有抛弃她。思乡的情绪涌上心头，她开始怀念吉木市，甚至怀念办公室的电梯。

门后面，就是真空状态的食道了。

感谢祖先，她疲惫地想，感谢家族遗传的好记性，让我记住了每道门的密码。

她刚把数字敲进去，钢制的大门就轰隆隆地打开了，她整个人瞬间被吸着飞向了外太空。在她身后，血管抖动了起来，发出巨大的响声。她被狂风卷着飞出了血管口，大门砰的一声合上了。

16

没有人拽他的肩膀吗？没有人把他摁在地上吗？

过去这种时候，人们会蜂拥而上抓住凯文。既有酒馆里的熟客，也有陌生的路人，一起制服他，以免事态扩大。酩酊大醉的凯文只是稍做挣扎，便会慢慢冷静下来。最后不过是添了几道新伤，多了个乌眼青，碎了条木凳子罢了。酒保也只会摇摇头，接着倒酒。

但这里没有那些酒吧熟客。

所以凯文很自然地把靴子踏上盖得的胸膛，狠狠地踩了一脚，再踩一脚，再踩一脚……直到他听到对方肋骨裂开，尸体快被踩成肉泥。

有什么关系呢？这家伙早死了。

盖得无神的双眼依然不甘地牢牢盯在凯文身上，似乎仍不相信自己居然输了。但他也算见识了凯文的"韧性"：即使是被最重的勾拳击中，也不会轻易倒下。最后，凯文一拳打中了盖得的肾，让他再没能站起来。

凯文调整了下呼吸，俯视着倒在地上的敌人，直视他死不瞑目的双眼。

要是你死得快点儿，容易点儿，我本来还可以救下马哈茂德的。

马哈茂德已经变成了一具狰狞的无头尸体。原本是脑袋的地方已经变成一大块树脂，他已经无法瞑目了。虽然没时间悼念了，但是……

凯文回想起击败盖得的最终瞬间，那是他人生中过得最长的一秒钟了。等他再回头去看马哈茂德是否已经被捆起来时，世界仿佛都静止了。他的朋友躺在地上，没有头盔，不见脸孔，不成人形。

她却不见了踪影。

琼！

愤怒。他感到前所未有的无助，即使是当年与整个码头为敌，即使他伤了凯瑟琳的心，都不曾像现在这般恨自己！

"我甚至都没法为他下葬，"他大喊着，"去他妈的星体！"

把马哈茂德和其他尸体堆在一起，这件事他连想都不愿意想。

他无力地喘着气。过去他缓解压力的方式，无非就是先喝个畅快,再去窑子里逛一圈,打个架,最后避孕套一扔了事。但这里什么都没有,甚至拿盖得的尸体出气也丝毫不会起作用!他只得一把又一把地薅着真菌丛,拳头一下又一下砸向地面。

他再站起身来。马哈茂德的头盔碎片还躺在他旁边,就像个坏了的面具。这样发泄是没用的。

他从地上捡起空的工作服,权当作是马哈茂德的裹尸布。他第一个遮起来的,就是朋友头上那一大块胶木树脂。

"要是我们真能活着出去,"他发誓道,"我会给你家人寄钱的,还有这个。"

他取下了马哈茂德的金属十字架,却看到了工作服上敞开的裤口。他选择了无视。不管最后马哈茂德想做什么,那都不是真的他,那是……

琼。

为了转移注意力,他继续了手头的工作。马哈茂德值得更体面的葬礼。等他全部裹好后——

"鲍勃,过来!"

他站到一边,等着机械驴过来。等了一会儿,鲍勃一摇一摆地走了过来,把自己在原地固定住,后背大大敞开。凯文合上了背部的盖板,打开了通信浮标的界面。

"领队命令,"他向着剩下的队员喊话,希望他们都还活着,"我找到了侦察队的营地,但这里……你们做好心理准备。"剩下的话堵在喉咙里,哽咽难言,"你们来了就看到了。我命令你们以最快速度过来。"

接着，他给出了路线指示。

*我希望等到地方的时候，每个人都拿出最好的状态。*他仍记得很久以前，自己曾经在"卡柳号"上亲口说过这句话。怎么这么快就土崩瓦解了呢？

#

凯文等了好几个小时，隧道里终于出现了第一张熟悉的面孔，在闪烁的头顶灯下忽明忽暗。这么长时间以来，他头一次尝到了一丝希望的滋味。来的是一队。浩史、诺尔、佐伊……

他突然想到，队员们走过来时，第一眼看到的，就是同事们扭曲堆叠的尸体。

我不该喊他们来这儿的。应该由我带着这里的物资去会合点的。

但现在后悔也没用了。他只能暗暗祈祷剩下的队员们能更坚强些，至少比……

他认出了下一个挤进来的人，顿时便知道，这个人肯定要崩溃的。元昌英久从阴影里走了出来，细胳膊细腿，还是一副弱不禁风的样子。看到眼前的尸堆，他顿时呆住了。被堵在后面的二队立马嚷嚷了起来，把他推到了一边去。来人是宋松和海能，两人手里破破烂烂的担架上，还躺着昏迷的司赖珂。

　　但英久没有倒下，反而是焦急地冲向凯文，但完全不是出于关心讨好。凯文察觉到了他的疑惑和紧张。某种意义上来讲，他还挺喜欢此刻自己能对这个人施加影响的感觉。你声音都抖成这样了，还能要求什么呢？"谁来为此事负责任？你应该保护我的安全，兰格迪克！"凯文也想好了自己的回答——先仰天大笑，然后断然说"不"。

　　但他猜错了。对于眼前之景，元昌英久并不恐惧，而是愤怒。他甚至差一点儿就要扑到凯文身上。

　　"她在哪儿？"他质问道，"我就知道你没有半点领导才能，她怎么了？"

　　她？哪个她？凯文赶紧转变思路。怎么突然就失了先手？

　　"琼吗？"

　　"当然是琼小姐！快说！"

　　元昌英久双眼血红。要不是凯文亲手打掉了那些药品，他肯定会认为面前这人又吸嗨了。不，这是英久的计谋，意在扰乱他的想法。此计非常巧妙，让人误以为英久和琼之间有某种特殊的亲密关系。如果凯文承认自己对琼的失踪负有责任，就会给英久攻击自己的机会。而代价呢？一如既往。只不过现在大家都累到了极点，不愿再前进了，因此现在出手便是致命一击，轻松就能夺取队伍的主导权。

　　狗娘养的。你宁愿害死所有人，也不愿服从我的领导活着出去。

"琼走了,"凯文迅速反击,他现在说的一切都会被元昌英久利用,所以必须言简意赅并且转移话题,"你看看周围,都是盖得失控的下场。"

元昌英久像个泄了气的皮球,他本就瘦弱的身板又缩了回去。

"所以她……"他用颤抖的手指指着面前的尸堆,"没有在里面?在下面?"

凯文摇摇头。琼没有受伤,想到这儿,他心中怒火又烧了起来,她手下的受害者却不一样。

"但她去哪儿了?"

真受不了他的自哀自怜了!凯文恨不能清场两分钟,只要两分钟,他就能让这个公司的傀儡彻底闭嘴。那堆尸体上再多一个又有什么所谓?没有任何人会多看一眼。但现在他束手束脚,唯一可以做的只是把英久推到一边,以便对全场的人说话。

"到齐了吧?"他的声音在所有频道里回响。

洞穴里挤满了矿工。大家小声讨论着,徘徊着,或是背靠肉墙休息着。人人都一脸忧虑凝重。凯文觉得自己和众人之间无形中产生了巨大的隔阂。没人和他对视。

这不奇怪,每个人对待死亡的方式不一样。元昌英久沉浸于情绪当中,而海能……凯文突然不确定了。他又犯了一个错误,这帮人并不忧虑,一点都不。

宋松和卡斯滕走上前来,脸上挂着开心的微笑。他们走到凯文身边，拍了拍他的头盔，径直越过他，走向后面的条板箱。

"氧气！"一人喊道，"还有吃的！"

众人顿时一阵欢呼雀跃。更多人开始向着备用营地数量不多的存货走去。

这下糟了。得现在控制住局面，不然大家就会开始哄抢。

"等一下！"凯文大吼道，挡住了后来者。这一举动立刻激起了众怒，大家纷纷要上前。"你们都疯了吗？"

"我们都饿得受不了了！"

浩史上前，想要从凯文铁棍粗的胳膊底下钻过去。去他妈的！凯文一侧身，死死把人扭住。如果有必要的话，他甚至会当场扭断浩史的手腕。他费这么大的劲打赢了盖得，不是为了让一帮孩子来食品储藏室里胡闹的。

该死的，为什么这堆尸臭冲天的死人没能吓得他们闭嘴？

"听好了！所有人！看看这里发生了什么，都是孢子造成的。只要吸进去，你们就会疯掉。我亲眼看见……听我说！"

凯文正忙着压制浩史，其他人就从他们旁边绕了过去，根本没法拦住。甚至卡斯滕都忍着胃痉挛帮忙把箱子倒了过来。里面的工具飞得到处都是。所有密封的包裹他们都不放过，全都要撕开来看看里面有没有吃的，如果发现是无菌绷带和零部件，就随手扔到一旁。人们叫嚷着要吃上东西，要填饱肚子，要把饥渴一扫而光，还要喝酒，喝大酒！同时，诺尔打开了氧气罐，直接把面罩掀开，让凉爽的气流冲刷在脸上。她把头偏到一侧，用力抓挠着脸颊，直到变得通红。凯文很少看到过谁对危险如此浑然不觉。诺尔的欢呼声感染了众人，大家也纷纷打开面罩，等不及要来酣畅淋漓一番。凯文看到成千上万的孢子在上下飞舞。

难道我不想摘下面罩吹吹风凉快凉快？

身旁突然跑过一个人。

那是谁？

他顿时有种不好的预感，连忙检查空地上的人数，以确认自己的猜想。在凯文的队伍后面，隧道里还跟着进来了五个人，个个灰头土脸、脏乱不堪。

英久看出了凯文脸上的疑惑。

"盖得队大残杀的幸存者。"他的声音像从远处飘过来的。

"这些人半点都不能信。"谁知道他们的脑子还正不正常！

英久露出了虚弱的微笑。"他们一直在恳求庇护。兰格迪克，发发善心吧。"

新来的几个，不论男女，皆是一脸粗鄙相，很是符合盖得挑人的标准。他们向着板条箱挤过去，把鲍勃一脚踢开。凯文怔怔地站着。看着人们扭曲的身影把存货洗劫一空，珍贵的食物包被哄抢，他才终于回过神来。

要是马哈茂德还在，他不费吹灰之力就能安抚住这些人。这边一个微笑，那边一个眼神……人们就会排好队，乖乖地从他手里领食物了。因为他有一颗柔软的心。

而凯文的这颗心，怕是石头做的。

他冲向哄抢的人群，抓住第一个人的腰带，将她拉了出来。又挥起铁臂，向着旁边人的胃猛击。他大喝一声，一脚踹到了海能的头盔上。这一套动作又在空气中掀起了一阵阵飞舞的孢子，模糊了他的视线。他只能对着"孢子雾"里袭来的拳头、膝盖打回去，直至打到周围空无一人，打到身后的条板箱再无人敢上前。

孢子渐渐落下，凯文瞋目竖眉，目光如钉子般将众人钉在原地。

"不尊重死者，没关系，反正死都死了。但咱得尊重活着的人吧！这是我们仅有的食物了！"他大掌一压，将盖子砰地合上，"从现在起，谁都不许胡来！鲍勃的信号太弱了，如果不能增强信号，就别想联系上飞船了。我有个计划，先有秩序地离开腕骨腔，不许抱怨，向着离皮肤最近的地方进发。要是联系不上'卡柳号'，那才真是完蛋了！我们得离开这儿。"

凯文还没说完，下面七嘴八舌的反对声就淹没了他。

"我的腿都要报废了！"

"我们不能离开备用营地！"

"不走了！"

要求食物的呼声也越来越大，甚至渐渐盖过了抱怨声，直到声如鼎沸。凯文已经失去了耐心。在这个过程中，他甚至一度把箱子举到空中，想吓退众人，接着一声大吼，便脱手砸了出去，丝毫不在意会不会砸断某人的脚。矿工们也都反应飞快，纷纷立刻躲开了。

但他们甚至都没有被吓到半分，"你答应我们可以吃顿饭的！"

任我怎么大发脾气，凯文意识到，但他的愤怒渐渐变成担忧，甚至愧疚，我最终还是失了人心，失去了控制。在我年轻的时候，这绝不会发生。那个年轻的、刚从厂房走出来的凯文，一定会笑话眼前这个可怜的老头子的。

但现在没时间给他反思。情况又发生了变化。英久不知何时挤出了人群，现在正弯下腰靠在担架旁边。在他的指挥下，另一个矿工已经完成了注射，手里的针头还在滴着水。这么多天以来，司赖珂第一次动了动身子，在旁人的帮助下坐了起来，舔了舔嘴唇，双眼恢复了神采。英久拍了拍她的背，像条蛇一样在她耳边小声说了什么。司赖珂双颊泛起兴奋的红晕，甩了甩头，目光直直地向凯文射来。

"这是……"凯文刚开口，却立刻止住了。

他仿佛闻到了周五晚上的味道。那时候，大家伙儿会在鼠海豚的屋顶上办一场烧烤，作为对一周辛苦工作的回报。烟囱里的烟味、汗味和烤肉的香味。各种味道钻进了凯文头盔的过滤器里，刺激着他的食欲。

但这里没有烤架，也没有从市场淘来的内脏和剩饭，那他们的食物是……

矿工们已经拿起了刀。

也找到了燃烧器。

让他们大快朵颐的，正是眼前的尸堆。火焰中，人形依稀可辨。有些急性子的甚至顾不上熟没熟。只剩下撕咬声、咀嚼声、吞咽声。

在此之前，凯文真心认为情况还不到最糟糕的时候。刚才对峙时，他甚至准备好了要再打一场。但现在，他已经不知道自己到底是想一拳砸碎他们的脑袋，还是想放声大哭。上次哭已经是很久以前的事了，但泪水从没有像现在这般想要夺眶而出。

让人难以抵挡的肉味弥漫开来，剩下的矿工蜂拥而至，像被鱼市吸引来的海鸥一般。越来越多的人加入其中，燃烧器在一只只手里无声地传递着，一块块新鲜的肉被砍下来，放到火上炙烤，填饱肚子是他们唯一的念头。星体里，又一个全新的、从未设想过的资源被开发了出来——他们自己。

是愤怒，还是绝望？到头来，甚至根本不需要凯文来做决定。凯文还没有从震惊中缓过神来，就听到身后有人蹒跚着靠近。先是一声古怪的抽泣，接着便是放声大笑。是元昌英久。他一屁股瘫坐在担架上，而司赖珂早已加入其他人当中了。

他居然还觉得很有趣，他居然像在看一出大戏。

"就在这里结束吧。"凯文轻声对自己说。

他把指关节掰得咔咔作响。连小刀都不用，拳头就能搞定。

整个过程不需要太久，但凯文也不会让他快到没感觉。他四个大步便到了元昌英久身边，随时都能将这个笑得不住打战的阴险小人就地正法。但就在出手的前一秒，他突然顿住了。

和他斗了这么久的敌人，此时注意到了他，抬起了头，露出一双湿润的眼睛，嘴角还挂着颤抖的苦笑。

元昌英久并不是觉得有趣。因为这一幕崩溃的，不止我，还有他。

"兰格迪克，"英久哽咽着说，"你命令他们冒死继续赶路，我就告诉他们可以先填饱肚子……"

众人大快朵颐的喧闹声已是沸反盈天，凯文的耳膜都快被震破了。

"……但他们比我想象中还要饿。"

英久说罢，又是一阵轻笑，俨然已经失了神志。这次都不需要凯文下手，他自己便已经精神崩溃了。

正是溜走的好机会。显然我已经指挥不动这群人了。他们眼下正忙着，但要是能吃的都被吃光了，他们仍感觉不够呢？我不能再把他们看作同事了。那些人不是佐伊，不是卡斯滕，也不是宋松了。他们现在和阴沟里贪婪的老鼠没有两样。

凯文在脑子里过了一下地图。哪个出口能带他去靠近皮肤的位置？他谨慎地思忖着，要是带上鲍勃，自己的速度会被拖慢多少。但他马上纠正了自己：去掉"要是"。他毫无疑问是需要鲍勃的。没有这头机械驴，他就找不到飞船。

前提是"卡柳号"还没有离开。李友博不是个容易恐慌的人，但万一他判断情况已经超出救援能力，或许就会选择躺在冬眠舱里，自己回新北海道了……

电光石火之间，凯文开始担心自己完全错估了情况。他最近接连判断失误，所有信息都是基于有可能完全错误的评估而得出的设想。剑吻鲨可能早已安排好了应急计划或协议，只是他一无所知罢了。他对李友博和队友们的信任，完全只是基于先前一只手就数得过来的任务罢了。

信任。

胶木墙不会塌。他为什么一直对此深信不疑？是因为剑吻鲨是这样告诉他的吗？如果这是真的，为什么像元昌英久这样没骨气的垃圾都能摧毁它？

再没有什么是确定的了。目前唯一确定的事情，就是我要带着鲍勃离开这里。

然而，眼下却走不成了。一把闪闪发光的钨制弹簧刀插进了他的肩膀，插了足足几厘米深。刀柄装饰得很华丽。凯文预期的情况终于发生了：数不清的手臂从后面抓住他，把他拉回来，把他按倒在地，而他流着血，抵抗得力不从心。

面罩外面贴着一张近乎癫狂的脸，元昌英久的脸。

"是时候让大家伙儿尝尝这儿最好吃的肉了。"

17

不管睡了多久，醒来后总还是要面对昨天遗留的问题。

裂缝？琼一觉醒来，便看到眼前出现一道道裂缝。难道面罩要像胶木墙一样碎掉了吗？她定睛一看，原来只是些柔软的孢子须在她眼前飞舞着。

周遭只剩下冰冷的黑暗，但真菌丛出人意料的柔软，堪比新北海道最优质的蒲团。难怪她不知不觉在这里睡着了。或者更贴切地说，"累到失去了知觉"。

她从铺满真菌的沟渠里站起身来，顺着滑下来的痕迹爬了出去。从大门飞到动脉的这一路简直让她无法呼吸，整个世界天旋地转，她感到心脏都跳到嗓子眼了，而脚下是漆黑一片的虚无。

"再见，谢谢你们让我睡了一觉。"她冲着身后的真菌丛道别。

这里凉爽得出人意料！难熬的酷热终于消散，即使周遭漆黑一片，也完全不成问题。虽然头顶灯仅能照亮前方区区几米的路，但她现在已经适应了摸黑前行。站在腐肉凸出的山梁上，便能大致掌握这里的地形。

星体一再向她证明，在这里什么都可能发生。不出所料，食道里现在果然乱作一团。那些矿工队伍曾穿梭忙碌的地方，被一步步打造出来的井然有序的流水线，如今都已分崩离析。所有的箱子和基站要么飞出了外太空，要么七零八落地躺在地上。尽管她之前就计算过真空产生的空气动力，但自己亲眼看见时，还是深受震撼。

穿越废墟的时候，她大吃了一惊。并不是因为这里被破坏的程度，而是因为某种令她感兴趣的东西。

真菌丛已经完全覆盖了整片区域。比我想象中要快太多了！没有任何模型能够预测这一现象。她在脑中一边估计着数值，一边进行着计算，即使在最理想的条件下，也需要三个季度才能达到这样的生长水平。

然而，自众人离开到现在，这些白色蘑菇就已经以惊人的速度、在极短的时间内从胃部一路蔓延过主轨道，遮盖了大本营，遍及食道的每一个角落。不，再大胆点说，应该是遍及星体的每一个角落。

琼的好奇心被再次勾了起来。如果有来生，她有机会一定要好好研究一下。

而眼下，逃生才是她的唯一目标。她和"卡柳号"之间只剩下一片崎岖的无人区。在头顶灯闪烁的灯光里，她找到了一个装肉的条板箱，已经被爆炸的氧气罐撞坏了。终端，供给，各种设备，全都报废了，曾经装备精良的大本营如今已荡然无存。剩下的只有面前的这片真空，还有脚下随地点而产生细微改变的星体特有重力。这一点她到现在依然没能想出合理的解释。

要是这场灾难过后，公司还会派队伍过来的话，这些就留给后人去探索发现吧。哦，不要轻易悲观地下结论，后面肯定还会派队伍来的！不管是对公众还是对内部，剑吻鲨从不公开星体上的情况。为数不多能够接触到报告的几个董事会成员，也会确保信息不外泄。

尽管不能成为揭开谜底的那个人，她倒也毫不在意。又有什么好在意的呢？她唯一的念头就是继续前行，不然的话，此生就无法再听到加尼的音乐，那才真的是万事休矣。她费力地跨过条板箱，越过千疮百孔的机器零件，终于又来到曾经胶木墙的位置。

不管她曾经多么为自己的"专业科学态度"而骄傲，此刻她也只剩下瞠目结舌，像截木头似的杵在那里。

在她的记忆中，巍峨耸立的胶木墙一向是坚不可摧的，在上面凿个洞都做不到，更别提让它四分五裂了。凯文坚信是英久在背后搞鬼，现在她却对此越来越怀疑了。

为什么眼睛突然湿润了？

胶木墙一直像母亲一样，保护他们在星体里不受外部威胁的侵扰。到底是什么毁了这样的庞然巨物？琼想要拔腿接着赶路，但她太渴望一探究竟了。情况再紧急，她也做不到不管不顾。

"我要从外轮廓开始研究，"虽然数据记录器已经丢了，但口述研究过程的习惯还没有丢，"从胶木和肉体融合的部位开始。胶木碎片仍像门牙一样镶嵌在边缘。其他地方的组织已经撕裂了。爆炸一定威力巨大。马哈茂德，"她吸了口凉气，抗拒着不愿去过多回忆这个人，"马哈茂德说是氧气罐爆炸引起的。"

但氧气罐爆炸产生的威力远远不足以……

等一下。

琼突然福至心灵。从前在实验室，每当她数月的思考终于形成一个全新的系统性理论，实现了重大突破时，她都会感到一阵兴奋袭遍全身。此刻也是如此。她之前收集到的所有关于星体的信息，她在这里的所有观察发现，以及灾难发生以来她在短短几天内目睹的变化，一瞬间全都汇集在了一起。

"我想我知道发生什么了。"

她转头回到那被炸得伤痕累累的边缘。这一回，她将头顶灯的光尽可能地聚在了边缘处。在那里，她找到了证据——在那极狭小的缝隙里，有一层薄薄的白色物体正在反光。是真菌。它们一直偷偷沿着胶木墙的边隙生长，从食道底部的千沟万壑里汲取养分。也许已经长了好几年。

"那地方没必要清理，烧起来太麻烦了。"

自从在那里扎了根，真菌便肆意地繁殖了起来，一步步蚕食着肉体，一个个分子地吸收着能量。接下来，胶木墙产生了微小的裂缝，可能缝隙也就几个分子的大小，但等它渐渐蔓延……

"它们唯一需要做的就是繁殖，通过统一的压力和摩擦，摧毁那曾经坚不可摧的胶木墙。"

剩下的就交给外面的真空环境了。

生命是肆无忌惮的，也是美丽的。琼震惊得几乎要瘫坐在地上，说不出话来。心里却如释重负。她并不感到意外，反而有种复仇的快感。对于矿工们来说，这些蘑菇不过是碍手碍脚的东西。她是唯一没有低估它们力量的人。与他们相反，只有她真心钦慕野蛮生长的真菌中蕴含着的力量、美丽和勃勃生机。

她按捺住自己激动的心情，打算之后再好好品味。眼前的处境依然不容乐观，再拖下去就太不明智了。

迈过断壁残垣的瞬间，尽管那里已经没有墙了，她还是下意识地环抱住了自己。她心底浮现出一种奇异的感觉，就好像在公司电梯停运状态下走进去时，身体也会习惯性地跟着晃动一样。

当她踏进巨口又大又深的隧道里，立刻就明白了两件事情。第一，她身旁这条看不到尽头的紫红色舌头就像一条光滑的绸缎，顺着它就能走出去；第二，步行走完这条路，要比坐摆渡船花的时间长得多。

但至少这一路能让我有机会观察这个地方，看看那守卫塔般的巨齿是如何排列的，吃进去的食物是如何被嚼碎的。在外太空里，这个庞然巨物能吃什么呢？再看看这舌头的纹理，比表面看起来要坚韧得多。如果被星体舔一下，是不是和猫的舌头触感类似呢？

这趟惊悚的冒险之旅即将结束，琼却收获了更多的思考。等她躺进返程的冬眠舱里，这些遐思也能帮助她安然入梦。

整整走了半个钟头，她终于来到了门牙，爬过了外嘴唇。这一路的迷人"风景"让她太过着迷，不知何时，浩瀚无垠的外太空已悄然接近。等她一抬头……

巨口隧道蜿蜒又幽闭，她一路上置身其中，无从看到、更无从想象远处的景色。现在铺开在她面前的是一条浩浩荡荡的耿耿星河，令人叹为观止。她从星体的唇舌间望去，竟看到了点点星光……星星！那是一片夜幕中唯一清冷的光亮。这一次，和高高在上的宇宙四目相对，她的泪水真的滑出了眼眶。

泪眼婆娑中，她看到黑色的天幕上点缀着多彩的气体云，那是孕育新太阳的分娩室。

飞船应该就在这附近。

但她只看到一团奇怪的橘黄色雾气，起初她以为只是另一团星云罢了，然而它就悬在星体巨口外不远处，而且显然不是自然形成的。她思来想去也没什么头绪，只得继续盯着那团东西，直到一个想法让她瞬间失了理智。

一个念头穿越那团雾气，直接击中了她的心脏。

"哦，不。"

四分五裂的驾驶室，船体和船舱的碎片，推进器的零部件，围绕橙色的雾气飘浮着的——正是"卡柳号"的残骸。

原来这就是我们联系不上飞船的原因。

琼不想去思考这对她意味着什么。她宁可再去思考一个全新的问题，比方说到底发生了什么。但没过多久，她看到了残骸周围闪闪发光的胶木碎片，便明白了过来。她甚至不需要粒子模拟软件就能得出结论。

当墙体在爆炸中支离破碎的时候，数以百万的裂片像子弹般从星体的巨口中喷射而出，裹挟着从大本营里飞出的设备，一齐冲向"卡柳号"。这些炮弹至少射中了一个储液库，里面爆出的液体立刻汽化成了橘黄色的云。紧接着可能还发生了连锁反应，直到最后，那个我们待了两年的家就只剩眼前这堆残骸。

这次灾难的后果已经显露无遗。

琼从腰带上取下被寄生虫占据的小老鼠，望着它那呆滞无神的眼睛。

"结束了，"她直白地告诉它，"情况已经无可挽回了，云游。食物消耗殆尽，氧气所剩无几，飞船只剩残骸，我也离发疯不远了。"

她看着小鼠腹部的皮肤褶皱凹陷了下去。仅剩的一点血肉也被寄生虫吞噬了。

"真遗憾，作为试验品，我还希望能多观察你一段时间呢。"

她把手提箱放到一边，走到了巨口的边缘，准备好一跃而下。已经没有人在等她回家了。就死在那无尽黑暗的源头，消失在宇宙冰冷的臂弯里，也许是更好的选择。

她关掉头顶灯，闭上双眼，过去的回忆不由自主地浮上了心头。实验室忙碌的生活，她当然不会怀念。社会对她步步紧逼。为什么她没能找到可心的伴侣，生下两到三个孩子？如果是那样的话，她还能欣然离开这个世界。她又回忆起医生的候诊室，那里有她的前夫新之助，他们未出生的儿子小云游，还有他永远不会出生的弟弟或妹妹。

啊，糟糕了。

这些念头彻底破坏了最后的时刻。她努力眨了眨眼睛，把最后一滴泪挤出去后，重新打开了头顶灯。为何在如今几乎穷途末路的情况下，她还是无法下定决心迎接死亡呢？

她从不相信宇宙会回应人类的祈祷或是痛苦，但这一刻，那根深蒂固的想法却被动摇了。在她抬头的一瞬间，心情又一次经历了过山车般的起伏，只不过这一次是直冲云霄的——某个东西正穿过粉状云团飘来，她立刻认出那是飞船的逃生舱。专为灾难发生时准备，扛得住太空内各类太阳辐射、极端高温和严寒。更重要的是，里面也安放着冬眠舱。

只要穿着EVA制服，她就能抓住逃生舱。只要进入逃生舱，她就能成功回到新北海道。即使要花上好几年，但躺在冬眠舱里也不过是睡个午觉而已。

云游，我们得救了。

母亲般的胶木墙没能提供庇护的时候，"卡柳号"又像一位慈爱的父亲伸来了橄榄枝。

18

原来做董事长是这种感觉啊。

这一刻英久已经在脑子里幻想过很多次了，但一直不确定自己到底该为手上的权力而狂喜，还是该终日为有人谋权篡位而担心。后者的感觉他非常熟悉，多疑和恐惧就像打领带一样自然。而现在，他终于品尝到了前者。

眼前的兰格迪克被一条长长的绳子绑了起来，双手捆在身后，乍一看，就像男版的维纳斯。那曾经不可一世的领队，最终还是匍匐在英久的脚下！只要他稍做挣扎，下一秒司赖珂便会制住他。所有人里面也只有她还算头脑清醒，做得了英久的副手。

真不可思议，这群人在孢子的作用下竟如此言听计从！琼跟我解释那些蘑菇的骇人影响时，我只想到了坏处……但现在，我只要满足他们最基本的欲望，他们就会对我俯首帖耳。

矿工们嘴里一边嚼着，一边听他细数兰格迪克长期以来的罪状。但眼下不管英久给出什么理由，对于嗜血的他们而言都无所谓。

遗憾的是，兰格迪克失血量不大。英久还以为真到动手的时候，自己能捅得更准些呢。看来玩办公室政治和真正的谋杀还是隔行如隔山。即便如此，他钟爱的野上翡侯刀也的确表现不俗。看来同事们并没有去典当行买个二手的，甚至弄个假的来糊弄他。

兰格迪克不再继续挣扎，"元昌英久，我们不是敌人。"

"哦？"英久漫不经心地揉着胸口，"你难道不是一有机会就想杀了我吗？"

"并不是。"

这个可怜虫的眼睛明亮而真诚……看来他是认真的。

"我们能逃出去的。所有人都能。"

"一山岂能容二虎？不好意思，兰格迪克，你这招行不通。"

董事长有这么好的宝座吗？合该是没有的吧。英久坐在翻倒的条板箱上，双手搭在氧气罐上，舒服得像坐在为他量身打造的宝座上。他像一位名正言顺的皇帝，在早朝上盘着腿，傲慢地看着对他俯首称臣的前领队。这就是他希望自己被记录进剑吻鲨官方历史数据库里的样子！一只手拿着武将的军配团扇①，另一只手握着最神圣的文件——用正楷在米纸上写下的正式合同。

兰格迪克瞟了一眼旁边的司赖珂，明显更加发愁了。她依然在为自己受刑而耿耿于怀。如果说在场有谁比英久更恨领队，那就是她了。司赖珂又拉紧了锁套，直到绳子都勒进了手腕的血肉里。

"我知道，你已经……"兰格迪克嘴角抽搐了一下，"打败了我，但我相信你没有失去理智。这样下去，对谁都没好处。"

"就像琼对谁都没好处一样？你真的有那么讨厌她吗？"

"你别胡说八道。"

接着是凯文轻蔑的一瞥！英久顿时有了信心，他激动地找到了凯文的突破口！琼对他来说意味着什么？

"你是如何对待她的，我都看到了。妒贤嫉能，要不是有劳动合同的约束，连最起码的礼貌都没有，就像你对待我一样。我俩在这一路的死亡跋涉中活了下来，你得有多失望啊？"

"接着说，你到底在暗示什么？"

"你杀了琼。我们俩你一个都不想留。而你最深重的罪，"英久心血来潮，想要更进一步，"你还重伤了你最好的朋友，抛弃了他。"

审判席上传来矿工们低沉的附和。就是这样，要的就是这反应。英久想起在家里弹过的三味线琴。此情此景可比弹琴

---

① 日本古代军事将领在指挥作战时使用的一种扇子，常由皮或铁制成。

容易得多，只需要编造几句谎话，就能轻易操纵人心！尽管没有亲眼见到那令人毛骨悚然的一幕，但他很确信凯文和马哈茂德的死没有关系，而且从兰格迪克的反应来看，琼显然也还活着。但他会因为这些而放弃给凯文安上莫须有的罪名吗？当然不会。

兰格迪克用尽最后一丝耐心让自己保持冷静，此刻他的脸已经涨得如艺伎的嘴唇那般鲜红。

"你被冲昏头脑了。"他争辩道。

"怎么说？"

"等你除掉了我，之后呢？"

分散我注意力的小伎俩，英久完全没放在心上，他等着兰格迪克继续说下去。

"你觉得你和这群暴徒上得了'卡柳号'吗？李友博又不是傻子。你只得再打发六个月的时间，等B班或者其他轮换的矿工过来。没有我在，你活不过几天。还是你以为能指望这群人？"凯文挣扎了一下，立刻招来了更强的束缚，司赖珂随时观望着异动，"没有金刚钻，还敢揽下这瓷器活。"

这叫有雄心！

英久雄心勃勃，已经对未来有了清晰的规划。只等兰格迪克筋疲力尽，就把他大卸八块，想个方法联系上飞船，然后再接管过来。简直易如反掌。他当然不会让自己的宏伟大计被区区一个驾驶员阻碍！不管到时候是能留下几个可信之人，还是只剩自己一人，等他确保安全之后，唯一要做的就是等。愚蠢的领队居然还觉得后面会再来一队矿工，但英久的消息更加超前：实际上"卡柳号"一到星体，另一个计划就开始悄然进行了，美好世界的序幕已经被缓缓拉开。

但我也不能忘了眼下我的地位也不稳固，他暗暗提醒自己。

要是他想要充分体验董事长的感觉，就必须回到吉木市，宣告所有权，巩固他的权力。他可以从新北海道到达其他殖民地，直至供应链遥远的终点——地球总部。

沙代子马上就要大祸临头了。

但在这一切付诸行动之前，英久还要再拿到一个小玩意儿。他已经洞悉了剑吻鲨对编号 AO173-T 卑鄙但绝妙的计划了。倒不是说他本人从官方渠道暗中参与了计划——他是在翻阅了大量机密文件，又买通了众多线人之后，才捋清了计划的大概。

带着这群被下了蛊的僵尸军，我就能直达核心，把这具令人作呕的巨尸里的宝藏收入囊中，然后凯旋。只要握有核心，我就是无坚不摧的。他们只能把我想要的一切拱手奉上。就从公司的印章开始吧。

"我会接管飞船，"英久快速地翻弄着氧气罐的盖子，掩饰内心的紧张，"接管星体，就这么简单。"

"那也只是接管一个墓地罢了。食物怎么办？等这里的尸体都吃完了怎么办？”

"这里的已经足够多了！等吃完了……整个星体都是我们的后厨！"

兰格迪克不耐烦地摇了摇头，仿佛全场只有他才洞悉一切。

别再瞎聊什么食物了！不管这些食物有多美味，可半点也没进到英久饿得发痛的胃里啊。他看着眼前的简易烤肉，就算这帮野蛮人开始相互残杀吞食，我连眼皮也不会抬一下。一个被吃了，另一个就饿不死了，这不正是剑吻鲨的竞争者信条嘛。但要我自降身价去吃人肉……他连想想都不禁打了个冷战，我到时候吃压缩干粮就可以了。

他把饥饿的感觉按了下去，冲着人群中两个呆头呆脑的矿工打了个手势。

"你还评判我呢，让我们先来看看你的罪行。兰格迪克，你让队员们失望了，这是你的第一桩罪。你就像个失职的父亲，不明白他们最需要什么。"

两个人先是消失在了洞穴某个不见光的角落，接着又把一具尸体拖到了灯光下。尸体上裹着件皱皱巴巴的工作服，头部是一大块沉重的胶木，在长满真菌的肉土上划出了一路深深的印记。两个矿工把尸体扔在英久和兰格迪克之间，扒开了裹在外面的工作服。

"看我们可怜的马哈茂德都成什么样了。"

兰格迪克做不到。他偏过头去,不敢再看死去的朋友一眼,哪怕马哈茂德的眼睛已经被掩盖在了下面。英久不确定此刻自己的心情是恶心更多一些,还是着迷更多一些。他已经迫不及待要回去,让他亲爱的同事们也品尝品尝这份恐惧。

是时候了。在把兰格迪克大卸八块之前,是时候榨取最后一点儿乐趣了。这么久以来,我揣着这个秘密,谁也没有说,就是为了等到紧急情况下,真正用得着的时候再拿出来。既然我已经大获全胜,也没必要再继续忍着了。

英久俯身下来,用近乎同情的神情看着兰格迪克,"但我又怎么能怪你呢?作为一个孤儿,在吉木市最肮脏的地方长大,该有多么辛苦啊。饥饿想必是你最熟悉的朋友了,不好意思,我的表达比较诗意。而你妈,说难听点就是个吸毒的婊子,她住的地方小到都容不下她的客人和一个婴儿。而你爸当然就是码头上成千上万的白班工人之一,他可能一辈子都不知道还有你这个儿子。不要难过,事实上,这样的出身能走到现在,我都有点佩服你。"

他吸了口气,两颊都吸进了嘴里,只等最后一句的致命一击。

"而最讽刺的,是你也对自己的孩子做了一模一样的事情,只留下孤儿寡母。"

让他慢慢消化这个消息!让这混蛋从阴郁的心情中缓过神来,思考这个前所未闻的消息。"孩子?这个丑恶的元昌英久在说什么呢？"现在他又敢看我了，目光越过他老伙计的尸体，那尸体都突然变得不重要了。我甚至能看到他的背在颤抖，连他脖子后面的汗毛都竖了起来。

"不过……哎哟，您不知道啊？"英久装出惊讶的样子，"在咱美丽的新北海道生了一窝小杂种，这事儿您不知道啊？有儿子有女儿，对，好多个呢！儿女成群！"

一阵嘶嘶的牙疼暂时打断了他的乐趣，但他很快又藏不住地笑了出来。这感觉太棒了！他从没见过兰格迪克这般说不出话的模样。

"你在放屁。"

"哦，领队！那些貌美又能干的女矿工们，在回程路上被你带进房间，下一趟出任务就几乎不会再出现了，你难道从来没注意到吗？你觉得公司花了那么多钱和时间培养她们，拉拢她们，之后就会让那些重要资产这样消失不见吗？"

"别开玩笑了。"

"凯文，你把她们的肚子搞大了。九个月之后，在离吉木市很远的某个接生室里，她们就生下了你的孩子。当然你也明白，那地方很远，远到你不可能在无意中撞见他们。"英久把玩着氧气罐的开关，把背挺得直直的，拼命想让自己显得更高一些。"相信我，我甚至能告诉你他们的姓名和地址。"

兰格迪克的脑子里在想什么呢？英久已经研究透了这个男人的档案，翻阅了大量的评估、分析和心理测试结果。他完全能够预测兰格迪克此刻的心理活动——

他渐渐感觉无法说服自己这是对手在撒谎，因为这个"谎"说得太具体，太真实了。

终于，他完全认同了。

他有孩子。

他真的留下了孩子。

那些小生命流淌着他的血，遗传了他的基因和天性。

他的固执。

那总是想要证明自己的本能。

接着就是对他自己强烈的厌恶。他比最糟糕的父亲还不如，孩子们的生命中完全没有他的存在，他是个缺席的父亲。

最后，等他完全醒悟过来，是公司把孩子们藏了起来时，一切都将化作对剑吻鲨的千仇万恨。是他们剥夺了他做父亲的机会，剥夺了孩子们的父爱！

"好了好了，别难过啊！他们衣食无忧呢。"英久从宝座上跳下来，跪在马哈茂德奇形怪状的尸体前面，"你不是也出了力吗？换句话说，我们不是也以你的名义出了力吗？用你自个儿的钱。你当然也注意到了，你拿到的奖金只有你应得的一半！还是对你来说，能拖着一桶清酒回家就足够了？喝酒和数钱不能同时进行是吗？"

在狂轰滥炸的信息中，兰格迪克仿佛变成了禅意公园里的一块石头，一动不动了。

　　我简直能对着他冥想！这可不行。

　　兰格迪克越沉默，英久的兴致就越高。他抓住马哈茂德瘦长的肩膀，把他拎了起来。头部笨重的胶木块前后歪斜着。他早就想试试文乐人偶戏了。只是手里这具人偶太重了，几乎无法操纵。他只得腾出一只手来支撑其体重。

　　"嘿，我开始怀疑你到底知不知道，"英久每说一个字，就晃一下马哈茂德的头，仿佛是他在说话一样，"为什么我们要做这些。你知道吗？那我就直接告诉你吧。这个小秘密就是，你，"他故意停顿了一下，"凯文·兰格迪克就是我们的种牛，这才是你最擅长的事情。"

　　观众席上的大部分矿工全程目不斜视，只隐约知道周围在发生什么。他们时而看看英久，时而看看兰格迪克，最后又把目光转回到吃了一半的侦察队员身上。那一张张如饥似渴的脸孔让英久仿佛置身于吉木市荒废的贫民窟里！恍惚间，他看到人群中的母亲，她没有打开面罩，鉴于四周到处飞扬的致幻剂，这一做法不可谓不明智。她和英久四目相对，缓缓摇了摇头，失望之情溢于言表——我不是这样教育你的。

　　现在别扫兴，母亲！

　　幸运的是，英久抨击的主要对象兰格迪克听得格外专注。每个字都重重地砸在他的身上。他终于明白了吗？

　　"队伍里没有比兰格迪克更好的领队。"

　　他摇晃着马哈茂德的尸体，脖子都快断掉了。

"他是最、优、秀的男人。"

兰格迪克眼睁睁看着面前多年来和他并肩作战、同甘共苦的兄弟，如今沦为别人手中的玩偶。把敌人挫骨扬灰，这就是英久梦寐以求的一切！他松开马哈茂德的尸体，甩了甩有些酸疼的肩膀，压抑了这么久的心情终于爆发成阵阵狂笑。

"听好了！"他咆哮道，"你的好运气到头了！怪就怪你积攒的功德不够！现在我要宣判，判你，兰格迪克领队大人，死刑！我赢了，你这一文不值的流浪汉！我赢了！"

英久是何时变得这般无所顾忌的呢？他这些年在公司一级一级向上爬，换了一个又一个部门，见过多少傲慢的看门狗，斗倒了多少鲨鱼一样凶狠又狡猾的同事，依靠的可不是冲动鲁莽，不是现在这副性急的模样，而是他的神机妙算，这才是他最称手的兵器，是他杀人于无形的刀锋。大概是这份渴望已久的胜利冲昏了他的头脑，此刻他非常确信，兰格迪克的灵魂已经被彻底击溃了，这才放纵了自己，尽情享受这份喜悦。公司是不允许这样丢脸的行为存在的，为了维护一丝不苟的企业形象，任何胜利都要掩藏在面具后面。而此刻，他的胜利就像是太阳女神的光芒，自由地释放出来了！

突然，一直被五花大绑着的凯文猛地冲了过来，用自己的身体把英久重重地压在身下。司赖珂在惊讶中向前绊倒，被绳子拖行了出去。

"我都不用手就能捏死你！"凯文狂怒地咆哮着。

他用肩膀重重地压向英久的肚子。剧痛让英久倒抽了一口冷气。

我的刀！

刀柄还握在英久手里，他迅速做好刺向对方的准备，刺哪里、怎么刺、刺多浅都无所谓，只要能吓退敌人就好。但太混乱了。兰格迪克用头盔抵住匕首，接着压向身体一侧，顺势夺走了刀——他夺走了刀。

眨眼间，他就割开了手腕上的绳子，一双大手毫不留情地扼住了英久的喉咙，帆布工作服在他手里宛如纸糊的一般。多讽刺啊，英久自己居然也要窒息而死了！这简直成了家族的传统。

氧气不断充进头盔，却半点也进不到英久的肺里。他看着飞舞的尘埃在眼前化作一条银河，视线开始模糊，仿佛角膜里的纤维已经根根松脱，在眼球里来回飘荡。他想要尖叫，浑身上下都渴望吸上一口"军队专享"。

我真傻！

"围师必阙，穷寇勿迫。"这是《孙子兵法》里讲过的，在最紧要的关头他竟全然忘记了。他把敌人逼得太过，甚至还兴奋地碾碎了兰格迪克所有的希望，致使他走投无路之下采取了灾难般的自杀式突袭，哪怕击垮英久的代价是付出自己的生命。

我忘了这可是群野蛮人啊！不像真正的日本人，不会在被彻底打败之后尊重结局，选择有尊严地死去！

在和这群野蛮人的交锋中，这是他第二次失策。到了要付出代价的时刻了。

兰格迪克露出了狰狞的微笑，仿佛一个要大开杀戒的妖怪。他半边脸上又厚又硬的嘴唇抿在一起，另一半脸上则露出了咬牙切齿的笑容。

英久在凯文铜筋铁骨的身下承受着猛烈的攻击。

我很抱歉，母亲！

然而，随着这个念头，他忽而感到喉咙被放开了，仿佛上帝就在等这句道歉。他立刻开始大口地呼吸头盔里的氧气，直至额头都抵在了面罩上。呼吸！

兰格迪克被身后的司赖珂拉开，她骑到了他身上，后面还跟着一连串的矿工。无数只手臂向领队的脖子和肩膀伸了过来，凯文奋力挡开，却招来了更多的攻击。如果把他比作一座被拉下基座的雕像，那总算得以喘息的基座终于可以爬到安全的地方！

众人的犹豫瞬间化为疯狂的进攻，洞穴的空地俨然成了斗兽场，挤满了被点燃了激情、等着依次上阵肉搏的矿工。原先的尸堆旁又逐渐垒起了第二堆，只不过里面的人们扭动着，还尚未赤身裸体。至少现在还是如此。

英久敏锐地意识到了另一个问题。*我已经在鬼门关前走了好几趟了。这些野蛮人对我来说没有半点用处，我也再无胜算，眼下只能跑了。如果非拿合同说事，那我的鼻烟管就足以*

买下免责条款！

他忍着喉咙的酸疼，浑身颤抖着，手脚并用向后爬，汗水都流进了眼角。喧闹声、呻吟声和淫秽的拍打声轰击着他的耳膜。他看着那块粉红色真菌地毯上的众人，他和他们每多拉开一米的距离，就意味着他的生存机会增加了一分。

不要叹气，更不要喊出来，不然他们就要发现我了。

英久艰难地朝着肉墙的某个洞口爬去。

简直就是活地狱啊！突然，他像想起了什么，我的弹簧刀在哪儿？

他动作一滞，脑中飞速闪过各种方案。即使明知是压雪求油，他也毅然转过身，开始在肉土上搜寻起来。

那头荷兰熊割开绳子之后就把刀扔在地上了。我不能忍受它落入哪个野蛮人手里，这群白痴，那可是我将来的传家宝！那是给我的礼物，是我的战利品！

与此同时，余下众人都忙着厮杀。英久慌乱中环顾四周，地上到处散落着钳子、燃烧器和粪便——我的战利品到底在哪儿？为了弹簧刀，他只得靠近那群疯狂的人，在激烈的交锋中穿梭。他小心地躲避着视线，担心他脆弱的心灵随时可能会崩溃。

在那儿！

血迹斑斑的真菌丛里闪着一道刀尖的反光。他连忙赶过去，迫不及待地捡起来时甚至差点划伤了自己。他合上刀，小心放好。等他正准备继续撤退时，突然听见一个洪亮的声音，盖过了无数喧闹和尖叫声，在洞穴里回荡着。

"你们都疯了！我是唯一头脑清醒的人！"

英久抬头望过去，兰格迪克像一面军旗高高矗立在人群中。他想要挣脱开缠斗的众人，却根本无路可退。他们已经团抱在了一起，牢牢围住了他，死都不会撒手。

你就是不明白，是不是？你用尽全力反抗，不想成为前队员口中的食物，但你有没有想过，自己本来就是这个地位呢？我们这种人才是贵族，你们就是垃圾。这是殖民地文化里最显而易见又深入人心的理念，你是不是从来都没放在心上？

这场死亡之战逐渐白热化，越来越多的矿工把衣服扯了下来，但对凯文的围攻之势丝毫不减。英久看到了他伸出的手臂、头盔后面嘶吼的面庞，但很快，他就被蜂拥而上的人群淹没了。

剑吻鲨未来的董事长又满怀期待起来，为打败敌人而欢欣鼓舞，只不过心底还是免不了一丝恶心。他还是习惯于办公室的那套招数，精准、干净地让某个人彻底消失。眼前的恶斗屠杀已经超出了他的认知范畴。

唇边泄露一声啜泣。他紧紧抓着小刀，好在大脑还能运作，双腿还听使唤，他连滚带爬地向后退，飞一般地从出口逃了过去，中间还绊倒了鲍勃，机械驴又颤颤巍巍重新站稳。眼泪不知何时已经打湿了他的面庞。

这就是我们了不起的董事长，又夹着尾巴逃回了黑暗里！

我怎么会以为当董事长如此容易？

#

曲曲折折跑了数千米之后，英久的心脏已经超负荷到快要爆炸了，牙齿抽痛着，双腿也接近崩溃的边缘，他一下子跌倒在地上。已经到了安全地带，他大口喘息着，口渴难耐、饥肠辘辘，但他依旧活着，至少现在还活着。

就认命吧！那是根本不可能完成的，你做不到的，他们早已计划好让你有去无回了。星体就是你的坟墓，从你踏上星体那一刻起，心里不就很清楚了吗？

失败已经昭然若揭，他作为文明人，难道不该尊重这个结果吗？有尊严的死去才能不玷污自己的荣誉。英久握住了面罩的边缘。

要推上去吗？还是……

他手里还有锋利的小刀，往脖子上一捅更快些，但也更血腥——他不喜欢血。

就在他犹豫不决时，牙齿传来的痛感让他不禁痛苦地皱起了眉头。这该死的臼齿又开始折磨他了！就像有人在用刀刮着它们敏感的内部。他感到牙根正在被侵蚀，神经在充满脓液的腔隙中逐渐死去。

"哦，快让我死吧！"

　　现在这种情况下，哪儿有法子切腹自尽呢！他把小刀丢到一旁，把头埋进了膝盖。他达不到社会的期待。但同时他也清晰地意识到，自己已是在劫难逃，死神才是这里的主宰。

　　英久搜索着身上仅剩的能止牙疼的东西。

　　突然，他在工作服的口袋里摸到了什么。那里曾装着他塞满安瓿的钱包，而现在他拿出来的，却是一个脏兮兮的小型装置。上面结了一层干掉的泥巴，还有些按钮，但只有几个按钮还亮着灯。看得出经常使用的痕迹，甚至可能不久前刚用过。

　　倒带到上一个录音，播放。

　　"我是想要那样去爱你的。"里面传来一个女人的低语，她的每一分痛苦都被记录得无比清晰。

　　英久把琼的数据记录器贴得更紧了些，好让她的声音能听得更清楚。

19

一阵短跑助力后，琼奋力一跃，飞出了嘴唇，飞出了星体，也飞出了它神奇的引力场，投身到了宇宙的怀抱。失重的感觉让她惊喜地笑出了声，身上的EVA工作服瞬间变得轻盈，连肩膀都松快了不少。她先充分享受了这份难得的自在，舒服地四处闲逛了一会儿，然后归拢了心神。逃离的机会近在咫尺，可不能让它从指尖溜走了。

在EVA工作服的臀部后面，她发现了一个压缩空气调节器，用维可牢搭扣绑着。她用手轻轻一触，整个人便立刻向后飞了出去。

方向错了！

要是撞上门牙，那可真是万事休矣。她急忙转到一侧躲开了，顺便和其他牙齿拉开了几米的安全距离，才又打开了气阀。

慢慢就会学会的。我冬天常在姑娘河的河漫滩上滑冰，想必和这个也差不多？我滑得还不错呢。好，等我掌握了技巧，再冲向飞船残骸。

那团橘黄色的星云里到处都是锯齿状的船体碎片，即使是最轻微的撞击都可能致命。

学会了！

她又推了一把转向杆，试着进行更细致的操作。背后的推进器动力极强，不停地将她推来推去。只要选定一个前进方向，就能不减速地一直飞下去。理论上，只要轻轻一推，她就可以直接飞跃整个银河，直到撞上某个彗星或是可怜的行星。更准确地说，等那会儿撞过去的，应该是她保存完好的全尸了。

离得越近，她越意识到爆炸后的飞船比她预计的还要危险——大大小小的炮弹在空中旋转着，在橙色的星云里毫无预兆地进进出出。一个铁块突然朝她飞了过来，眼看就要将她一分两半，她用尽全力转向左边，才将将躲了过去。

闪烁的星空变成了一个布满宇宙射线的大旋涡。她失去了控制，旋转不停。唯一刹车的方法就是向反方向猛冲，但她旋转得太快，加上对控制操作不熟练，实在没法做到得心应手。

我是会停下来，还是会一路加速，飞进无边无际的宇宙里？

恍惚间，她瞥见星体的巨口，还是那么硕大无朋，接着又看向环绕着飞船残骸的橙色星云，巨口，星云，巨口，星云……

就是现在！

她一拉操纵杆，默默向祖先们祈祷着，但由于不敢面对最坏的情况，她选择了闭上眼睛。

她注意到的第一个变化是胃里一沉。太棒了，这代表着体内平衡了。她打了个趔趄，努力停下，发现自己不再疯转，只是在原地轻轻地旋转。有惊无险，但她难受极了。

真是无话可说！苍天无眼，好好的一个机会又弄丢了！

她只能冲着真空踹了几脚撒气。至少如今可以从另一个角度接近逃生舱了。只要运气好，也许就没那么危险了。她有点郁闷地再次飞了过去，这一次她离逃生舱更近了，心情顿时欢欣鼓舞起来。有两次，她的路线被随机飞来的物体打断，而又有两次，她划出了一道弧线，远远地绕过了它们。

所以，还是和滑冰差不多的。

还没等她反应过来，自己就径直向救生舱猛冲了过去。快刹车！调整轨道！还是太快了，赶紧修正……成功了！

她伸出手，紧紧抓住逃生舱门上的铰链，双脚踩在舱外包裹着的隔热层上，第一步完成！飞船的建造者肯定预设过这种情况，否则他们不会把入口的把手设计成黑黄相间的警示色。她打开了门，扭动着身子爬了进去。

虽然从外观上看，逃生舱有足足五米长，但光保护壳就占据了不少地方，因此舱内的空间就所剩无几了。里面是一个三角形的空间，每条边上各放着一个冬眠舱。琼要来到中央才能勉强转过身，关上舱门。

她本来就没指望这里能有人工重力系统，毕竟这个设备也不是为舒适享受而设计的。这里既没有视觉传感器，也没有显示屏，甚至连窗户都没有。躺在里面的人将完全不清楚外面发生了什么，生死都交到了机器的手里。想必建造者觉得这仨人能有机会登船逃生，就应该感恩戴德了。

而她面临的下一关则更为棘手。即使凭着求生本能进了逃生舱，但她不知道该如何设置回去的航线，也不知要怎么恢复舱内气压。

肯定是有方法恢复正常气压的，对吧？难不成他们指望逃进来的幸存者们，都穿着太空制服全副武装地睡在冬眠舱里吗？

她的身子依然飘在半空中，手指犹豫地在控制板上来回摸索了三圈，终于发现了突破口：在一个透明的小窗口底下，有个非常显眼的鲜红色按钮。充气吧，逃生舱！

然而，她按下之后，什么也没有发生。怎么不启动呢！你不能失灵，你可是穷途末路时最后的一线生机啊！

琼猛按了数次，仍无济于事。此刻本该充满氧气、恢复气压的逃生舱，却没有半点变化。只有两种可能，要么这个按钮只是为了安抚舱内人员的摆设，要么就是逃生舱的某个地方出了故障，这是她更不愿意面对的情况。这并非不可能，说不定哪个小零件撞破了氧气罐，导致罐里的氧气都跑了。

"我把好运气都耗光了。"

别气馁，想想吉木市，想想回到家，疲惫的双脚换上那双旧拖鞋，回到从前的生活！

但不管琼多么不情愿，现在除了赌一把，也别无他法了。她必须相信即使穿着EVA制服，冬眠过程也可以顺利进行。只要她精准计算时间，让冬眠注射在冬眠舱注满液体的那一刻进行，还是有机会成功的。不过，等到了目的地，苏醒的过程可能更棘手些，但那边有殖民地的医疗团队，治疗任何辐射中毒，甚至起死回生都不在话下。

必须成功。

尽管逃生舱会自动计算航线，且装配了人工智能控制的信号系统，但仍需要由飞行员或天体物理学家来设置返程。隔行如隔山，琼死死地瞪着操纵板，好像这样就能把答案瞪出来似的。

第一步，新北海道的坐标。容错率为零。幸运的是，这一目的地已经被硬编码进逃生舱的记忆库里了。第二步，冬眠的持续时间。无法计算。难道就不能设置为"等快到了，叫醒我"吗？

接下来的几步也是凭经验和侥幸心理推测的，她只能发自内心地祈祷电脑能自动录入答案。最后，面板上出现了一行红字：[逃生舱已准备——等待冬眠]。她终于松了口气。

这就成了。躺进去，昏睡过去，甚至还可能会做梦，等进入环绕新北海道的轨道，再恢复意识。整个过程只需要等待。而时间是她最不用在乎的了，即使她的时间流逝比新北海道的慢也没关系。

时间膨胀简直离谱。这还没有考虑逃生舱返程要多花的时间。"卡柳号"最快能达到光速的百分之二，而这个小飞行器连"卡柳号"的十分之一都到不了。琼以新北海道时间为参照粗略计算了一下，加上往返时间，她出来这一趟，新北海道最少也过了28年。

想到这儿，她咽了口唾沫。虽然从生物学上讲，她的年龄只增长了几个星期，实际上整个旅程也感觉好像只过了几个星期似的，但等她终于回到家，整个殖民地已经过去了四分之一个世纪，就连"人类网"都很可能早已被更智能、交互性更好的平台取代了。

我的实验室还开着吗？我的部门还会在吗？

对未来的恐惧瞬间向她袭来。她想象着自己历经万难终于回到熟悉的故土，然而迎接自己的不是眼泪汪汪的同事好友，而是诧异审视的陌生目光。未来的剑吻鲨可能会认为此次任务彻底失败，是公司的耻辱。既为遮羞，也为平息舆论，就只能由琼来背这个黑锅。她会名誉扫地，被边缘化，被赶出公司，甚至整个行业，职业生涯就此告终。她在城里的工作室尽管很小，但她立刻就会无力支付租金。她所拥有的一切都将像"樱花一现"，繁华短暂，很快就会飘落，被人踩在脚下。

她盯着眼前的冬眠舱，疯狂思考着未来的出路。她大可以往憎水①的板子上一躺,剩下的都交给逃生舱,但到了地方以后呢?

另一种更糟心的可能性也强行冒了出来。要是在发生了这一切之后,剑吻鲨仍然选择接纳她呢? 毕竟错不在她,而且庞大的集团有成百上千个项目在同时进行,也许公司根本都不会注意到一支团队的覆没,一个任务的失败。兴许琼在做完详细的述职之后,还可以换个研究方向继续在实验室工作,就像她从未离开过那样,一切如旧。她每天还是坐电梯下去,再上来。

她感到喉咙一紧。

她飘向冬眠舱,砰的一声合上了舱盖。

我还没有使出浑身解数,现在怎么能轻易认输? 我就在这里,就在星体,就算是死,我也要到达核心。哪怕要豁出去,赌上一切,也不要在吉木市得过且过。这是几年前就做好的决定,我不会动摇。我这回大概率难逃一死,但至少我为诞下生命而穷尽了一切方法,就算死,我心里也是宽慰的。

她又燃起了对工作的热情,那种力量曾支撑着她在实验室熬过一个又一个通宵,或是伴随着加尼震耳欲聋的音乐,在家里盯着投影屏度过无数不眠的夜晚。她冲到控制板前,按下[全部删除]。

接着又下了新指令,心中祈祷系统能通过指令,祈祷逃生舱能顺利执行。

----

① 材料耐水、不被渗透的性能。

[目的地＝编号 AO173-T]

[冬眠舱检查＝关闭]

[自动到达＝关闭]

[确认关闭自动到达？＝确认]

[碰撞检测＝最大值]

其他数值也随之调整。这一次，琼非常清楚自己要做什么。不过对她来说，这可比给寄生虫做基因测序难多了。

[推进引擎预热]

引擎启动了。逃生舱里响起了平稳的轰鸣声，像是某种悦耳的白噪声充斥在小小的空间内。唯有靠这噪声，琼才能确定自己正在外太空行进。让她烦躁不已的是，看不到外面的情况，甚至都不能确定方向是否正确。可眼下除了相信系统程序，也别无他法了。

几乎是一瞬间，信息面板弹出的信息又吓了她一跳。

[预警——即将撞上编号 AO173-T 外部]

要坠毁了吗？

琼靠在一个冬眠舱边上，环抱住自己，准备好承受撞击。想象中的灾难并没有发生，但她足足缓了一分钟才放松下来。逃生舱突然剧烈地抖动起来，把琼整个人抛到了门口。她尖叫着，以为要坠毁了，逃生舱却在此刻稳定了下来。

哦，她心里半是恐慌，半是松了口气，第一个问题解决了，没被重力拖垮。进入了巨口，仍能稳定飞行，没有撞机，说明我们已经避开牙齿了。

她庆幸自己大幅下调了逃生舱的标准速度。这次并不需要飞几分之一光年,只需要飞十几千米就够了;更重要的是,降低速度之后,飞船就可能及时检测到途中的危险并提前避开。

反正颠簸在所难免,这东西本身也不是为了钻窄路而造的。

这趟如"神风敢死队"一般的冒险,恐怕大多数真人飞行员都会闻而生畏——因为她在智能驾驶系统里输入的目的地,正是星体心脏的位置。要不是逃生舱有向导程序,它就会直冲着核心飞过去,完全忽略掉一路上可能遇到的阻碍。琼只希望她的操作骗过了系统,让逃生舱可以安全地载着她,尽可能走得再远一些。

[警告——即将撞上胶木墙]

[更正——前方并无阻碍]

显然逃生舱里的信息并没有更新,而人工智能却感应到了外面情况的变化。

我所知的信息也不一定可靠,琼思索着,我来之前看过的报告极少。凯文告诉我去核心的主要入口得通过胃部,而那条路也基本清理干净了。但是否干净到了我可以直接飞过去的程度呢?

对星体而言,这个逃生舱小得就像它吞下了颗黄豆。

必须要成功!徒步前进可能要花上好些天,而且这还是在我独自一人且不带任何爬山装备就能穿过那几个胃的前提下。

眼下，她已经从嘴里飞了进来，并成功越过了食道。但凡逃生舱有个透明的玻璃地板，她肯定会屏住呼吸、瞪大双眼，不放过这个观察周围环境的机会。

[检测到前方裂口]

[准备向下俯冲]

要从食道口直接俯冲到胃了。从现在起，一切都无法预测了。虽然组成消化系统的大型器官有很多，但真正让她担心的，是连接器官的狭窄堤道。逃生舱能穿过去吗？

她的心提到了嗓子眼，风平浪静地过了几分钟后，她一直担心的情况还是发生了。一条消息跳了出来，提示逃生舱卡在了隧道最狭窄的地方。她依然什么都看不到、听不到，也感觉不到。逃生舱这会儿是在上升，在下降，还是在想办法穿过去？

逃生舱抖动了几下，引擎的轰鸣声蔫了下去。在她的想象中，这艘飞行器就像是一个被树杈卡住的烟花，正噼噼啪啪地想要挣脱飞出去。

接着，一个奋力的猛冲。一切又恢复了平静。

她通过了狭窄处。

现在去第二个胃，在那之后穿过一段黏腻的通道，接着还有一个腔洞……我别不懂装懂了。即使在脑子里，我也不清楚飞行的路线。核心是在靠近肠道层的位置，还是藏在它们后面呢？

整个过程进行得似乎无比顺利。

但如果派一艘摆渡船或无人机就能抵达核心,剑吻鲨又为何要铺设那么多轨道呢?要是我能做到,那别人也能啊。

一路畅行无碍,她甚至都有些昏昏欲睡了。

[警告——即将撞上/未知/]

她猛然清醒过来,但也想到可能只是系统在处理未知环境,无须太过担心。参照星体其他部位的情况来看,最有可能遇上的就是真菌丛,但胃里的真菌应该早已清理干净了,未消化的东西多年前就被抽走了,胃液也早已被做成了洗发水。

[警告——即将撞上/未知/]

从刚才起,这样的消息都是一出现便消失,难道是逃生舱不断检测到了新的阻碍?还是前方被什么躲不开的巨物挡住了路?

对于恐慌,琼早已感到麻木,因而面对眼前这个新的危机,她内心几乎没有一丝波澜。不过,无论她恐慌与否,都对解决问题没有丝毫帮助。

[警告——即将撞上/未知/]

[警告——即……

20

恐慌。英久睁得圆圆的眼睛里，满是恐慌。

他直直地瞪着眼前伸过来的手，感受到指头在自己的口腔里来回摸索，难受极了。他想要一把抓住它们，狠狠拽出去，但一个九岁的孩子，又能做什么呢？另外，在麻药起效的过去二十分钟里，牙医已经在他嘴里布置上了层层叠叠的骇人的设备：分开双唇的夹子，吸收口水的棉球，挂在嘴角的小钩子，象鼻一样长的钻子……他只得庆幸自己看不到，不然非吓到崩溃不可。

"你是个幸运的孩子，"井医生说道，他的声音在医用口罩后面显得有些含混，"像你这个年纪的孩子，大部分都得自己去我在岐阜屋①的诊所看病。但看在你妈妈的面子上，她一开口

① 虚构地名。

找我帮忙，我就来了。我得惩罚惩罚你。"

就是这句话。我得惩罚惩罚你。每当听到这句话，英久就会条件反射地环抱住自己，他心里明白，医生接着就要不可避免地开始折磨"受害者"了。井医生已经在一颗大牙的牙面上钻出一个深洞，又把一根长长的小棍插进了下面脆弱的组织里。

一定要成功一定要成功……英久小心地向"麻药神"祈祷，害怕再发生麻药失效的情况。

好在这次他是幸运的，只感觉得到器械施加的压力。医生拿着工具左探右钻，仿佛在向里面打螺丝，而每换一处，便要研磨好一阵，英久觉得自己下巴都要脱臼了。

"必须钻到底……不然没法把龋坏的部分彻底去除。"

英久只能任人摆布。等小棍彻底插进去，井医生又用力将它拔了出来。瞬间，一股难闻的液体喷了出来，浸湿了放在唾液腺旁边的棉球。

英久不由得干呕起来，他想咽口唾沫润一下干涸的喉咙，却被嘴里的夹子卡着，动弹不得。

再怎么样也比昨天晚上好，也比前天晚上好。他这样想着，心里却越来越不确定了，不要忘了之前的牙疼和痛苦的尖叫。现在更好。

他曾经因为太过恐慌，直接把嘴里的器具扯了出来，嘴唇一下被拉了个大口子。站在一旁的妈妈顿时怒不可遏，井医生却只是淡定地把英久又压回椅子上，把器具一一装了回去。

"我都怀疑你上辈子做了什么坏事，这辈子要遭受这样的慢性折磨。也不知道能不能安慰到你，"井医生开始磨起第二颗牙的根管，"你就当是因果循环吧。"

熟悉的环境并没有让痛苦减轻半分。英久坐在自己家的厨房里，餐桌被推到了一旁，取而代之的是一把通常为上门医治老弱患者而准备的便携式牙椅。即使没有帮助，他仍然要为妈妈对自己的照顾而表示感谢。

第二颗钻完了，还有第三颗。下巴已经抽筋好一会儿了，他只得把自己想象成小说里那些被捕的武士。他正在忍受敌人的折磨，并且做好了切腹自尽的准备。这让他感觉好了不少。是的，就是这样。麻药几乎麻痹了脸上所有的知觉，只留下器械撞击牙齿的触感。

他仍不敢闭上眼睛，但至少恐慌已经缓解了不少。最危险的部分已经过去了。

"好了，都清干净了。"

接着，井医生开始用复合材料填充大牙上的龋洞，然后就是钻牙、打磨、抛光，反复咬一张薄膜以确定上下牙的接触面是否合适。这一套流程英久再熟悉不过了。

整整一个小时，除了张大嘴巴他什么也没有做，但仅仅这一件事就耗尽了他所有的精力。此时此刻，他已经筋疲力尽，气喘吁吁地躺在椅子上，终于可以闭上眼睛。

经历了这么一遭，只要不继续遭受折磨，就是最好的消息。

他幻想自己是一名神勇的武士，完成了英雄的壮举之后，被将军提拔进入了旗本①，成为最受信任的家臣，得到连片的村庄和稻田作为封地，每年足以收获十万石的粮食，出门还能有三百名勇士伴随左右，甚至封地里最漂亮的姑娘也会被许配给他为妻。九岁的他不明白这一点有什么好，但将军的奖励是不能拒绝的。只要有妈妈在身边做便当，能让他尽情吃个够，娶不娶妻子倒也无所谓。

唯一令他担心的，是要把妈妈送往敌人的堡垒。在故事里，为了防止主人公派兵进攻，他的家人都会被敌人扣下做人质。想到这儿，英久就有些反感：要想让妈妈安全地留在我身边，我可以向敌人发誓不会侵占他国领土啊，那样岂不是更好？他们肯定知道我是个言出必行的人。

一想到自己比小说里的大名②还聪明，他感觉更好了。

井医生像往常一样离开了厨房，留英久一个人休息。估计医生这会儿正在那个八叠榻榻米的房间里喝茶呢，而那个房间英久只有得到妈妈的允许才可以进去。现在不能进去也无所谓，他正好乐得有自己独处的时间。今天本来该上学，但妈妈把他叫了起来，告诉他今天治完牙剩下的时间都可以休息了。他可以自由安排玩游戏、看书、拼拼图、发呆畅想，还可以练牌

---

① 江户幕府时期，德川军的直属家臣团。
② 日本古时对领主的称呼。

技、练剑道，穿上妈妈保留着的爸爸的旧制服……想做什么都可以，一整个下午像是永远也过不完似的。

困意袭来，他躺在牙椅上睡着了。

等他饿醒的时候，太阳已经落山了，但厨房的窗帘还没有被拉上，他能看到晴朗的夜空中闪烁的星星。

是妈妈忘记时间了吗？

他从椅子上滑下来，摇摇晃晃的，没什么力气。因为怕惹妈妈生气，他小心地轻轻滑开房门，却发现客厅里也空无一人。

他没有开灯，蹑手蹑脚地走进里屋。窗户旁边的被炉冷冰冰的，看得出一整天都没有人用它暖过腿。外面不远处，摩天大楼的大部分玻璃窗都拉上了帘子，变成一个个黄色的方块。

"妈妈？"他细声细气地问了一句，声音小到根本不可能被妈妈听到。

妈妈会不会发生什么事情了？他突然担心起来。自己睡了好几个小时，她会不会被绑架了？会不会不要自己了？会不会从窗户掉下去了？光是想想他就已经开始害怕了。

他深吸了一口气，继续向前走。

可能妈妈只是在茶室睡着了，大人偶尔也有可能睡着的。

他看着房间对面那扇精美的推拉门。那扇只有在妈妈允许的情况下才能打开的门。那里面摆着考究的瓷器，铺着珍贵的榻榻米垫，要是踩脏了或是食物打翻在上面，换新的可是要花很大一笔钱的。他心里知道，自己这样做是违反规矩的。

　　妈妈会骂我的，他心里想，但要是她真的遇到危险，我去救了她，她也会很高兴的。要是妈妈睡着了，我就轻轻地再出来，不会被发现的。

　　宁可现在谨慎，也好过将来后悔。想到这儿，他赶忙看了看拖鞋干不干净，又把胳膊上、身上和腿上的灰尘和脏东西全都抖掉。

　　"应该没问题了。"

　　他屏住呼吸，小心地靠近推拉门，把手指塞进门缝中间的凹槽里。他轻轻一抖手腕，门无声地滑开了两三厘米的一条缝，正好能让他窥到里面。

　　能把房子的噪声降得这么低，真是太幸运、太有智慧了。这也是我们能领先世界的诸多原因之一吧。

　　他把小脑袋凑近那条幽暗狭长的缝隙，身后同样漆黑的房间完美地掩藏了他的存在。

　　妈妈在里面吗？

　　然而，还没等他看清，里面却先传来了布团被子窸窸窣窣的声音，间或夹杂着几声压抑的喘息。听起来像是有人被掐住了脖子。接着是有节奏的拍打声，湿热的气氛让人面红耳赤。

　　他伸长脖子换了个更好的角度，随着眼睛逐渐适应屋子里的昏暗，他看到了散落的抱枕和茶壶，托盘上放着的空杯子，旁边的布团已经铺开，里头正被翻红浪，接着一条腿伸了出来，凌乱的发丝交缠在枕头上。

"太热了!"他听到有人小声说道,下一秒被子就被扔到了一边。

他只得捂住了嘴,不让自己尖叫出声。

你们在做什么?他的小脸涨得通红,想向里面大喊,停下来,停下来!

但他们正在兴头上。妈妈正和她尊贵的客人忙碌着,无暇顾及英久。

接着,更让他恐惧的事情发生了。

"惩罚惩罚我吧。"妈妈呻吟着,非常清楚这句话的含义。

井医生正大汗淋漓地激烈运动着,"没错,我得惩罚惩罚你。"

妈妈笑得花枝乱颤。英久呆呆地看着眼前这一幕,确信他们没有发现自己。

这绝对是个秘密,他明白,这是最阴暗邪恶的秘密。要是我被抓住了,下场肯定会非常惨。我不应该看到这些,更不应该知道这些事情的存在。

他一想到后果,心头便一阵焦躁。下次牙痛欲裂的时候,井医生还会来帮我吗?

我不能冒这个险,绝对不能!

他紧紧握住门框,但不知为何没有将它合上。他必须要知道会发生什么。一部分是出于对妈妈的担心——他仍不能完全确定妈妈是自愿的,这场面太暴力、太不体面了;而另一部分,则是因为在他的内心深处，有什么被唤起了。

就是这一刻，英久感到自己的灵魂被触动了。这是他第一次感受到对他人之物的求而不得，这种感受将伴随着他，叫他一生永不知足。

他关上了门，牙咬得紧紧的，几乎不在意有没有被里面的人听见。他看着自己颤抖的双手，心头的愤怒慢慢变成了无尽灼烧的嫉妒。

嫉妒到哪怕要用全世界的牙疼去换，他也毫不犹豫。

#

英久在星体里横冲直撞，被剧烈的牙疼和未知的恐惧折磨得像一个疯子，而且他很确信，自己还在被人尾随。

他突然一个急停，扭过头，身后是无数个母亲。有的穿着干净的紧身工作服，还有的披着百合花图案的和服。在那滴着水的隧道里，她们出现在每一道沟渠中，站在每一处裂隙上。不管他转向哪一边，都能看到母亲瘀青的脖子，她那洞悉一切的神情。她正从四面八方目不转睛地看着他。

"你是不是忘带午餐便当了？"他转过身正准备继续逃，身边刚冒出来的一个母亲开口问道。

"滚开，母亲！"

"哦，亲爱的，"另一个母亲喘着粗气说道，"你这是在做什么呢？"

我在逃离你，逃离你，还有那群可怜的疯子，在这具令人作呕的外星尸体里，被迫疯狂地逃跑！

他大约身处某条血管内部，并不太确定它通向哪里，但被无数个母亲追赶着，他一心只想赶快逃离，便只能连蒙带猜地闷头向前跑。

还好在这黑暗的噩梦里，仍有一束光——**她**与他同在。她的存在、她的温暖，是他脚步不停歇的动力。

"我们继续走下去，琼。不然母亲就追上来了。"

只有琼能够拯救他，只有琼和他站在一边。同为被新财阀贬黜的雇员，他们的命运就像挂在神庙枫树上的注连绳①，早已缠绕在了一起。英久坚定且充满爱意地抓着她的手腕，带着她一起躲避追击。她没有反抗，只是饥饿让她显得非常虚弱。

"我是想要那样去爱你的。"他听到琼吐露心声，声音断断续续的。

"琼，你可以的，你能做到的，你不需要再隐藏！我们在一起，那些想杀了我们的混账都已经死干净了，或是远在新北海道。"

突然，母亲又一次出现，嘴里塞满了大块的肉，举止怪诞无比。英久惊慌失措地闭上眼睛，拉着身后的琼继续向前逃，丝毫没有注意手中感受到的并不是对方的脉搏，而是缠绕的线圈

---

① 用秸秆编成的绳索，象征神的庇佑。

和粗糙的按钮。倒带，播放。

"英久说得对，我一直在欺骗自己。生命是残酷的，而不是肆无忌惮的。"

"不要这样说，不许你这样说！我们现在在一起了，事情会有转机的。"

他想要深深地凝望她的双眸，告诉她自己就在这里陪着她，给她抚慰，但眼下没时间细想。他们正在穿越光线微弱的肠道和其他难以言说的地方，被身后人紧追不舍，哪里有机会呢？

坚持住，琼！

"请停一下……"身后不时传来母亲嘶哑的声音，她已经上气不接下气。

她为什么就不能别再跟着他？从他出生起，到长大成人，有了自己打拼出来的事业和大到三十叠榻榻米的公寓，她永远那么唠叨，永远那么烦人。只要哪次没回来看她，等着他的就是无休止的纠缠。就算回来了，也总要面对一箩筐没用的建议。每次他都会闻到陌生男人的臭味从茶室里飘来，洗衣篓里还有斑斑点点的床单。母亲会从茶壶里倒出两杯茶，永远是一副居高临下的语气，仿佛对面的儿子就是个傻子。

英久感到胃里一阵灼烧，分不清是因为饥饿，还是因为这些耻辱的回忆。不过母亲这回又去哪儿了？他一边跑，一边侧过身看了看，却什么也没发现。突然，他感到脚踝一疼，像是被谁给抓住了，还没等他反应过来，整个人便向前栽了过去，意外地摔到了一个斜坡下面。

"你在这儿！"他头朝下大声嚷道。

他看到母亲趴在地上，脸带微笑，八成她刚刚就是这样绊倒了他。

不过，他眨了眨眼睛，想要分清楚幻影和现实，绊倒我的到底是她的胳膊，还是地上遍布的藤条呢？

不管是哪个，反正他都摔倒了。

斜坡边缘长满了一层厚厚的真菌，他不得已脸先着地，滑了下去。

但愿面罩挡得住这些孢子！

他从坡上滚了下去，一路磕磕碰碰，碾过身下大大小小的凸起，胯和膝盖不知被撞了多少次，直至他最终躺在坡底，浑身酸痛，不住哀号。

"祖宗啊，我的头。"

他小心地舔了舔牙齿。虽然疼，但好在一颗也没掉。更幸运的是，他没有正好落在刀上，不然这把弹簧刀就变成"切腹刀"了，将来任谁看到他的历史档案，恐怕都要耻笑他。

他感觉像是连续加了36个小时的班，僵直的身体连坐着都疼痛难忍。好在母亲似乎没有跟着一起掉下来，这是唯一的好处了。倏忽之间，他猛地想起了现在最重要的事。

琼！

她是不是被留在上面了？和那个老太婆在一起？还是她已经被当作人质抓走了，马上就要被送到敌军大营？他疯狂地四处搜寻，身旁扬起一阵阵的孢子。终于，在几米远的地方，他找到了数据记录器，一把抓了过来，立刻按向了自己的头盔，倒带，播放，一遍又一遍，直到他蓦然意识到，手里握着的只是个冷冰冰的机器罢了。

他是怎么突然清醒过来的呢？总不能是眼前这个恶浊之地的功劳吧。

可能是刚刚摔的那一下，把我从幻象中拉了回来。

他一边站起身，一边把身上抖搂干净，这才意识到情况远比他以为的还要不堪。四周触目皆是茂密的真菌，几乎遍及了器官组织的每一寸。哕！他的脸拉得老长，仿佛被人喂了一口河豚的肝脏。但奇怪的是，周围的环境竟然清楚无比。郁郁葱葱的菌丛从腐肉里冒出数米高，居然还有胆子发光，俨然一盏盏给孩子用的小夜灯。

"我可不是害怕，"他对着真菌丛说道，"我只是被你们恶心到了，仅此而已。"

他小心地把琼的数据记录器收好。要是能选择的话，他可不想死在这样的环境里。既然不想坐以待毙，就得选一个方向爬出去。但问题是——哪儿都一模一样！四面八方全被蜿蜒匍匐的真菌遮挡住了视线，他还不如原地转几圈，随机选一个方向得了。

他真就这么干了。

就那儿了。就奔那儿去。

这回不能像在动脉里那样一路疾行了。他小心地拨开过膝的菌丛。这要是谁家种的庄稼地，那可真是大丰收了。在这儿崴脚可是容易得很，一眨眼的工夫，后面人就会追上他。

真菌丛里怎么会有窸窸窣窣的声音？

冷静，那全是你想象出来的。

他拔腿越过一株足有树干粗细的发光真菌，担心工作服不能抵挡住辐射。就在这时，上方一道橘黄色的闪光吸引了他的注意。

"那是？"

透过远处摇晃的菌冠，他看到有光透了过来，升腾的烟雾使星体内本就怪异的气流变得更加杂乱无章。接着，一阵冲击波袭来，瞬间把真菌丛劈成两半。隆隆的震荡向他扑来，伴随着金属撞击的刺耳声响。

这就是结局了吗？这具悲惨的巨尸终于要解体了？

英久下意识地躲避着，但除了巨响和气流之外，似乎没有其他动静了。又等了一分钟，他既没有掉进地面裂开的大口子里，也没有在大火中化成灰烬。真菌丛林又恢复了它们摇摆的律动。

他理了理身上的工作服，仍不敢相信危险已经过去。不管那边刚刚发生了什么，大概率只会让他陷入更加糟糕的境地。这就是星体唯一的法则，总有意想不到的困难让末路雪上加霜。

但英久还是决定过去看看。倒也不是一时兴起，毕竟早在小时候，那仅存的好奇心就已经被狠狠打击得所剩无几了。他只是不想错过任何可能逃出生天的微弱机会。说不定这一次命运女神就会眷顾他呢。

他挤过密密麻麻的"灌木藤蔓"，艰难跋涉了足有一小时，才走到了地方。然而，等他看清那东西是什么，满身的疲惫便瞬间消失。

太空飞船！他忙不迭地冲了过去，差点把自己绊倒，毫无疑问是人造的飞船，是个飞行器，是个逃生舱！

就算刚才是逃生舱起火了，那在这个氧气稀薄的环境里，火焰也早就熄灭了。他刚刚看到的烟雾也可能是逃生舱排出的尾气。

现场一片狼藉，树干粗的菌柄被一折两段，散落在舱体旁边。逃生舱掉下来的时候，应该是一头撞开了一个硕大的菌盖，把砸到的一切都压了个粉碎。如今剩下的，就是一摊炸开的蘑菇和满地的汁液。

这东西在这里做什么？它怎么会……他的脑子里闪过无数的可能。不重要了。这是我逃出去的船票！这小"卡柳号"是来接我回家的！

下一秒，他便冲到了逃生舱旁。虽然舱体被真菌弄脏了些，但从粗略观察来看，大体是没有损坏的。他伸出手擦了擦。肯定得有个入口。等进了里面，他大概就能见到那个导致逃生舱坠毁的可怜虫了，也不知道那人是昏了过去，还是直接一命呜呼了。

还是死了的好，腾出来的地方都是我的！有吃有喝，再美美地睡上一觉！这是太阳女神对我的恩赐：谢谢您，天照大神，谢谢您！我将永远敬奉您，在世的每一天，都会到您的神殿上供！

首先得找到入口在哪儿。他的手指沿着陶瓷外壳来回摸索，顺手擦掉保护层上黏着的蘑菇。很快他便找到了逃生舱的序列号，以及入口处黑黄条纹的把手。

动起来啊，怎么就使不上劲儿！

颤抖的手臂终于拉开了舱门。头顶灯的光往里面一打，他便看到驾驶员一条腿奇怪地伸着，四仰八叉地躺在冬眠舱的玻璃罩上。他过去抓起那人的脚踝，就要拖出去。

多余的人就滚出……

手上动作突然一滞。

驾驶逃生舱的，不是什么无名小卒，不是什么可以随手丢弃的人形垃圾！

是琼。

她还活着。

难以置信。天上掉下的逃生舱正好砸在了他面前，还把亲爱的琼也带到了他身边。他又往前爬了几步，对准光线，好看得更清楚些。琼双眼紧闭，嘴巴微微张开，流出了一些透明的液体。万幸不是血。她虽不省人事，但状态不错。

太好了！我俩各用一个冬眠舱。他费劲儿地爬向控制面板，想看看还能不能用，要求不高，只要没彻底坏掉就行。

不管他怎么按，所有的指示灯都依然是熄灭的，屏幕更是一片漆黑。看来彻底把系统撞坏了。气急之下，他抓起面板猛砸了几下。让他想不到的是，这几下冲击意外地打开了舱内上方的隔板，几包食物和饮料从里面滑了出来。不错，之后能派上用场，却不是眼下他最需要的！

"他妈的，什么狗屁逃生舱！听我说，听我说，给点反应，他妈的！要么你飞起来，把我们带出去，要么我发誓非把你大卸八块不可！妈的！妈的！"

奇迹出现了，一阵毕毕剥剥的声响后，显示屏居然又恢复了正常：[修复引擎–燃料泄漏–能源供应受阻]

英久呆呆地读完了那条消息，又读了一遍，然后又一遍，反反复复，却仍然无法理解。

"你不能指望我来修这东西啊！"

他一个冲动又差点砸了面板，但最终还是忍住了，怪自己没控制住情绪。他转过身看着琼，轻轻贴近她的面庞，鼻子忽然一酸。

"现在要怎么办？"

琼安详地躺着，虽然什么也帮不上，却妩媚动人。

英久感到从心底涌出的狂喜。他终于找到她了，他们两个终于在一起了，这毫无疑问是他得到的善报，肯定是的！但逃生舱已经报废了，眼睁睁看着逃生的机会就这样溜走，又让他陷入了无尽的恐慌。再加上昏迷的爱人需要马上治疗，但如果要照顾和救治她，他要付出的代价可能是自己的性命。他从没有一刻像现在这样进退失措，感觉自己快要被撕成两半。

他又退回到舱门，呆呆地站了一会儿，忍住了啃手指头的冲动。

不管救不救得了她，我都永远无法逃出这个地狱。就在即将崩溃到失声痛哭之前，他蓦然意识到了一个很重要的问题，等一下，说不定我从一开始就定错了目标。

他的想法太局限了。

我并不需要从星体里逃出去，我只需要活下来即可。难道我不是撞上了完美的解决方案吗？逃生舱有没有坏都不要紧，只要我和琼能无限期地待在里面就行，不管是几个月、几年，甚至是几十年！直到撤离小队登陆，找到睡在冬眠舱里的我们。他们肯定会来，也肯定会叫醒我们。剑吻鲨不会放弃那么珍贵的核心的，不论发生了多大的灾难，要牺牲多少人，他们都不会放弃。

想到这儿，他兴奋地钻回逃生舱里。

"亲爱的，抱歉啊，"他说着，小心翼翼地从她无知无觉的身体旁挪过去,"我得检查看看这个计划行不行得通。"

这堆破铜烂铁的燃料几乎告罄,但要是运气好的话……

[冬眠舱1号、2号、3号准备就绪]

[冬眠药剂准备就绪—准备注射]

"琼,我们得救了!"他欢呼道,"我只要让我俩睡着就行了。即使整个星体解体,我们躺在里面也安全无虞!即使我们对外面一无所知,他们也迟早会注意到我们的能量指征。等我们醒过来,就能在新北海道携手共度新的人生了。"

然而,话音还未落,他突然意识到自己犯了一个多大的错误,一个极为明显的错误。

等一下。

不,不,不!

他冲昏了头了。

她不是琼,她不是。

他慌忙拿出数据记录器,里面那些亲密的低语,那些真切的告白,英久知道眼前的琼永远不可能再对他说。只有在绝望的边缘走投无路时,人们才会如此剖白自己的内心。躺在他脚边的这个女人,已经又一次用羞耻心、体面感和公序良俗把自己包裹了起来。

她会打破他的幻想。

问题就在于你还活着。所有活着的人都有见异思迁的毛病。

　　为什么要冒险去注射冬眠药剂呢？只要像现在这样活在数据记录器里，她就是完美的。只要她留在那个绝望的边缘，她对他的爱就是纯洁无瑕的。

　　琼，你保持这样就好。

　　他紧张地握住了血迹斑斑的刀柄，浑身的肌肉都绷紧了。刀尖最终还是抵在了她锁骨和喉咙相接的柔软处。这是为了他自己好。

　　琼……汗水刺痛了他的双眼，我也爱你。

21

一觉醒来,不知自己身在何处,这种经历她还要再来多少遍啊?琼毫不怀疑,要是下次再撞晕过去,她肯定是逃不过脑震荡了。

她伸了伸僵直的双腿,环视了一下四周,只见一缕奇特的柔光从大敞着的舱门外照了进来。门上黏满了不知什么东西,不过这里除了真菌,也没别的了。眩晕感还没有完全消退,她换成正坐的姿势,检查起了身上的EVA制服,看到密封都完好后,才松了一口气。不过带着这一身难以清理的泥状物质,她看起来不像个穿着白大褂的科学家,倒像是搞印象派艺术的。

那一堆是吃的吗?

她惊喜地发现了几包供给粮,下一秒便冲了上去,把吸管插进去,喝了起来。身体里的能量在一点点恢复。

整整喝了两大袋之后，胃里开始翻江倒海，提醒她再喝下去就不明智了。填饱了肚子，探索精神便重新回来了。出去看看，看看飞船出了什么故障！

她还规划了需要检查的事项，但在踏出舱门的一刹那，便忘得一干二净。她只能呆呆地看着眼前——

这儿竟是片"原始森林"。

逃生舱紧急迫降在了一片郁郁葱葱的真菌林中，周围全是茂密的白色蘑菇树，顶着伞盖的菌类像蕨类植物一般趴在脚边，旁边还有似草的菌杆环绕做伴。它们居然都是透明发光的，清冷皎洁的银光沐浴着整个胃洞，如果她没有猜错地点的话。这些毫无疑问是真菌群，但就生物多样性而言，种类之繁多着实惊人！在完全与世隔绝的情况下，小小的真菌单靠自己竟然能发展出如此丰富完整、层次多样的生物群落？

太壮观了！

飞船掉下来时砸进了一个巨型菌里，她便顺着裂成两半的伞盖滑了下来。

"殖民地自然界里任何生物的进化方式都无法与之比拟，"即使手边没了数据记录器，她还是习惯用口述的方式来更好地记住这些想法，"吉木市的公园和这里的'参天大树'相比简直是……"

别再做什么观察了，尽情享受吧！我竟然能活着亲眼见证这一奇观。

这里位于星体的深处，气压已回到正常值。她没有着急向前，而是先脱下了那拖后腿的EVA厚制服，顺便甩甩胳膊，揉揉肩膀。虽然仍穿着工作服、戴着头盔，但已经松快不少了。

她探索着迈出了第一步，走得小心翼翼，仿佛走在一个全新的大陆上。她轻轻抚过蘑菇透明的菌褶，又从肉土里拔出一个菌柄。从外观上看，它们已经像是完全不同的物种了。惊叹之余，她还在树干上发现了一层绒毛，除了苔藓外，没有其他任何植物具有这一特征。

更难以名状的，是她内心涌动的那份喜悦之情。

"大概是时候了。"

她叹了口气，恋恋不舍地拿出了装着云游的箱子，靠近了脚下的真菌草坪。尽管心里有万千的不舍，但也是时候让它回归到属于它的自然环境里了。

"去吧。这个塑料的牢笼已经困住你够久了。"

她打开盖子，轻轻地把小鼠的尸体推到了矮菌丛里。它在那里就能被分解，其中寄居的"住户"也会自然地融入周围环境之中。如果它真的与这些菌类同根同源，那它在这里存活的概率肯定远高于在琼的研究箱里。

"再见了，小宝贝。"

她深深吸了口气，感觉一块石头从心头卸了下来，身上的桎梏也少了许多。

只能在有限的时间里匆匆观察一下这片"森林"，真是太遗憾了。在它面前，我多年来对寄生虫的研究仅仅是个热身罢了。

但不管有多痛心，身上的补给毕竟有限，她必须马上动身继续前往核心了。至少她还有机会穿过这片壮观的奇景。

前提是……

如果我猜得没错的话……是时候搞清楚我的方位了，但眼下没有计算机，没有测量仪器，甚至连张地图都没有，可真方便！要是在一千年前地球的大海上，我还能凭借六分仪、星星的位置，以及海平面判断方向，但在这个外星巨尸里面，可怎么办？肯定有能判断方位的办法。有了！

琼转向逃生舱的残骸。在它坠落前，是在朝星体心脏的位置飞，所以应该是正对着核心方向的。她顺着七零八落的蘑菇回溯坠落的轨迹，果然和逃生舱最后的位置一致。

你还真适合野外探险啊，费尔莫得。

她心满意足地离开了林中空地。

她越是深入这片真菌森林，一草一木就越是神奇。穿过连绵起伏的蕨草藤蔓，有些甚至聚集成比橡树还粗的柱子；她抬起头，却没看到葱翠的枝叶垂下，只有一个个细长的瓶状植物，里面盛满了奇怪的液体。然而下一秒，周围又变换成了美不胜收的海底世界，五彩斑斓的活珊瑚礁数也数不尽。她爬上了一座小山，每次触碰到山上覆盖着的多肉植物，就看到它们中间掀起了一阵又一阵恐慌的波浪。

它们感受到了我的存在，在传递警告信号呢。真开心啊。

菌丝网络交流方式的下一步理应如此。微观世界是通过传递电子和分泌各种酶来传递信号的，既然如今真菌丛已经占据了宏观世界，那么它们将动作作为交流载体确实更加高效。

不单是动作，还有声音。她穿过了一个堆满泡泡的池塘，亲耳听到泡泡爆开时发出的噗噗声，这才意识到空中回响的声音正是某种精密的交流方式，那节奏太过刻意，绝对不是随机发出的。

又来了。

这节奏她曾听到过，像是有人在耳边轻轻吟唱，却又不似任何她所知道的曲子，让人琢磨不透。更神奇的是，它竟然不符合任何音乐的规律。

她全神贯注地听着，努力去感受它的音节，却沮丧地发现这几乎不可能完成。刚听完一小段，还没等她和上一段或下一段进行对比，声音就很快消失了。不知不觉中，她已经在一片稠密、摇摆的珊瑚虫里走了五十多米了。

根本没办法推断分析。

她甚至试图跟着节奏小声哼唱，但永远只能起个头。作为放弃之前的最后挣扎，她噘起嘴唇，竖起耳朵，寻找某段似曾相识的旋律，等着用口哨合上节拍……

口哨吹着吹着，却被一声尖厉的惊叫打断。

琼呆住了，她听得更专注了，但这一次不是因为旋律，而是因为有人正在遭受痛苦。这声尖叫不是她发出的，而是在她随心地走来走去时，从身后不远处传来的。

打还是跑？对方是宿主还是寄生虫？虽然可能性极低，但她还要考虑矿工队伍是否逃到这里来了。

但这声音不是哪个矿工发出的。我甚至都不确定是否是人发出的声音。

也可能是自然现象，也许是真菌的某个未知特征。

"去看看吧，"她自言自语道，"就只去看一眼。"

她沿着脚印往回走，在眼前密密丛丛的真菌中寻找出路。当她正愁无处下脚时，一阵风意外地帮她吹开一条通道，两旁的藤蔓摇头晃脑，仿佛在欢迎她向前。

如果是有人想试探我去核心的决心，那他们找错人了。

她毅然走进了那条小道，脚下不知踩断了多少菌秆。然而，越往前走，她心里就越是忐忑，只得把手里的箱子攥得更紧了——里面装满了针头和致死剂量的药品。我就是行走的生化武器，她给自己打气，我还有医学知识的保护。

然而她全都猜错了。不是矿工，不是真菌又冒出的新花样，谢天谢地也不是腕骨腔里面那样的尸堆，虽然这谜底和它有着千丝万缕的联系。

小道尽头有个隐蔽的深沟，里面长着一棵参天的蘑菇。蘑菇下面靠着的不是别人，正是英久。修长的双腿随意地瘫在树根上，面罩半开着，珍贵的氧气都漏到了空气中，把头盔旁边的孢子颗粒吹得四散开来。

更惊悚的是他惨白的双唇间那像瀑布般不断流出的鲜血。

"英久。"琼已说不出别的话。

他左手握着一把血迹斑斑的弹簧刀，脚边是一小堆牙齿，有前牙也有臼齿，都还在滴着血。他似乎很久才听到有人喊他，但一看清来人，他血如泉涌的嘴立刻咧出了一个开心的微笑。

"不好意思啊，"他咯咯地笑着，努力做出了鞠躬的样子，"不好意思让你看到了这些，我遗传了我父亲的牙。坏牙，都是家族遗传的。"

他像个破布娃娃一样瘫坐在那里，仿佛最后一丝生命力也被抽干了，完全没有了平时那谨慎自持的样子。琼从没见过他这个样子，但不得不承认，他也从未看起来如此轻松过。

她难以置信地摇摇头，"太可怜了。"

"我这个可怜、可悲又可憎的人啊。我现在最痛恨的就是谎言，我不想再撒谎，不想再骗人，不想再为剑吻鲨保守秘密，不想再假装自己是清白的，是什么高尚纯洁的太阳之子。你不知道这双手都干过些什么。"

英久边说边扔掉了匕首，吐出了一口血。这些话脱口而出，他再也不用小心斟酌字句，掂量着什么能说、什么不能说了。显然他已经决定要对她全盘托出了。

他随手把那堆血淋淋的牙齿拨弄到一旁，脸上是藏不住的开心。

"看看，看看我拔出什么来了。所有糟粕、污垢都清了出来，再也伤害不到我了。我没有牙了，终于没有牙了。从现在起，我只讲真话，把那些恐怖的真相都说出来，并希望求得你的原谅，琼。我对不起你。"

"因为拔了牙，所以对不起我？来，张嘴，我帮你把伤口缝合好。"

"因为我留你一个人在逃生舱里自生自灭，"琼正在急救箱里翻找着，闻言动作一滞，"我发现了你，却为了自保而弃你于不顾。之后我为了赎罪，就把牙都拔了出来，一颗一颗都拔了，我自己也吓了一跳。"

英久的眼睛里一片赤诚。这突然的坦白让琼不禁打了个哆嗦，不知所措地移开了目光。若非是在星体上，她肯定会觉得被冒犯了，甚至是被侮辱了，但在这里，想对她图谋不轨的人太多了，多到她已经麻木了。

"是我干的，"英久又重复了一遍，整个人处在一种既清醒又困惑的状态里，"就是我，没有别人，就是我。"

"我知道你人面兽心，"琼打断了他，"我从一开始就看出来了。"

"我想告诉你的是……我对你的感觉……初见你时，你就像一朵含苞待放的花。我完全无法招架，就是忍不住地想关心你。看看现在的你，和最初的你相比，你已经完全盛放了。"

而他就是在等她成熟再把她拿下，是这个意思吗？

不，他不加修饰地让想法脱口而出，以此来洗涤自己，我只是其中的一部分罢了。这个人正在第一次尝试不带任何企图地和别人沟通。

"你已经跨越了死亡，就像我一样，"英久继续讲了下去，"想听点儿有意思的吗？说真心话，我总有点儿怀疑别人是不是像我一样真实存在着。还有永生这个问题，别告诉我你从没想过自己有可能是唯一长生不老的人。我就这样想过。"

琼坚定地摇了摇头，"我没有理由这样想，自古以来，自然法则便是生死有命。"

生死有命。

琼又怎么能指责他呢？她尽己所能地从痛苦中吸取了教训，哪里有资格去质疑别人的道德缺陷呢？她想起马哈茂德，胶木慢慢填满头盔，他死前的哀鸣，在她身上因窒息而不停地扭动，像是一条离开水的鱼……这可能算得上是自卫，但她犯下的谋杀已经彻底摧毁了她的认知，她终其一生都无法摆脱。

她看着眼前的英久，看着他难掩惊慌的脸上却一直挂着微笑。最终，情感和冲动战胜了责任和理性。她搂住了他的头，抱进自己的怀里，感受到他因痛苦而微微颤抖，鲜血从他嘴里流出，染红了她的胸口。

"人面兽心的不止你一个。"

琼的心里只剩下同情。英久说得对，是时候放下碍手碍脚的伪装，尽可能地活出真我。作为科学家的琼，作为网上美学家的琼，作为守法公民的琼。事实上，她内心深处只是一个渴望成为母亲的女人。

怀里的英久打了个哆嗦，接着发出笑声，伴着啜泣，喃喃地诉说着感谢。她确定自己赢得了病人的信任后，便伸手取过缝合工具，开始一个接一个地处理他嘴里的开放性伤口。她毫不吝惜地倒上大量酒精消毒，他的腮帮子里满满当当地塞着厚厚的棉球。他躺在琼怀里，依然昏昏沉沉，好似一切都发生在别人身上一般。

"嘿……"他突然口齿不清地说，"我以为，我真心以为我能成为下一任……董事长。"

话题又扯到理想上去了。这种情况下，医生都会努力让痛苦中的病人分散注意力，琼也不例外，"那你计划怎么实现这个目标？"

"计划？首先是回到吉木市。然后亲手掐死沙代子和……对不起。"他连忙道歉，干笑了几声，他现在每说一个字，便从牙床里吐出几个新的血泡，"我是真的很想。不过……我也不知道了，我都要死了，都没有用了。上百万日元的西装，一个鼻烟管就价值……你永远也猜不到……"他又顿了一顿，"我再也不需要那些了。来吧琼，我们在一起，一起抛下过去的种种吧。"

琼松开环抱的手臂，站起身，伸手要把英久从地上扶起来。她不会让他自杀的，更不会让他拖着自己一起死。

"在我们抛下过去之前，"她命令道，"鉴于我们刚刚建立起的信任，有几件事你得先跟我说实话。站起来，和我一起走到核心吧。"

"悉听尊便。"

琼感到英久的顺从只是暂时的，但她依旧从容自若，扶他站了起来。这个男人比她记忆里矮了不少，也没有了之前的傲气，放在人堆里都显不出来。不过也难怪，毕竟他失血那么多。他站起来，懊恼地重又弯下身把小刀捡了起来，看都没看旁边拔出的那堆牙齿。

等开始走起来后，两人之间的紧张感便慢慢消散了。

真不错，琼心里松了口气，立刻又被新的美景吸引了注意力。真菌表面发着光，空气里到处都飞满了孢子。

与此同时，在这里行走却给英久造成了不小的困难。他不时会绊到地面上像石块一样凸起的组织，又偶尔满怀期待地看着"灌木"丛里的空地，频频走神，开始自言自语。

他看起来挺自得其乐的，我又干吗要干预呢？

一路上，他一刻不停地道着歉，话语断断续续，感觉并不走心，好像只是在完成任务罢了。抱歉弄坏了环境，抱歉这里长满了真菌，抱歉弄脏了你的工作服，抱歉我每次绊倒都要你扶我……琼并不在意，他嘴里时不时发出的细微噪声，像是小婴儿的咿咿呀呀，倒让她心里感觉暖暖的。

等歉都道完了，他又改成了自我反思。

"我一度以为他们派我过来是为了杀了我，这种种一切，"他环视着四周，"都是从一开始便计划好的，全是一场表演！剑吻鲨的终极任务。但我现在对此已经有些动摇了。"

"听起来也不太可能。"

"哈哈！那是因为你不如我了解剑吻鲨，不知道那里的游戏规则。它的运转机制不为人知，宏大计划无处不在，陷阱环环相套。不过我已经意识到，这是史诗级的坏运气，而我则是其中的受害者。倒霉可比阴谋还要令人沮丧呢。"

"那就跟我说说它的运转机制是怎么样的吧。我们还得走一会儿才到呢。如果没记错的话，我还算是公司的一员，想必也有资格了解这一信息。"

"你想让我先回答哪个问题呢？我可以把一切都告诉你，但你最终会发现这些都无关紧要。仔细想想，我们怎么了，为什么好奇心那么旺盛？我们知不知道公司整体的运作方式又有何重要呢？"他抬起头来，目光似乎要穿透星体凝视宇宙，"知道得越多，只会让我们越不快乐。"

"那如果你这样想，"琼突然觉得自己越发习滑了，"La vie, c'est implacable代表的不是残忍，而是——"

"肆无忌惮。是的，你可能是对的。说来说去，最后又回到伟大的加尼上去了。"

上次我们聊到这个作曲家和他的交响曲，英久还非常确信那个单词的意思是"残忍的"。

琼敏感地察觉到，只要再稍微逼问一下，就能问出巨大的真相，但兴奋过头的她没能想到，如果真的足够重要，那他自己最终也会解释的。因此，琼把面前发光的花苞拨到一旁，问道："好啦，告诉我，你到这里来的真正原因是什么？你的任务是什么？"

"我那所谓的'任务'，暂时也想不出别的词，就姑且先叫它'任务'吧。可笑的是它居然被分到了绝密级，但凡我泄露一个字，你的脑子就会瞬间爆炸，我的也是。剑吻鲨这种公司，绝对敢不经允许就往你脑子里安个芯片，还不让你察觉。"

琼一直怀疑事情并不像表面上那样简单，但英久依旧没有打开天窗说亮话。他这番暗藏玄机的话似乎是在试探她到底有多么渴望知道真相。

"我可以冒这个险。"她答道。要是脑子里的灰质组织里真的发生了微型爆炸，虽然她肯定会瞬间毙命，但和星体里的大多数死法相比，这已经算得上是非常体面了。"我以为你要跟我吐露真相了，没想到还是在绕弯子。"

他立刻正经起来，发出了真心的称赞。

"和其他人一样，你猜得一点没错，我来这儿的目的和什么'领队表现评估'没有半毛钱关系。顺便说一句，他也死了，"他窃笑起来，直到看到琼不安的表情才停下，"哦，对不起，我之前觉得这事儿非常有意思，但现在的我也不知道为什么了，真的。这应该是我家族遗传的性格缺陷吧，根深蒂固的。我真是个一无是处的混蛋。"

那笑声让琼一阵厌恶，她接着问道："你当时在场吗？他死的时候？"

"至少一半时间在。我最后一次看到他时，其他人正准备……你懂的，不过都不重要了，兰格迪克已经死了，我也参与了，只不过他最终的死法不是我能控制的。"

在经历了那么多之后，琼本以为自己已经处变不惊，但这几句话依然击中了她心里最敏感的角落。在她心里，凯文和马哈茂德密不可分，她再也没有机会向他解释，对于马哈茂德的死她有多么无可奈何。且不说她对领队的钦佩之情，若没有他，他们早在一开始就魂飞魄散了。他不该是这样凄惨的结局。

你在其中扮演了什么角色呢，英久？

她一时间有种想要质问他的冲动，但她对发生了什么一无所知。况且眼下也不是扣罪名的时候，至少现在不行。不管英久犯了什么罪，他迟早会受到审判，不管是在吉木市的法庭上受审，还是由公司的高层裁断。

我不能因小失大。

"好吧，"她说，"我们先不说这个。剑吻鲨的真相，现在就告诉我。"

22

"干杯!"

酒杯纷纷举起,杯中晃动着清酒佳酿,泼洒在桌子和地板上。小酒馆里洋溢着欢乐的气氛,无论是酒馆熟客,还是白班工人,不管是荷兰人、韩国人,还是那些遭排挤放逐的日本人,一张张醉醺醺的脸上都堆满了笑容。众人之所以能喝上这店里最好的米酒,原因无他——凯文回来了。

"干杯!"凯文大笑着回应道,"美酒人人有份!"

他刚刚结束第二趟任务,从星体返回,还被提拔成了领队,虽然这些他谁也不能讲,但却足够来庆祝一番,把整个街区都灌醉也不为过。和上次相比,这趟回来的经历没什么不同,但令人不快的程度也不减当年。李友博把飞船停到着陆架,大家从数年之久的冬眠里醒来,刚下飞船就被黑色的面包车秘密转移,接着便是长达两个礼拜的隔离,接受彻底的检查。之后,他们被放到了吉木市人来人往的火车站,带着满袋子的钱和重获自由的狂喜,终于可以好好享受来之不易的假期了。

要想好好融入地面生活,凯文心想,最好的方式莫过于找一群陌生人喝个烂醉了。

倒不是他对马哈茂德有什么意见。这几趟任务下来,他们已经结下了深厚的友谊。但他在假期里会尽量躲着队友,避免他们撞见自己这副样子,尤其是他现在还大小算个管事的。

没人知道他在这儿,这正是他想要的。他解开衬衫的扣子,跳到桌子上,在空气中假装拉起了手风琴。

"来点音乐! 来首船夫曲,献给我们的妹儿河!《有一个姑娘》!"

听到凯文的要求,后面的乐手们随即放下酒杯,拿起小提琴和吉他,在一片推杯换盏、觥筹交错中奏起了航海小曲。这首在水手中广为传唱的荷兰老歌,讲的是一个年轻姑娘女扮男装当水手的故事。果然,曲子一响,一唱百和,歌声顿时回荡在小小的酒馆里。至于唱得怎么样,怕是就连村里最简陋的合唱团听了都要摇头了。

最近有一个姑娘,

她想去航行,她想去航行,

最近有一个姑娘,

她想当海员去航行！ ①

一曲终了，四下立刻爆发出阵阵欢笑。接着，更多的清酒、杜松子酒被端上来，想喝什么就上什么，凯文笑着照单全收。他一桌挨一桌地敬过去，一杯接一杯地下肚，同时还物色着合意的姑娘。他一点也不挑剔，而一个礼拜前和他在"卡柳号"上同床共枕的那位，他早已全然忘记了姓甚名谁。

越是喝到忘却一切，他就越是感到舒服自在。

几小时后，他突然惊醒，酒馆里已空无一人，只有他孤零零地坐在柜台旁。

他擦了擦下巴上的口水，声音嘶哑地问："现在几点了？"

酒保今晚也喝得不少，但却依然是一副好整以暇的模样，"该回家了，我们也快打烊了，您今晚可是尽兴了。"

"回家？"凯文哈哈大笑起来。

他颤颤巍巍地站起身，把堆成小山的账单付了，还不忘给服务员和保安小费，这才转身出了门。天边刚刚泛起鱼肚白，清晨港口贫民窟的空气里飘满了鱼市的腥气，他深深地吸了一口，环顾四周，弹球赌场和女仆酒吧已经关了俗气的霓虹招牌，放下了卷帘门，而旁边的新闻报亭和便利商店却早早地亮起了灯，准备迎接早班工人们。

在这个地方，凯文已经没有家了。他慢慢地踱着步，街上每隔几米便出现一根电线杆，很有日式的风格。他时不时扶着

----

① 原文为荷兰语。

喘口气,把翻涌上来的恶心感压下去。

等他两条腿走不动了,随处一躺,就算是回家了。

这位新任领队不知不觉便走到了码头,看着边上停泊的货轮,船舱大大敞开,像一只只被撬开的牡蛎,工人们忙着把里头花白的渔获拖进卸货区的冷藏柜。他琢磨着要不要去窑子里逛逛,但很快打消了这个念头。要是碰见以前的熟人可就太糟糕了。

等醉意袭来时,不管倒在哪个马路牙子上,就算是回家了。

突然,他发现自己走到了一个整洁舒适的社区,这当然只是相对贫民窟而言的。他也不知道怎么就走了过来,大概是肌肉记忆吧。这里的房子都建得又高又密,外墙相互支撑着,清晨一缕曦光洒在街道上,在码头人眼里,这便是体面的模样。

"凯文?凯文吗?我简直不敢相信。"

他转过身,感觉就像是被人一拳打在了肚子上。是凯瑟琳。她穿着漂亮的制服,刚从社区里走出来。凯文顿时目瞪口呆、手足无措地立在原地。

原来老天让我走到这儿是为了遇见你,他在心里暗暗咒骂了一句,谁让你他妈的喝那么多!我现在大概浑身上下都是酒渍吧,肯定脏得不像样子!

他慌忙把身上的夹克擦干净,又抬手把头发拢到一边。

"你好,凯瑟琳。"

她显然正试图搞清楚他在这里做什么,而他只得局促不安地站在一旁，却也不由得注意到岁月带给她的变化。皱纹已经爬上她的脸颊，她的神态也因担忧和工作变得有些紧绷，但美丽不减分毫，依然是那令他朝思暮想的模样。她走近了一步，想把他看得更加清楚。没有拥抱，没有触碰，仿佛任何动作都会破坏这一刻，仿佛他们两个当中就会有人消失不见似的。

"过去多少年了，八年了吧？"她回忆道，"还是九年？"

"我也算不清，一算就错。"

她脸上露出惊叹的神色，忍不住称赞道："从容貌上看，岁月对你比对我温柔多了，你看起来好像一点也没变老……"

"确实没有。"

"我的记忆一定出毛病了，这怎么可能呢。"

"听着，我……"他有满肚子的话要说，想要告诉她一切，仿佛只有这样才能弥补她，"我不能告诉你我具体是做什么的，我也没法解释我对你干……我是怎么，你知道……"

她似乎也回忆起了这几年的经历。初见的惊喜渐渐消退，自他离开以后，那些压抑了许久的话一点点浮上心头。

"你确实不擅长解释，兰格迪克。你总是直接做，然后拍拍屁股走人。什么都不留下，连张字条都没有。现在见到你……我可不是那种蠢女人，我能猜到你大概是在做什么。你听好了，我的生活虽然不如你那么光鲜亮丽……"

"不，不是的，"他无力地打断她的话，"我的生活一点也不光鲜。"

"……但我靠自己活着，我很自豪。你走后，我的生活还在继续。"

凯瑟琳摇了摇头。凯文感觉两人之间的距离一下子被拉远了，自己像是个偷了金子的小贼，正在接受莱茵女神的审判，而事实上，他做的事儿也没好到哪儿去。

"就那样消失了，"她接着说，"就那样。每隔几年我都会收到匿名的捐款。数目巨大的捐款，凯文。拿着那些钱，我一眨眼就能离开这个地方。"

"那么，"他咽了口口水，试图让头脑清醒，让嘴里的酒味淡点，"你呢？离开了吗？"

当然没有！你看看她住在哪儿，蠢货！

凯瑟琳一直用炽热的目光凝视着他，像是要抓住每一秒，想要也必须要把他印在脑海里，"无功不受禄。"

"我真的……"凯文的脸涨得通红，"抱歉，我不是有意冒犯，我应该想到……我真蠢！"

"你没有冒犯我，兰格迪克。我只是很困惑，仅此而已。我曾经对你付出真心，想和你经营生活，你却一声不吭地走人了。显然你发了大财，然后就开始大笔地寄钱来，算起来比我干的任何工作挣得都要多。"

她理了理身上的制服，准备越过他离开。还有一整天的工作在等着她呢。凯文依然醉醺醺地站在那儿。他和一群不相干的人狂饮到了天明。在凯瑟琳眼里，他现在是个什么样子？

一个毛头小伙儿？还是一个不敢长大、不敢安顿下来、不敢承担责任的孩子？

她有权这么想。

"我猜你也还很痛苦，"犹豫了片刻，她又开口说道，"甚至比我还要痛。如果你想，就继续给我寄钱吧，我能用它来做很多善事。但我一分钱都不会花在自己身上的。我想要的是'生活'，不是你的支票。"

说完她便离开了，只留下鞋跟和石板地撞击的脚步声，渐行渐远。

凯文鼻子一酸，转身走开，找了一条伸手不见五指的小巷。在堆积成山的垃圾桶中间，他终于到家了。

#

儿女成群。

元昌英久的声音始终萦绕在他的耳边。在赤手空拳击退了不知多少敌人之后，他终于在力竭的前一秒，凭着最后一口气，从尸山血海里逃了出来。当时半数的矿工已经被踩死，剩下的则在疯狂啃食尸体，没有人注意到他。

不管是在腕骨腔里爬行，还是硬挺着艰难前进，哪怕手臂痛得打战（八成是骨折了），那句话也一直在他脑海里回响着。

接着他修补起了工作服，好在撕裂得不严重，用管道胶带就能把破口重新封住。氧气还有富余，浑身的瘀青在所难免，咬伤也处理得了。只是肿胀的部位没有条件冰敷，还要拖着一条骨折的胳膊在水里跋涉，疼得他差点晕死过去。凯文龇牙咧嘴地坐起来，试着把骨头接上，再用破布条和皮带把受伤的手臂吊起来。从始至终，英久的声音都没有消失。

下一站便到了肠道，那挥之不去的声音点燃了他心头的火焰。即使小腿使不上力，即使膝盖脆弱得不堪一击，他依然没有倒下，摇摇晃晃地继续前进着。

甚至等他追上元昌英久，看到始作俑者一个人站在隧道里，心神恍惚地对着空气说着什么情话，他依然能听到耳边回响的声音。他按捺住了自己，远远地监视着对方。

让他久久不能释怀的，就是那句话：儿女成群。

那个被洪水淹没的星球上生活着他的孩子们。虽然在他的时间概念里，和他们母亲的结合只是不到一年前的事，但实际上，在他昏睡着穿越星际的同时，孩子们已经一天天长大，如今都长成十岁或十五岁的少男少女了。

而最糟糕的，一想到这儿，他就感到一股怒气从丹田涌了上来，我居然没有和凯瑟琳生儿育女，让她孑然一身。

现在他有了一堆孩子，却都不是和她生的。凯文不愿细想，更不想去面对。于是他把思绪转向那些怀了他孩子的女人，那些被他带进房间的女人。应该全是矿工吧，至少希望是矿工，他想。至少都是强壮的女人。孩子们问起爸爸时，她们会编什么瞎话呢？难道说你爸爸就是码头的一块垃圾，而你则是个见不得光的意外？只要不让他们知道真相，说什么都可以。

突然，元昌英久跑了起来，一下子甩开凯文老远。是被他发现了吗？不，应该不是。那个人看到的肯定全是幻象。过了好几个小时，等凯文终于追到胃部的入口，顺着一条陡坡道滑进森林般的真菌丛里，才终于又看到英久的身影。而这次，琼居然出现在了他的身边。

对孩子的执念暂时被马哈茂德所替代。凯文一时间不知道先杀哪个好了，是那个坐办公室的垃圾，还是那个杀人犯科学家？

他趴在地上，把脸藏进灌木丛里，关闭了所有无线电信号，这个系统已经坑了他太多回了。现在他唯一相信的，就是自己的眼睛。他透过杂草似的真菌，看到前方的两人正聊着天，虽然听不到具体说了什么，但显然他们都说得兴致勃勃，而且还准备继续往前走。不管他现在有多疲惫，也只得继续跟着。

这俩人想找出去的路吗？他思忖着，我比你们更熟悉这里，肯定也能活得更久，把你们耗到比我更虚弱只是时间问题罢了。

偶尔他们还会歇歇脚，他也正好休整一番，恢复体力，但想起孩子的事情又不免一阵羞愤。不久，前头的两人又继续赶路，琼走在前面，英久跟在后面，一瘸一拐，像是受伤了。

他状态不太好。看出这一点，凯文不由得感到窃喜。

虽然他自己浑身上下像被马群踩过一般，但英久看起来也好不到哪儿去——嘴上的伤连成一片，身上全是斑斑血迹。多受点罪才好呢。

但凯文并不打算站出来，至少现在还不。他被腕骨腔的那群疯子伤得不轻，甚至连琼都能把他打倒在地，他得耐心等——我的孩子，孩子，孩子！

他愤怒地捶了一下早已乌七八糟的面罩，想屏蔽掉脑子里的声音。远处的英久立马回过头，警惕地寻找噪声的来源，担忧地冲这边看了过来。凯文连忙俯身趴下，尽可能一动不动。

小心！再小的动作都可能暴露。

过了一会儿，剑吻鲨的走狗耸了耸肩，迈着沉重的步伐继续向前走去。

"就这样打消了怀疑，真是太愚蠢了。"凯文轻声说道，越过一片孢子飞扬的真菌丛，一边小心保护着受伤的胳膊，一边皱着眉头按摩着酸痛的肋骨。他现在只等一个良机。

23

哦，想知道剑吻鲨的秘密吗？这就是你要的全部信息，祝你好运，保重，再见。

如果这么容易解释清楚就好了。从新北海道到其他所有殖民地，万事万物都建立在某种世界观之上。英久面对的第一个难题就是要打破这个桎梏，对所谓真理提出质疑，单这一点就常常会招致激烈的攻击了！人们往往会固执地去维护根深蒂固的理念，哪怕那是一堆谎言。他祈祷琼能一直保持科学的客观性，不会被冲昏头脑。

两人沿着乌烟瘴气的真菌山头往上爬，英久边走边偷瞟了琼几眼。她的剑眉如武士般英挺，她把碍眼的头发一口气潇洒地吹开。他知道这个人绝不会再听自己讲一个字的废话。

她已经准备好迎接真相了。

"第一条真理：'剑吻鲨是一家商业企业。'这当然是假的！新财阀才不是什么做医药、搞科技和倒腾房地产的豪商巨头。我们真正的目标压根儿不是钱，那只是顺带的事儿。"

他略顿了一顿，琼果然敏锐地猜到了。"是权力。"她把话接了下去。

"但不是通常意义下的微小权力，不是什么政治权力或影响力。剑吻鲨的胃口大得很，我们要的是绝对霸权和文化主宰，也就是实现终极殖民的图景。"

她要是对这一点有任何怀疑，只需想想她心心念念的吉木市，那座城市是全宇宙人类文明永远的模范标杆。至于国家众多、政体多样的地球，他们虽然在口头上仍旧承认，却早已将其视为势必铲除的毒瘤，将来一旦在殖民上有了重大突破，或是到达了半人马座阿尔法星，找到地球真正的替代品，那所谓的祖先家园便无足轻重了。这自然并非一朝一夕的事情，剑吻鲨只是日本千年殖民大计的工具罢了。

"远在昭和时期，"琼想起来，"日本就开始为这个招兵买马了。"

"是的，当时不但有大和舰、武藏舰这样精良的战船，有上百万三呼万岁的被洗脑的士兵，有精巧的零式战斗机，还有靠着气流向美国发射的气球炸弹'风船爆弹'，它们像蜗牛爬行一样慢慢飘过去，实施爆炸性打击。可又得到了什么结果呢？"他刻意停了一秒，先引着她去想，接着又解释道，"如今回头再看，没有什么比养一支军队更烧钱了，况且，要想扩大领土的话，东征西战是效率最低的。"

"所以你们就自己开拓新领地，趁着那些新天体逐步地球化的时候，从中捞一把，分一杯羹，"她一边说，一边晃动着粉嫩的纤纤玉指，仿佛搅动着空气中的一杯味噌汤，"在新的行星和卫星上安插自己人做管理者。"

琼的声音因为新的发现而兴奋了起来，她显然对眼前的真相深信不疑。这也正是英久的话术，弄虚作假、连蒙带骗，就能让对方沾沾自喜、信以为真。不过，在他眼中，这些都并未将她的魅力削弱分毫。

正相反，他甚至有些遗憾要揭开下面的真相了。

"琼，别急着感到惊叹，我还没有说到关键呢。作为一名从事科学事业的女性，你认为那些殖民地是如何变成人类栖息地的？新北海道曾经只是一片骇人的岩石，气候条件恶劣到无以复加。"

"这不是我的专业范围。"来吧，猜猜看。琼当然清楚英久是在铺垫，要让她先给出一个错误的回答。"我只能假设这是一项非常复杂且对技术要求极高的任务，需要系统性地向空气中填充气体，创造出一个大气层，还需要往土里添加矿物……如果我没记错的话，地球化需要大约30年的时间，才能让第一批殖民者前去安家定居。"

"有理有据，任何明白人都不会反对。"

"但你要反对。"

"第二条真理:'地球化依靠的是科技。'不管你刚刚的解释听起来多么无懈可击,但它从根本上就错得离谱。地球化没有运用科技,我们所有地球化的尝试均一无所获,人类被困在自己的一亩三分地上,注定要死在地球上。直到剑吻鲨的第一任董事长发现了宝藏的钥匙,"他忍不住扬扬自得起来,"不过,对你们这样的人来说,可就不是宝藏,是毒药了。实际的过程几乎像魔法一样,我们完全不知道是怎么做到的。这至今依然是未解之谜。最难得的是,这竟是我们无意中发现的,就像一个冒死过十字路口的盲人,居然奇迹般地躲过了每一辆车。"

"魔法啊。"琼不以为意。

"从某种意义上讲,它是一种远超我们理解范围的东西。可能就是这样。但这并不是说我们没有试图去理解、去掌握它。我们最近的一次尝试,可以称得上是有史以来最大胆的了。"

在琼的档案里,连篇累牍都写着她好奇心有多强。英久不禁有些奇怪,她怎么还不追问? 眼前的女人呆呆地站着,像一只拴着锁链的鸬鹚,站在半浮半沉的枝杈上。

"你听见了吗?"她低声问道,声音在无线电里听起来比数据记录器里要清晰得多。

"你是指嗡嗡的喧闹声?"他也停下了脚步,"估计是我又耳鸣了,一直没好过。"

"不是音乐声,如果你指的是那个的话。我也一直能听到。

不是那个，我是说别的声音，从树丛里发出来的。"

话音刚落，近旁羊肚菌丛里便传来窸窸窣窣的响动。英久猛地感到危险来临，逃跑的本性又暴露了出来，现在就跑。他一把抓起琼的手腕，无视她的挣扎，就要向前冲。

"有东西在跟踪我们。"他说。

"我也是这么想的，但这不合逻辑啊。队里难道还有人有这本事，能跟踪我们数小时还不被发现？是矿工队，又不是忍者队。"她回应道。

"你可是琼啊，"英久慌张得差点抽噎起来，"你最清楚，在星体上什么都可能发生。"

但他也早该想到，跟琼打感情牌是没用的。眼前的一排牛肝菌长得像菜花似的，一朵朵小花在飞扬的孢子里若隐若现。琼轻松地把自己的手抽了出来，向着那片花地缓缓走去。

"别躲了，我们都听见了。"

英久不由自主地钦佩起来。面对可能发生的危险，她没有畏首畏尾，而是准备好了要承担一切。在经历了这一切后，他仍然对自己的死法满是担忧，不想受一点罪，仿佛那有什么要紧似的。他一生都在为那最后的几分钟而担心。

孢子雾依旧弥漫着，后面什么也没有冒出来。

"只是我们想象出来的罢了。"她下了结论，表情却没有轻松太多。

但据英久所知，琼是唯一一个未接触过致幻孢子的人，也是最不可能产生幻象的人。

他看着琼转身准备继续前行，也连忙跟了上去。等心跳渐渐平息，他又拾起了话头。还有太多没讲到。

"等一下，我说到哪儿了？"商业企业、地球化……"对了，还有一件众所周知的事情，剑吻鲨可以算是一家总部位于地球的承包商，受各国政府之命，主要负责其他星球的宜居工程，这也是一个误导性推断。"他不假思索地把面罩打开，随即又合上，头盔里有限的氧气已经无法支持他大脑的持续运转。"而这怎么可能呢？地球上只有那一群软弱的政府，为着些历史问题争多竞少，他们压根儿不知道外面在发生什么。剑吻鲨骗他们，就和骗殖民地的民众一样，毫不掩饰。而且整个殖民地横跨了足有半光年的距离，你知道幅员辽阔到这个程度，瞒上欺下有多么容易吗？这么远的距离，迟来的真相都追不上撒出去的谎，也就无关紧要了。"

"我听懂了，"琼答道，"我们……我是说剑吻鲨，通过某种我们无法想象的技术，成了唯一拥有星际殖民能力的公司，一步一步做大做强。但我还是没有听到任何具体的信息，很难不去怀疑这些话的真实性。"

"我们终于要揭开这个谜团的核心了。如果人类的科技办不到，那什么可以呢？"

"我不能保证一定会信你的话。"

"第三条真理：'星体给我们提供的是消费品。'依然是谎言，但这一点就比较微妙了。首先,公司打造了如此庞大的太空舰队去开采有史以来最稀有的宇宙资源,结果只是为了生产香水和膳食饮料——这真的会有人相信吗?"英久嗤之以鼻,又把血喷到了面罩的内壁上,"搞医药并非我们的目的,不过医药部门愚蠢的领导层愿意这么相信。那仅仅是为整个行动提供资金的众多渠道之一而已。你有没有想过星体行动的成本是多少?不过,我得承认,把那些开采出来的东西称为附带品确实不合适,正是有了前头资源的开采,我们才能走进星体最私密的位置,那可是用钱买不到的。"

"所以又说回了核心。这正是我们来星体的目的,不是吗?"

英久佩服得五体投地,她靠自己就想明白了。他当年翻阅了数十本加密文档后才得出这个结论,甚至当时他的大脑还不肯相信这是真的。"你比我超前六步呢,琼。可能接下来都不需要我给你解释了。"

"不,请继续说下去。"她把两棵直直的蘑菇从面前拨开,拉着英久钻了过去,"我还是想听你说。"

说出去的话,泼出去的水。她要么是希望由他亲口说出,从而不再有否认的余地,要么是在故意延长谈话的时间,不愿揭开那必然的结论。不管我们会在这片真菌丛林后面找到什么,是核心还是别的……

"琼,我们俩会死在这儿。这一点我非常清楚。"

他不是故意说晦气话。这和他说的其他东西没有什么区别，一切只剩剥去粉饰后赤裸裸的真相。

"我不是宿命论者，但你也许是对的。虽然这里看起来都是花草树林，但如果它们真的是真菌，毒性一定也极强，而且不会制造任何氧气。不过，直到我们咽气那一刻之前，"她突然拉了英久一把，免得他一脚踩进暗坑里，"我们还是要继续前进。你继续像一本行走的《禅宗公案》①一样讲下去吧。"

在英久看来，如果换作是对一个陌生人说话，琼说不定会更客气些。她这些夹枪带棒的话语，恰恰证明了她在乎他。这就是爱的感觉。他渴望了那么久，如今沉浸在爱意当中，他那原本空虚到好似不存在的内心已然被填得满满当当。

"那说到底，你认为星体到底是什么呢？"他问道。

"如果顺着那些真理继续推导，答案肯定是'权力'和'地球化'的交集，其余的都只是附带品罢了……"琼的眼神闪烁着，"你们从核心里抽取了某种未知物质，成为神秘的地球化机器运转的燃料。"

"核心就是这个机器本身。"

他先前所说的一切都是在为这一刻做铺垫，不然即使是琼这样一流的外星生物学家，也毫无疑问会对此嗤之以鼻。这简直太匪夷所思了，剑吻鲨居然会将核心像氢弹一样投向奥尔特星云里与地球质量相似的星球，而后，核心自带的蓬勃生命力

---

① 在禅宗中，公案是一个个短小的故事、对话或问题，被设计来触发禅修者的思考和体悟。

就在整片土地上生根发芽，长出能种植的庄稼地，造出能流动的温室气体，稍加改造便可以变成人们呼吸的氧气，形成蒸发和降雨构成的水循环，还有能够加速生命大爆发的海洋。哪里需要30年？几个月就足够了。

"但是，"她摇了摇头，"如果这样使用核心……可我们已经殖民了那么多星球啊。"

"那只能说明一件事，不是吗？"

他满意地看到了琼的眼睛里那惊奇的神色。她慢慢从难以置信转化为不得不信。排除掉所有不可能的因素，一切证据都指向最后一个结论：这里并非唯一一个星体。

她旋即意识到，他们也并非唯一一支在太空受苦受难的队伍。

英久贪婪地点点头。

"你现在知道我们有多么微不足道了。"

"所以说……"这次换成琼在脆弱的珊瑚植物上绊了一跤，踉跄了几步，"我有些眼花。"

"从历史来看，剑吻鲨有权独家开采这些太空资源。我们的探测器和天文望远镜能发现星体已是千载难逢，更别提这个就在新北海道附近。巨尸的能量特征非常低，只有距离足够近才能测量到。我们真的很幸运。"

他心下了然，现在琼的脑子里应该像是塞了一团乱麻。他想要搭把手扶她起来，却被不耐烦地挡开。

"那么多尸体……那么多星球，这不可能啊。这么大的秘密怎么可能保守得住？但凡有一个叛徒，泄密的风险便会大大增加。这么多人，根本不可能百分之百约束。"

这话乍一听没有问题，逻辑上也说得通。英久想告诉她，即使是这一点，剑吻鲨也精心编好了故事，借以欺骗公众。既有权威网站发布的纪录片，又有顶级期刊上编造出来的文章，这些对公司而言都是小菜一碟。饱学之士被教育洗脑，从而对阴谋论嗤之以鼻；工薪阶层则起早贪黑，忙着养家糊口。这就达成了社会的平衡。但琼还有更大的疑团没有解开。他不希望给她太大压力。

"核心到底是什么，"她轻轻地说，"它真有这般奇效吗？死尸里的一颗心脏怎么就能……"

"就像我说的，我们对这个问题有了新的思路。这也是为什么我俩要到这里来。"

之前窸窸窣窣的声音此刻又响了起来，这回跟踪者倒是大大方方地现了身。琼先一步看见了，顿时神采飞扬起来，好似一朵娇艳的鲜花被早春的第一缕阳光唤醒。英久感觉心脏漏跳了一拍。从孢子雾后面走出了一只类似麋鹿的动物，四蹄纤细，脖子却粗如象腚，头上还顶着分叉的鹿角。它竟通体发着光。

琼神魂颠倒，似乎着迷到全然忘记了他们刚刚的对话，又或许是她的大脑在惊天秘闻的巨大冲击下，晕晕乎乎还没缓过来呢。她屏住呼吸，一点点走上前去，那东西却后退了一步，好像有些后悔贸然跳了出来。

"跟真的一样。"英久打趣道。

久负盛名的奈良公园的标志就是随处可见的日本鹿,而这生物像极了一头刚跑出来的小鹿。感觉像捡到宝了。之前不但没有任何关于它的报道,甚至连可能出现这种情况的相关推断都没有。这些肮脏的寄生虫,是谁给它们的胆子,竟敢繁殖起动物来了?

"那可是真菌啊。"他小心提醒道。

"我不知道它是什么。"

她下意识地靠近了些,向那东西伸出了手。难道她指望它用湿漉漉的鼻尖来蹭她的手吗?虽然发光的毛发让人难以看清,但英久发誓,他见到孢子被喷射了出来。

琼只是轻轻碰了一下它,便立刻被吓了一跳。

眼前的小鹿开始变形,仿佛退化到了上一级的形态。它的鹿角皱缩起来,鼻子开始变成稀奇古怪的形状,甚至脖子上冒出了好几个新脑袋,像是对大自然的无情嘲讽。接着,它的四蹄化作了利爪和触角,深深扎进了脚下流沙般的地里,重新站稳脚跟后,它又迅速支棱了起来。不得不说,这生物活像某种早期的哺乳动物,或者说是所有生命体的雏形状态。

现在它的鹿角不停变化,样子又有了些公牛的特点,那健硕的腿有四条,不对八条,还是六条……

"恶心,真是太恶心了。"母亲的点评还是一如既往的犀利。

她的幻象又出现了，仍旧穿着那身一丝不苟的和服，像是准备去城里享受夜生活。"这东西不属于我们的世界。你不会还觉得挺好看的吧？"

"我不想再看到您了，母亲。"英久已经没工夫搭理她那些博关注的行为。琼已经和怪物接触上了，那东西随时可能用角把她捅穿。

"忘了她吧，随她去吧。"母亲突然来到他身边，抬手擦去了他面罩上的一块污渍，"她和我们不是一类人。"

与此同时，那倒胃口的东西像是接受了琼的邀请，把爪子从骇人的表层土里抽了出来。就站了那么一会儿工夫，它的四蹄便已经生根了。

"小心。"他小声提醒道。但琼已经如痴如醉。

周遭的氛围也越发诡异。仿佛是为了应和这头野兽的到来，四面的植物变得强光闪烁，发出了更大的噪声，他甚至能辨认出琼之前提到的旋律。

"别过去，"母亲喷了一声，"你没有好果子吃。发情期的妖怪哪里是你挡得住的？"

"不是我要反驳您，您不知道我的武力有多强大。"

"就你那慌里慌张的德行，不碍事就不错了。"

母亲一句话便把他钉在了原地。要是这具饱经折磨、失血过多的身体还有一点力气，他也许就能把琼从危险边缘拉回来，但现在的他只能无力地看着，看着眼前那不断变形的怪物用鼻子和嘴唇摩挲琼的手套。

"你小心点自己吧，不然你又该牙疼了。"母亲居然笑了起来，"牙医说那全是你幻想出来的。不过我也很乐意请井医生再过来一趟。帮你检查完，便是大人的茶话会了。"

"您想都别想。"

不要把那些恐怖的回忆翻出来！不要！

"他会为我们挤出时间的。有必要的话，他还会腾出一整个下午呢。"

母亲得意的声音让他不禁作呕。这种折磨什么时候是个头啊？是不是直到咽气的那一天都不会放过他呢？他突然不停地抓向自己的头盔，母亲，停下来！

母亲非但没有住口，反而继续说道："喏，她过去了。"

英久惊悚地看着这一幕，紧张的汗水顺着脖子流了下来。现在跑还来得及。星体的暴虐无情此时此刻具象化为面前这头猛兽，神圣的生灵实则是邪恶交织而成的模样，真正的生命则被残害殆尽，这真是最大、最恶毒的讽刺了。琼还是将怪物的本性激发了出来。可能是她不小心碰到了逆鳞，可能是她的气息惹怒了对方，也可能是它本就充满了敌意，这些都不得而知了。英久只看到那东西细长的脖子一低，锯齿般的双角摆出了进攻的态势，琼立刻惊恐地意识到她的处境有多么危险。

它的每一个动作都充满了诡异，身侧新长出的三张嘴发出野兽的怒吼，琼知道逃跑已经没有意义了。

她抬起手臂挡在身前，但也无济于事，鹿角一挑，便轻松打破了她的防线。

老天爷啊，这些宝贝们亮得可真刺眼！她越发确定，自己的生命就要在痛苦和恐慌中结束了。

"真是个没用的女人。"母亲以袖掩口，说道。

我不也是个没用的男人吗？英久自嘲地想，只能眼睁睁看着心爱的人被夺去性命。

够了。对一个上班族来说，压力达到峰值时，精神也濒临崩溃。他要么拿着空饭盒和上吊绳跑去青木原①自杀，要么跑回办公室杀了折磨他的人，那些在背地里幻想过的上千种复仇的方式，随便挑一种就行。

英久放弃了抵抗，任由回忆喷涌而出，内心掩藏的旧痂随着粗糙缝合的新伤口一并崩开，那些往日的创伤如今仍历历在目。

他看向母亲，眼前又出现了她和牙医在蒲团上纠缠的场景。一次又一次，他却只能在旁偷窥，在对母亲的关心、自己的欲望和羞臊难堪的情绪中，既无法转身离开，也无法反抗。即使在当年，他也明白井医生的社会地位更高，这对他们而言是一种荣誉。

他头痛欲裂，画面中的母亲却在激烈的运动中抬头看向了他："不管要花多久，井医生都坚持为你治疗，我们真是太荣幸

---

① 号称日本的"自杀森林"。

了。希望这次没有化脓。"

医生并未转过身来，只留下一个毛乎乎、汗津津的后背，"我得惩罚惩罚你。"

在幻象之中，英久还没反应过来，自己的双手就已经掐住了母亲纤长的脖子，不一会儿，白皙的脖子便在他的紧勒下开始褶皱、泛红。

"哦亲爱的，你在做什么？"母亲只能见缝插针地喘上一口气，愈发焦躁不安，"快停下来。"

她红润的脸颊渐渐变得苍白，脑袋软绵绵地耷拉在他钳子般的十指下。

终于，英久从幻象中清醒过来，他的双手随着脉搏一下一下抽动着，宣泄着对自己的憎恶、对母亲的憎恶。

够了！他的内心在嘶吼，我受够了你，受够了你自私自利的爱，母亲！

他的世界不再围着她转了。

他的内心升腾起一股从未有过的冲动，像是夏日的汽水欢快地冒起了泡。还没等他想清楚，身体就已经忠实地执行了指令。就这么简单吗？他一向认为牺牲是沉重的，要在没有强迫和诱惑的前提下，把自己所拥有的和自己想拯救的东西相权衡，从而做出最艰难的决定。

但当他用匕首划开那畜生的肚子，一切都是那么自然，比干一杯香槟还轻松。

他下意识地握着弹簧刀就冲了上去，地上的真菌似要牵绊他的脚步。琼甚至都没看清是谁或者什么挡在了自己面前。一刹那，真菌森林里仿佛被按下了消音键，英久只听得到她颤抖的呼吸。没有了震耳欲聋的蹄声，没有了猛兽的咆哮怒吼，没有了厮杀和搏斗声。

只有琼那几声轻轻的叹息。

英久一次又一次刺向那头凶猛的野兽，直至它浑身的嘴里都吐出白沫，盖住了他面罩的视线。刀还插在那怪物的肚子上（或是脖子上，反正是离得最近的部位），它却一蹄子踩碎了英久的左小腿。他感觉自己就像一张旧报纸，被人揉成团踩在脚下。第二蹄踏在了英久的胸腔上，他顿时感到肺如同风箱一般，里头的空气被硬生生全挤了出去。

就在短暂接触的瞬间，那生物的蹄子便在他身上生了根，细枝嫩芽强行穿透了粗帆布工作服，钻进了他光洁的皮肤，甚至碰到了他的肋骨。

还没正式动手呢，就被对手踩在了脚下，但这不重要！我本来也毫无胜算，重要的是她没事。

这会不会才是他的本性？不是小气，不是懦弱，更不是嫉贤妒能，而是一颗向善的赤心？他一生都在怀疑中拼命自我压抑，担心那所谓的弱点哪天会带来致命一击，却忽视了自己光风霁月的道德内核，这是他母亲、剑吻鲨和他自己都从未呵护培养过的。

他瞬间感到无比轻松！即使此刻在兽蹄的重压下，他感到心脏快要爆开了，真菌的根系绕着酸痛的肌肉蠕动，在身体里肆无忌惮地穿行，缠绕住他的器官，刺破他的肺叶——即使在这种情况下，他也依然笑出了声。

我救下了琼，也签下了自己的死刑令！她值得我这么做，这道计算题也太容易了，她值得我做一切事。

终于，野兽抽开了爪子，细长的根须被粗暴地扯出了英久的胸膛。他深吸了一口气，感到胸廓周围的皮肤都被撕裂了。但令人意外的是，那东西后退了几步，形态变得越来越不稳定，可能它也同样害怕眼前的这两个人。随即，它消失在了孢子雾里，像是从未出现过一样。

消失的不只是怪兽，还有母亲的幻象，英久更是松了口气！那眼中钉、肉中刺终于被拔去了。

而在一旁被吓呆了的琼，此刻终于回过神来，赶忙冲过去跪在英久身边扶住他，轻轻把他的头放在自己的膝上。

"正义获胜！"他喃喃道，突然一口喉头血喷到了头盔里，他慌了起来，"琼！琼！"

"我在这儿。"她的声音冷静得像一名训练有素的艺伎，有着沙漠里的绿洲般抚慰人心的力量，眼睛却不断扫过英久的身体，脑中拼命思考着拯救他的方法。"我可能很难救你了。"

"不，不要紧！就让我死在这儿吧，为这一刻，我已经准备了好几个礼拜了。琼，你现在知道，我为什么要来星体，以及为什么……"后半句话淹没在一阵咕噜声里。

"你大约是做先锋队，"她握住了他的手，"为抽取核心做必要的准备，然后去另一个地方开发新的殖民地，打造一个新世界。"

英久抽搐着摸向自己的口袋，应该是藏在西装的某个位置，可恶，藏得太深了，他怎么突然变得这样虚弱而疲惫！"是，也不是。有一支挖掘队正在朝这里赶来，我被授权接管他们。他们是董事长的秘密王牌队伍，带着重型武器，还有官方文件……还有实验用的……"胸口疼痛欲裂，先别管了！"但不止这些，我们还想……这就是他们要你来的原因。"

他看到她点点头。她眼角挂着的是汗水，还是泪珠？"我也猜到了，我的工作就是搞清楚真菌是否对核心的功能至关重要，对吗？我需要弄明白这二者的关系，以及真正的力量到底在不在真菌里。我已经搞清楚了，真菌绝不只是星体解体过程中的一个附带现象而已。"

英久已经没力气摇头了，他只能眨眨眼，急切地想要告诉她更多。她必须要知道这些，他必须要赶在死亡来临前做最后的解释。这是她从自己这里得到真相的最后机会了。

"想想……我是怎么说我们的。单一的、罕见的发现……不够。要想永久地统治下去，我们需要更多，也必须做更多。要更多的尸体、项目……"

他咽下了最后一口气。

再见了，琼。如果我早一点遇见你，我肯定还没有准备好，我想你可能也没有准备好。我八成会操控你，你大概率也会将自己封闭起来，不肯把爱或真心交给我。真是造化弄人！我们都要经历生活的跌宕起伏，才能最终来到这里。

他凸起的眼睛无神地盯着她，嘴里只剩一汪血泊。

24

接着向前走，视野逐渐变得开阔起来，但和食道边上那片单调的草坪不同，这片原野的植被之茂盛、种类之多，丝毫不亚于刚才经过的森林。

琼隐约意识到她已经离开了胃，走进了星体的另一个部位，但周围那田园牧歌般的景色如梦如幻，仿佛她已经回到了新北海道。她蹚过最后一片过膝的红色水藻，身旁灌木的高度和密度都在逐渐减小。

远处那干涸河床的尽头，有一块远古巨石正静静地躺在深坑里，仿佛重到能自己产生引力。那就是核心。

还是太远了，她忧心忡忡地想，这里还雾蒙蒙的，模糊了视线。我得先成功穿越这一片区域。为什么空气又闷又热？朝阳的温度怎么会这么高？而且这里怎么可能有太阳？更重要的是，我为什么一点都不感觉奇怪呢？

英久的牺牲在她的脑海里挥之不去。他拦在了那头散发着孢子的怪物前面，替她挨了那铁蹄的致命一击。在他死后，她也是唯一能给他"戒名"①的人。她感到有些做作，因为她既不是僧人，也不懂礼法，甚至不知道到底应该用哪个字，但两人共同经历了那么多，她不能不尽到自己的责任。她放平了英久伤痕累累的尸体，谢天谢地，西装盖住了血迹，很可能还有流出来的肠子。接着，她轻轻鞠了一躬，双手合十，小心地不发出声响。

"元昌英久，"她灵光一现，"你将以'阿信'为戒名，被后世铭记。"

想到他生前最后时刻的一片赤心，这名字真是再适合他不过了。

她又深深地鞠了一躬。火化自然不可能了，更别提还要用筷子把余下的骨头拣出来，再把剩余的骨灰装进盒子里。但她也不想把他埋起来。有什么意义呢？她很高兴能将遗体留给真菌，它们能轻松把尸体分解掉，不出几天，甚至几个小时，他身上便会长满菌丝，变成发光的羊肚菌或是匍匐植物。

她虔诚地为他做了正式祈祷，便转身离开了。

英久走后，她便失去了继续了解星体和剑吻鲨的机会。但直觉告诉她，只要到达核心，真相便唾手可得。

不过，她首先要抵抗住这里数不清的诱惑——这片原野物

---

① 授予日本死者的佛法名，通常由僧人授予。

种丰富，有数百种五颜六色的蘑菇，百"菌"齐放、争奇斗艳，又有蝴蝶和昆虫在上头轻飞曼舞，不过孢子比虫子多得多，每一次摇摆，便会有新的"花粉"被喷吐到空气中。

身体的疲惫难掩精神的高涨，她大步穿过这片游蜂戏蝶的花花世界，此刻怎么能没有音乐呢！

加尼，必须是加尼！

继续往前走，便能看到发育更成熟的生物，在四周匿迹潜形。它们也许是在伺机而动，又或许只是默默观察，防止她靠近。这些动物中，体格最小的是一头肉猪，最大的是一匹弗里斯兰马，难以分门别类。最离奇的是，它们会像风里的云彩般毫无预警地突然变换形态。虽然它们的眼睛一直紧紧盯着她，但也小心地和她保持了距离，这让她实打实地松了口气。先前那次遭遇让她多少有些后怕。

抛开这些不提，抵达核心前的最后几个小时，算得上很长时间以来她最开心的时光了。疲惫虽然拖慢了她的脚步，但也让她尽情地享受了这片恬静的世外桃源。只有极少数的春日里，吉木市周边的牧场才能与之媲美。大部分时候，那里都掩盖在泥泞的雪堆下，冻麻了的耕牛在上头耕作着。

这感觉怎么会如此熟悉，如此像家的感觉？怎么会呢？

换作是不久之前，琼肯定觉得这样的想法完全不可理喻，但现在她已经释然，全然回归到孩童般单纯的好奇。

等她终于来到河底，一眼便看到一个骨头质感的球体正静静地躺在谷底中央，直径足有20米。在它周围很大一片圆形区域内，只有极少数真菌零星生长着，仿佛这里是星体的禁区。和核心形成鲜明对比的，是它周围人为搭建的大量装置，从起重机、采石器到粗糙的集装箱，全是运输器械。

她爬到下面，才发现距离核心还远得很。她走了许久，才来到工业钻机旁边。机器被真菌苔藓覆盖着，通体蒙着一层亮晶晶的露水，更惊人的是，它居然被固定在一条贯穿真菌峡谷的轨道上。轨道被真菌丛遮了个严严实实，这么长时间她竟完全没有注意到。不过她现在明白了为什么星体里铺设了那么多轨道——这庞然巨物可不是一艘小飞行器运得出去的。

所以，之前的队伍确实一路到达了这里。她欣赏着布满了大大小小部件的钻头，它旋转起来足以切碎人类认知里最坚硬的物体。对面核心外壳上的那个豁口，就是它锋利程度的最好证明。他们没敢切进里面，这个事实就说明了一切——要么是他们没有得到许可，要么是没有运输的途径，而这些都留到了这趟旅程，等着在英久的指挥下完成。

琼的震惊瞬间转化为全新的动力和难以抑制的兴奋。她爬上钻机，一下跳进了切口里。切口的最深处只剩几毫米便可以穿透了。她用手指摩挲着核心上的粉末。他们已经走到这一步了，当时却只能放弃，得有多么不甘心啊。

她把控好力度，从核心上滑了下来，正好落在毛茸茸的地面上，接着就马不停蹄地去查看钻机是否还能使用。

机器应该还能启动吧。这东西可防水、速度慢、极其无聊，但坚不可摧！剑吻鲨的科技一定要争气啊。

她撕开把手上的苔藓，使劲将门拉开。一个带旋钮的罐子里确实还晃着半缸燃料，只要机器本身没有像胶木墙那样被真菌破坏，就有希望开动起来。整个过程中，她全情投入、屏气凝神、心无旁骛，甚至连身上的疲惫也一扫而光，仿佛她手里清理的不是钻机，而是某个人的身体。她足足花了四十分钟，才终于清理完机器上重要的部件，坐进了驾驶室，好在这里的操作控制都非常简单。

推杆控制速度和前后方向，这个控制钻头。成败在此一举了。

机器隆隆地开了起来，接着嘎吱嘎吱轧过被真菌覆盖的轨道。她赶忙把操纵杆向后一拉，避免直接撞上核心。她最近已经在七零八碎的残骸里待得够久了。

接下来便是简单粗暴的工作了。她启动了机器，开始一点点向着核心那坚硬的外皮发起进攻，扬起的骨粉和灰尘像是刮起的沙尘暴，噪声更是震耳欲聋。琼咬紧牙关，双手几乎钉在了控制板上，生怕在震荡中被甩出控制室。经过了一阵慢速旋挖，钻头终于咬了进去。

钻机猛烈地抖动起来，几乎要承受不住这压力，紧接着，钻头的噪声一消失，她只听得一声惊天动地的"咔嚓"，便看到从钻孔处生出一道水平的裂纹，逐渐蔓延到整个核心。

她从驾驶室里冲出来，一下子摔在了地上，又爬起身想向核心跑去，但没走几步就看到眼前硕大的球体轰然裂开，黏稠的液体像海浪一样涌了出来，直接让钻机从轨道上漂了起来。她自己更是被冲出去老远，那力量之强，让她差点以为自己要撞死在山坡上，但好在水流很快便势穷力竭。

她坐在岸边，看着面前刚刚形成的湖泊，抬起还在滴水的袖子甩了甩。

这液体到底是什么？不是血液，也不是腺体分泌物，浑浊无色，就像……让我想起了某种东西。

虽然有些看不清脚下，但她还是挣扎着蹚过脚踝深的池塘，走过倒在地上的钻机，穿过轨道，向核心走去。

圆球被一分为二，上面空的那一半已经远远漂走了，下面剩的那半，却看不见里面的东西。她紧张又兴奋得皮肤发痒，费了九牛二虎之力终于爬上了黏糊糊的外壳，又一次站到了边沿上。

当她终于看到下面的东西时，不禁毛骨悚然。

剩下的半个壳像一只巨大的碗，又像一个浴缸，盛着的液体里飘着一个直径半米的东西。它被一层厚厚的膜包裹着，里面有各种各样的"零件"在搅动。眼前的这个东西，再加上液体和外壳，琼立刻意识到，这竟是一个卵。

"这是……"她惊叫出声，"羊水。核心是一个卵！"

作为新生命的序言，核心当然是一个卵！英久就差直接把谜底告诉她了。她懊恼得简直想给自己一巴掌，怎么就没把蛛丝马迹联系在一起呢？如若不然，核心怎么能帮助剑吻鲨对新星球实施地球化呢？这个细胞孕育着丰富的生命，甚至是鼓胀得快要裂开了，就像一台存储着遗传密码的数据库，只等有朝一日席卷天下。

她喉头发紧。

他们来这里，不是盗墓，而是杀婴。剑吻鲨高层的人渣败类们岂会不知。等她把计划从头到尾细想一遍，其余的也都说得通了。她的耳边仿佛又响起了英久那蜜糖般的声音，仿佛他从未离开。

"你怎么这么惊讶？人类不一直都是这么做的吗？"他的嘴里不再有鲜血淌出，那是只存在于她想象中的、完美的英久的模样，"我们不就是要把这些宝贵的星体最终变成牲畜吗？琼，这就是我们来这里的原因。核心近在咫尺，我们这次不是要把它扔到太空里哪个鸟不拉屎的地方，再创造一个地球。我们要用它开启前所未有的大规模工厂养殖计划。"

"你们要把这些高贵的生灵，"琼难以置信地摇了摇头，"圈养起来，让它们孵蛋？"

"还要抽干它们的脂肪，处理完，吃掉，就像我们在星体上做的那样，不过效率将大大提高。你可以想象出一个牧场似的地方，那里正好能躲开新北海道的人工太阳，但又落在我们的管辖范围内。此时此刻，工厂正在动工呢。"

"一个繁殖项目。你们就这么肆无忌惮吗？哦，我忘了我在跟谁说话。"

英久听上去有点受伤，"我是最反对新财阀的人。在我看来，你就是把公司翻个底儿朝天，也找不出第二个了。是你没注意听我说的话，我告诉过你为什么要开展这个行动，为什么要做那么多努力，为什么选择星体。"

"那是因为……"她回忆着两个人的对话，这么短的时间里，情况瞬息万状，"第二条真理，也就是第二条谎言：'地球化依靠的是科技。'我们无法凭自己完成对新世界的殖民，至少不能彻底完成，所以我们需要这个东西的帮助。"

"恭喜你，琼，已知的唯一方法就是通过这个生殖细胞。让我再告诉你点别的，其实是已经存在于你脑海深处的，只不过被你遗忘了——不然我现在还怎么告诉你呢？人类注定要灭绝。挺不可思议的，不是吗？个人很难想到这一点。我们虽说成立了几个殖民地，在宇宙里也有了一席之地，但稍微有个小灾小难，"他打了个响指，"人类命运便危在旦夕。即使再拖上几个世纪，人类也终将一个接一个消失。星体太少见了，找到一个都是天缘奇遇。残酷的现实就摆在我们面前，人类扩张的速度还不够快。"

"有段时间，你在我身边连话都说不清楚。"琼说道。

他又变回了欢眉笑眼的样子，露出了那副英久式的迷人笑容，那一刻，她又想把这个人放到盒子里好好研究研究。"你明白人类的处境。"

"如果人类想要在星际间不断繁衍，就一定要把星体养进牧场里。"

"不然……难不成要尊重它们的主权,得过且过,直到我们自己濒临灭绝吗?"

听到这里,琼感到悲伤不断袭来,这难解的谜团折磨着她,头剧烈地疼痛起来,让她不得不用双手支撑。她叹了口气,在边沿上跪坐下来。这个问题太过抽象,同时也实实在在地摆在面前,她甚至伸出手就能碰到里面的卵细胞。

更别提其中还有私人感情。

她感到自己的心跳似乎也融入了核心的脉动。

不。

不管是不是为了人类,父母和孩子之间的纽带是不可亵渎的。她不相信剑吻鲨所谓的宏图大志,也不相信那套别无他法的说辞。人类有无限的创造力,想想加尼!生命,盲目而又壮美的生命,上下求索,九死不悔。就算人类的历史真的走到了尽头,那也会有别的生物来填补空白。她才不在乎!任何形式的生命都有其尊严。

"谢谢你,英久。哦不对,应该是阿信。"她轻声说。英久已经不在了。

把这个世纪谜题放到一边,她平复之后的内心又重新燃起了对研究的渴望。不管研究结果如今是否还能帮助到她,她都必须把它搞清楚。她尽可能蹲下身,小心地去触碰液体的表面。科学的好奇心已如条件反射般成为她存在的一部分,甚至让她无暇顾及身体里的其他感受，脑中只剩下一个个问题：它如何成功受精？这样一个外星生命体，它的生产周期是怎么样的？天马行空的假设一个接一个地涌现出来。

这个卵子被坚不可摧的外壳包裹着，那它的存活期也许更长，或者说成熟期更长。我敢打赌，这也正是引力存在的原因——全都是为了创造完美的条件。有没有可能只有母亲死了，卵子才开始生长（假设这个物种确实有生物性别的话）？那真菌生长的意义是什么呢？毫无疑问，随着尸体的分解，真菌丛也蔓延得更快、更广。难道这是某种堆肥的过程，为的是……哄骗孩子降生？

每个生命的起点都不过是个比豆子还小的细胞，琼思忖着，存在于某个人的子宫里，没有器官、没有大脑、更没有四肢，只是一堆在本能驱使下拼命生长的细胞罢了。她脑子里突然冒出一个奇怪的想法：如果可以，她愿意用自己的子宫去孕育眼前这个胚胎。

现在就行动。她摸向腰带，寻找自己的研究器材，想先取个样，说不定将来有机会分析。她把试管深深地放了进去，舀了些液体出来。此刻，连呼吸都变得兴奋起来。她站直了身子，晃了晃玻璃管，里面那涵盖了宇宙元素的液体也跟着打旋儿。

接着

她的脑子

便炸成了

碎片。

琼整个人不受控制地颤抖起来，像是得了急性的严重脑震荡一般，呻吟着脸朝下倒了下去。她凭着残存的意识转过头，向上看去。

诊所的医生！

他笔挺地站在那儿，手里拿着病历夹，向她投来关切的眼神，"做医生最难的就是告知患者病情。您的问题是先天性的，孩子救不回来了，恐怕之后再尝试怀孕，结果也一样。"

"所以我……"她喃喃地说道，也可能根本没有说出口，"是不孕吗？"

"这样说不准确。您可以怀孕，但不知为何，母体对胎儿产生了排斥。"

"但以如今的医学水平……"

"依然无法违背自然做到这一点。"

她感觉到一个小婴儿蜷在她怀里，他身上残余的温度正一点点流失，但她依然舍不得放手。云游，她的孩子，竟没有活下来的机会。但他也促使他的母亲穿越星际，完成了惊人的壮举，有了最激动人心的发现——而她却被这个医生一棒子打到差点断了气。

不，不是医生。

淌下来的鲜血逐渐模糊了视线，她努力望向那个居高临下的身影——不是医生，是凯文。他浑身还在因刚刚的袭击而战栗不止，一只手臂吊着，另一只手里拿着一截骨头碎片，就像一根高尔夫球杆，上面还沾着她的血。

凯文冷静地走上前，从她脖子上扯下破碎的头盔，随手丢在了身后。琼听到了它落入水中的声音。

我要呼吸！

她试图举起手臂，身体却动弹不得，只能眼睁睁看着对方在自己身边蹲下，高高举起手中的骨头，向她的头部重重地砸了下来，再一次，又一次。随着每一次打击，她都感到意识在一点点涣散，甚至连头骨裂开、脑浆迸出她都完全没有注意到。凯文持续地攻击着，直到她的脑浆淌了下来，顺着湿滑的外壳流进了核心里。

她想要大口呼吸，却发现已经感觉不到自己的肺了，甚至嘴巴和鼻子也没有了知觉。她完全失去了对这具身体的控制。她感觉一切都不对劲了。但又哪里来的感觉呢？

她已经看不到凯文，但知道他依然站在外壳边上。随着他的手臂再一次落下，她便什么也不知道了。在那细若游丝的意识终于要消散前，她突然像是抓住了最后的稻草。

只剩下最后一点模糊的感知。

我的头！

不孕。

云游……

她没有意识到的是，自己的感受也在不断消散，那些惊惧，那些恐慌，哪怕是那快要死了的念头，也全都不复存在了。随着她破碎的躯体一同逝去的，还有她残存的人性。但就在这死亡和消逝中，有什么东西正在逐渐苏醒，一种陌生的脉搏带动新生的意识不断延展，甚至超越了身体的边界，绵延穿过她身下的隧道和动脉。她虽然已经失去了心脏，但这脉搏扎扎实实地随着每一下心跳的节拍而不断增强。她开始享受这里充斥着的闷热，还有音乐！那音乐正是真菌们唱出的旋律，无数的音符不再是割裂的片段，它们汇聚成最完整、最丰富的交响曲，响彻星体。就在此刻，真菌的本质也明明白白地展现在她眼前，它们哪里是破坏者，不，根本不是！不管到哪里，它们都为她低吟浅唱，亮起温暖的光芒，来吧，跟我来，拥抱全新的自己。

她感到自己的身体正逐渐变软，在太空真菌的分解中，放手变得越来越容易。

真菌既是她的孩子，也是她的母亲，二者已然融合为一，不可分割，形成了一个庞大的循环。她的意识掠过星体的每一条血管，每一个腔洞，每一道长满真菌、开满鲜花的沟渠。她轻抚过每一根菌柄，摩挲着每一朵菌盖，呼吸吞吐着每一团孢子。它们为她唱响歌儿，给予她无限的滋养、能量和渴望。

对生长的渴望——

在她内心涌动着，如喷泉般倾泻而出，是她从未感受过的生命力量。她体内蕴藏着宇宙的秘密和万物生长的基石。琼（谁是琼？）已经准备好重生了。

25

倏忽之间，星体内震动了起来，破裂的核心开始不断发出冲击波，一轮更强过一轮。凯文从外壳边缘摔了下来，手脚着地直直跌进了水里，本就骨折的手臂伤得更重了。

地上的真菌突然发动，一改先前各自为营的局面，疯狂躁动了起来，细嫩的枝条瞬间化为钢缆和船桅，很快便蹿得比石油钻塔都高。它们把凯文举到了空中，牢牢地挤在中间。

凯文身上穿着脏兮兮的工作服，手中的凶器血迹未干。他左右环视，发现四周都已经被真菌占领。就在他以为自己要被活活闷死时，却看到包围圈开了个口子，似乎是专门给他留的。

接下来的几个小时，他都被困在这天罗地网中，与外界彻底隔绝，只听得到些许噼噼啪啪、窸窸窣窣的声响，像是星体在接骨搭筋、自我修复。这具尸体还挺忙啊。

冷静，让最后一点氧气尽可能多坚持一会儿。

过了很久，他才慢慢意识到原来是她，是那位外星生物学家引发了这一切的变化。他在盛怒之下（现在也余怒未消），劈头盖脸便给了她一顿棍子。她当时坐在裂成两半的核心边上，絮絮叨叨说着孩子不孩子的。他看着自己为之准备多年的核心，耳边还萦绕着元昌英久告诉他的"儿女成群"，顿时怒从心中起。

愤怒的背后还掺杂着一丝悔恨。

凯文羞愤难掩，一脚把骨块儿踢到了核心的外壳上，看着它碎成了更小的片。他的脸色涨得血红，即使是妹儿河上刺骨的烈风也吹不出这样的颜色。

是我把那些小生命带到这个世界上来的。那么小的孩子，是怎么哭着找爸爸的啊。

与此同时，琼的死似乎也带来了某种变化。那些杂草都像疯了一样。他摸了摸包裹着自己的真菌里侧。整个星体都在发生这样的情况吗？就像有人在喷射胶木泡沫一样，那些肠道、口腔里是不是都长满了这样的……块茎呢？

他现在被困在这里，别的事情已经无关紧要。星际旅行时要躺在小盒子里睡上数年之久，让人不胜其苦，但至少那时他还能打个盹儿！他猛地砸向了周围的真菌，却只是让指关节更痛了。

他除了睡觉，确实也做不了什么了。

#

　　我感到自己是如此丰盈，同时又如饥似渴，贪婪地想要更多，多到我都害怕自己会爆炸，但我还想吃，吃，继续吃。我无法抗拒这种感觉，只得尽数吞下。为什么真菌丛不再为我而歌唱了？没有了他们，我该怎么办？但也许正是因为我来了，他们的任务就完成了。

#

　　新一轮的震动粗暴地打断了凯文的好梦。他刚想撑起身子，却发现手底下滑溜溜的。他连忙调整姿势，但随即他的背、他的臀、他整个蜷缩的身体，都陷进了真菌囊里。

　　周围变成了果冻状，他能看到里面一根根的纤维，还有些枝刺在支撑着摇摇欲坠的茎秆。远远看去，下面似乎变成了泛着涟漪的水面。

　　凯文心里笃定，一定是反光造成的错觉。

　　刹那间，包裹着他的真菌终于消失了，他像是掉进下水道般，被一下子甩了出去。他屏住呼吸，在下落的过程中小心地保持着平衡。好在底部的淤泥够厚，先是给了他足够的缓冲，又将他毫发无损地送到了地面。几秒钟后，一切都消失得干干净净,仿佛从空气中蒸发了似的。

重获了自由,凯文紧绷的神经却不敢松弛下来。他捏了捏肌肉,环顾四周,却猛地被惊掉了下巴。

竟然不是错觉。

肉体变得红润而健壮,看不出半点腐烂的痕迹。如此生气勃勃,哪里还是他所熟悉的星体?他抚摸着脚下泛着光的肉土,感受着它的回应。

星体活了。

他身旁是一条绵延的深壑,像波浪般起伏着,却不见了真菌的影子。往前看去,那里曾是郁郁葱葱的真菌森林,而现在,除了裸露的器官表层外膜,连片叶子也没有。更奇怪的是,核心竟然不见了,裂开的两半外壳也消失得无影无踪,徒留他一人在这里。只有他一个人,妈的!

凯文在这里游荡了两天,也可能三天,但由于周围环境变化不断,这番探寻最终几乎一无所获。

他一开始便注意到,星体内部像上了发条般机械地运转着,荆棘拦去路、平地陷大坑、四处还漏水,我这是遇上鬼打墙了?

又过了好一阵,他才终于意识到此地最诡异之处:脚下的台阶千回百转,没有尽头;身处迷宫之中,每每推门而入,周遭便又变换了角度;整个空间似乎落入了某种八卦阵中。用凯文贫乏的语言来形容,就像是行走在一个巨大的空心球体里。

简直难以置信。我明明走上了斜坡,却仍感觉如履平地。

如果我把头盔扔在这儿，一路向上走去，等走到顶端，再抬头看，就会发现头盔竟然仍旧在我上面！更不必说这里的重力也是均匀的。

他饥肠辘辘，难以集中精神，总感觉心绪不宁。唯一让他感到骄傲的，是那双在波涛滚滚的妹儿河上锻炼出来的腿，健壮得足以适应这里的起伏。

但就算有这样一双腿，他又能去哪儿呢？

"卡柳号"已经毁了，剑吻鲨要等数月才会得知这里发生的灾难。与此同时，星体已经重生，我被困在这具血肉之中，懦弱无能，不敢离开。

星体的胃里又重新填满了酸液，从前大大敞开的入口也已经关上。他走到边缘一瞧，只剩一道狭长的深坑。这是他有生以来第一次如此迫切地想回到新北海道。

"给条出路吧！"他冲着胃大声呼喊道，"放我出去！"

我要去找我的孩子，赶在他们走上我的老路之前找到他们。

唯一的回应只有他自己的回声。星体依然扭动着，不时有气流吹进来。他跪倒在了地上。

#

这感觉太神奇了。那产生重力的器官就在我体内，我完全能够控制它们。我现在明白了，这是因为所谓的"节点"实际上是通道，连接着其他维度的天体。它们本身没有质量，却作为媒介传递远处行星和卫星的引力。我只消像这样活动一下肌肉，便能控制传输的力的大小。我也突然明白了，这些"节点"在正常运转的时候，能够在各个方向上产生复杂的引力场，以此保证星体全身的正常活动，撑起整套相互连接、精细巧妙的系统。然而，当星体的生命周期走到类似"死亡"的阶段时，这些"节点"便重新排列，产生简单的向下的重力，甚至排斥反重力，这一切正是为了体内真菌丛的扩张。

#

牛排。

居然出现了一块牛排，就躺在那块囊肿一样的东西上。凯文擦了擦面罩，这是在跟他开玩笑吗？厚厚的一大块，就算不是牛肉也有九分像。旁边还有一汪清水。这地方他已经来回好多遍了，这两样东西绝对是刚出现的。

他小心翼翼地靠近，像只想捕猎却又担心落入陷阱的野兽。他甚至隔着手套上前戳了戳，那块肉依然真实地躺在那里，没有消失。

简直像做梦一样。天上掉了大餐，还正是在我最需要的时候。

即使脑中警铃大作，他也义无反顾。

换个角度想，吃完死掉，不吃饿死，又有什么分别呢？

面罩打开，又被迅速合上。第一口咬下去，他几乎都不敢咀嚼，但舌头碰了下食物，却意外发现味道还说得过去。在家乡，他总爱吃炙烤金枪鱼打牙祭，这牛肉虽没那么让人馋涎欲滴，但也挑不出什么毛病。他贪婪地把嘴里的牛肉咽下去，接着便大快朵颐。

吃干抹净后，他握紧了拳头，思想上也做好了胃痉挛的准备，但足足过去了半个小时，想象中的疼痛却一直没有发生。事实已经清清楚楚地摆在眼前：这一切不是巧合，牛排就是为他准备的。为了进一步确认，他蹲在水池边，用能动的那只手舀起来喝了几口。

水是温热的，就像这里的一切一样，但是……他大声咒骂了一句，不知自己是该感到愤怒，还是该松一口气，这居然是饮用水！

他再也无所顾忌，像条终于等来一场雨的流浪狗，蹲在街边坑洼处撒欢地喝了起来。清水不断从他的嘴角溢出，直到肚子撑到抗议了，他才起身停下来。

吃饱喝足之后，这么久以来，他第一次感觉脑子变清醒了。他一屁股坐下来，盘起腿，打算好好休息一番。至少有一件事是确定的了——

星体在让我活下去。

他呼吸着头盔里稀薄的氧气，即使节氧模式已经开到最大，他也依然在挑战自己的极限。但如果他猜准了的话，他就必须试一把，否则就得窒息而死了。

"我的……"他努力克制住尴尬的感觉，"我的氧气快用光了。"

不到一小时，星体就有了反应。就在牛排出现的地方，冒出了一个透明的泡泡，里面烟雾缭绕，不一会儿，烟雾全然消散，泡泡看上去空无一物。但看泡泡紧致的边缘，便可知里面并非真空。

还有什么好顾虑的呢？

凯文一边暗暗祈祷，一边把工作服上的管子绕下来，插进泡泡里。他本以为会看到它砰的一声爆开，没想到不仅泡泡稳住了，他工作服上的氧气含量示数也在不断上升，甚至由于进气压力过高，管子都变了形，几乎快要撑破了。他紧张起来，好在此时示数达到了峰值，氧气罐装满了。

他刚把管子拔出来，地面裂隙里就飕地刮来一阵旋风，一下子把他撂倒在地。但在倒地之前，他意识到了声音不对——这风不再像以前那样一个劲儿地呼呼吹，而是变成了深邃而晦涩的低声絮语，虽然不知道在说什么，但他确信是有内容的。很快，风止住了。

不但发觉有人在戏弄自己，而且自己还要仰赖那人的施舍度日，换作是以前的凯文，定然要大动肝火，码头上免不了又是一场恶战。但这一回，他心里只有谦卑和感恩之情。不管是人，还是什么东西在接济他，这都让他感到温暖。他感觉仿佛回到了小时候，自己正发着高烧在毯子下打哆嗦，而有人给他喂了口热汤，敷上了凉毛巾。

接下来的每一天，食物都按时送来。他熟悉的大块牛排，口感和味道一次比一次更佳；类似于面包的主食，也是越来越可口。

凯文一边贪婪地大快朵颐，一边心中嘀咕：这厨子还会改进食谱呢。色、香、味、形都突飞猛进，让人难以捉摸背后的神奇。看看这些神似蔬菜的东西。用挤压管喝了那么久的粥，这简直是天赐之福啊。

他再也没质疑过任何安全问题，这一点连他自己都感到惊讶。

转眼过了几个礼拜，他有吃有喝，体力重新恢复，身体慢慢痊愈，下巴上都长了好几厘米的胡碴儿，左脸比右脸密一些。皮肤的瘀青和刺痒感逐渐消退，先前受伤的地方也结了丑丑的痂。只有手臂因骨折后没有好好上夹板固定，现在依然会隐隐作痛。

空虚和无聊成了另一个问题。他被关在这个连条墙缝都没有的密室里，闲散到只剩下东游西逛、行思坐想，日复一日。没错，他能感受到日夜的更替。白天不知从何处发出的神秘光线，到了晚上便会减弱成莹莹流光。他第一次看到星体模拟的夜晚时，简直惊叹不已。第二天，晨光又会驱散黑暗。这一成不变的更替中唯一的变数，就是风声。他有时觉得自己从中分辨出了几个字词，甚至还试图和风声打过招呼——但也只是想说说话罢了。

他找到了睡觉的最佳位置，正好能支撑他酸疼的背部。早上则是留给短跑和仰卧起坐训练的，尽管胳膊疼得够呛，但他仍旧每日坚持运动，休息时想想孩子们的样子，说不定比他这个当爹的要帅多了。

不管怎么说，你们老爹在情场上可是屡战屡胜，他不禁有些得意，总能把到最靓的妹。

但下一秒，他一想到自己从未尽过当爹的责任，愧疚之情又涌上心来。

有的时候，当他正丈量着变化无常的地形，整个地方就像是突然打了个哈欠似的，地面抽搐着皱缩起来，每次都把他掀翻在地。

已是第五个星期。也可能是第六个，或者第七个？他从临时铺位上滚下来，看了眼平时"自助餐"的位置。囊肿还没有出现。他先在这个倒置的球体里巡游了两圈，最后盘腿坐了下来，眼巴巴地盯着，肚子已经咕咕叫了。

别叫了，会来的。

这次的时间比以往都要长。终于，皮肤皱缩折叠起来。他早已垂涎欲滴，端上来的菜肴肉质是最上乘的，炙烤到完美的程度，还有精致的配菜，水里似乎也添加了秘方，让他顿感重获青春，浑身充满了力量……

我的胳膊！ 手臂上的痛感逐渐变得麻木，很快便完全消失了。他摸了摸原来受伤的位置，发现骨头正在长好。*这叫我怎么承受得起？*

在正式开动前，他先按习俗闭上眼睛，静默不语，深深地鞠了一躬以表感谢。没有人逼他这么做，全是他自愿的。

"那我就先享用了。"他说。

他把面前的所有食物一扫而光，一口也没有剩下。他已经完全想不起，上次在吉木市吃到这样好的饭菜是什么时候了。他把嘴角的残渣擦干净，才又重新合上面罩。

该补给氧气了。

他已经拿好管子，却听到……

凯文。

管子啪的一声从手里滑脱，掉了下来，嘶嘶冒着气，胡乱摆动着。

这不是幻听。

从胃部的缝隙里钻进来一阵风，轻轻呼唤着他的名字。他赶忙关上了氧气系统。

队里不可能有人还活着，他心里清楚，不可能的。早在星体开始自我清理之前，他们就已经在熊熊燃烧的怒火下，把彼此撕成碎片了。

然而，他分明听到有什么在呼唤他。那声音洪亮而空洞，又完全不像人类发出来的。

"是谁？"相比之下，他回答的声音弱不可闻。

如果奇迹出现，对方真的是自己队里的人，那么不管对方是否被真菌附了身，凯文都会跪下来祈求原谅，要他做什么都可以，之后他们再携手合作，从这里逃出去。

如果真的有奇迹，就有人跟我做伴，陪我说话了。

但什么也没有出现。他循声寻找，另一阵风吹来，星体给出了回答。他看到皮肤下的肌肉正快速抽缩着，像一个简易的模拟声带，配合着发出声音，说出单词，加上语调，甚至还有口音。一个他熟悉的口音。

器……器官

太复杂了。

肌肉。连在一起。

没有肺。

声……带，凯文。

听得到吗？

声音近在耳边，说话人却远在天边，听多了无线电信号，他早已习惯了这种感觉。尽管如此，凯文还是难以置信地环顾四周。那声音犹如从四面八方一齐发出，却仍不见她的踪影。

是琼！

毫无疑问是她。尽管声音低沉不已，但那的确是她，连说话的方式也一模一样！几个星期以来，凯文从来没有这样兴奋过。

他激动得有点喘不过气："不可能！琼！"

她立刻就给予了回应。皮肤褶皱摩挲起来，又是一阵风迎面吹来，凯文扛住了。

不但如此，

还有很多。

数不清的感知和

感觉

需要搞清楚。

凯文头晕目眩，索性坐了下来，暗想道：不愧是我认识的琼，永远不走寻常路。

强烈的情绪瞬间涌向心头。他躲开了迎面袭来的风，却躲不开发酸的眼眶，"你信任我，相信我的领导，但我又做了什么？我把你打死了。我是垃圾，是杀人犯，我做什么也不能赎罪，我从没有像现在这般无地自容。"

如果她留他一条命，是为了谴责他，那无论她想要怎样的惩罚，他都愿意承受。然而，她的声音又飘了过来。

我困惑了。

记忆很模糊。

我是……开花了吗？

一切都变得不真实了。

我从前是琼吗？

她的声音逐渐消散，他却突然明白了过来。

她并不是在星体里。她就是星体本身。

而且从种种迹象来看，她正在慢慢失去从前的自己。凯文的脖子又紧张得刺痒了起来。是不是要不了多久，他就只是一个藏在她肚子里的奇怪的外星人？他擦干了眼睛，无助地望向那道缝隙，仿佛琼就站在那里。

"这么久以来，都是你在照顾我。"

当他沉浸在情绪里时，琼的声音又从四周响起，平静得不带任何感情。

蛋白质。

脂肪。

矿物质。

纤维。

维生素。

要能消化。液体。

增添营养。

我的血肉

制造出来的。

"我知道你做了这些，别炫耀了。但你为什么要做这些？"

过去的某些记忆

促使我

保护你。

但为什么呢？

某些念头似乎让她突然激动了起来，如果她真的还有情绪的话。

凯文！我过去总是从线性的视角

来看万事万物。

探索，勘测，学习。

我现在，视野开阔。

看到星体生命周期的每一阶段。

完整的演化。

甚至宇宙早期的微光。

"琼，你听我说，"凯文尽量注意自己的语气，但他快没有时间了，"你对我实在太好了，但我不能待在这里，我必须……"孩子们，我要回去找他们。"我需要回新北海道。"

琼没有回应。

说话啊，说话啊，妈的！

但话到嘴边，都变成了粗哑的恳求："求你了，放我走吧。"

不。

凯文瞬间握紧了拳头，他已经很多年没有这么愤怒了。原来她还是他熟悉的那个科学家，那么死心眼儿！她是在报复他吗？但她听上去又是那么纯真无邪。

还不行。

我还没有成熟。

身体还没有完全成型。

孵化尚未完成。

"那么，"凯文舔着唇边的胡碴儿，"你会完全取得这里的控制吗？要多久？"

不知

道。

"我能帮忙吗？肯定有能让我搭把手的地方。你知道我做事很卖力的。"

我要

停止说话了。

空气储量用完了。

需要时间……

吸气。

"等等，"凯文顿时愁眉紧锁，他赶忙坐起来，"要多久？下次什么时候？那时候你会帮我吗？"

她是他唯一的救命稻草了。他真希望她能一直说下去，直到她在这里执掌乾坤。她下次再来可能是几天，甚至是几周后，那时候她还能残存多少人性？凯文能感觉到，她作为琼的部分正在消失，另一种东西正在取而代之。

裂隙噗的一声吐出了剩下的空气，接着便静止不动了。

他只能暗自希望，等她大功告成，会再回来找他。

#

是谁在我身体里不断躁动？是我自己？是凯文？还是云游？感觉什么都有，又什么都没有。思维千头万绪，越来越难以厘清。要想的太多，感性总是快理性一步。也难怪，豁然开悟靠的不是神经突触，而是要整体地、从内而外地打通每一条经脉。我的身体太过复杂，有太多要做……

#

接下来的几天，凯文都满怀期待地来到老地方，感谢她赐给他美味佳肴、治好他的胳膊，接着便等待她声音的出现，却依旧是一场空。不管她现在用身体里的哪个部位当肺，可能确实需要费很大力气才能重新填满吧。琼一定会回来的，他还是愿意相信这一点。就算不是今天，一周以后也肯定会回来的。但六天过去，他的内心却开始动摇了。不是因为琼的失约，也不是因为沉重的孤独感又再次袭来，而是……

伙食越来越差了。

菜肴越来越寡淡，似乎又退回先前的基础水平——肉排淡而无味，水却越来越咸，喝起来就像是直接从毛孔排出的汗液。

说不定哪天就再也没饭了。

凯文打开面罩,往地上擤了把鼻涕。不妙。

他又回到了睡觉的地方。在过去几个礼拜的好日子里(尤其是和现在一比),为了行动方便,他已经把工作服上那些可有可无的带扣、扎食物袋的吸管(整个奥尔特星云都找不出第二包了吧)、金属环儿,还有帆布条全都拆了下来,堆在边上,只有马哈茂德的十字架还稳稳地放在他的口袋里。

他在那堆丢弃的杂物里来回翻找,想看看有什么能派上用场。

他扯出了一根几米长的钢丝,那原是工作服里用于放电的"避雷针"。他把钢丝绕在塑料管上,做出一个把手。接着,他又将支架、钉子和带扣等所有能找到的金属制品熔合在一起,做成一个小圆柱。它起初看上去像一条又粗又笨的香肠,但经过他的不断打磨,慢慢显出了圆锥的形状,有了一定的弧度,甚至还磨出了尖头。

他欣赏着手里这柄自制的工具。作为一个矿工领队,他终于造出了一把凿子。这么长时间了,他终于感觉又找回了自己。

但它能发挥作用吗?这玩意儿看起来用不了几次就会散架,得留到紧要关头再上。

他已经不指望琼会回来了——她已经失约了。但他还是往好处想,也许她斗争失败,失去了对意识的控制权,所以星体慢慢忘记了要照顾他的指令。趁着补给还够,体能还在,现在正是逃走的好时机。

他用大拇指试了试凿子的边缘，发现它连帆布都划不破。不然呢？他还在期待什么？只要能把肉劈开就行，如果还能劈开软骨就更好了。去砍骨头？想都别想。

抱歉了，琼。我必须从你身体里穿过去。

但剩下的工作远比打一把凿子要困难得多。

我要从哪里开始挖？我尝试过熟悉地形，但这地方变化不断，而且从上到下都一个样儿。

他在鼓胀翻涌的小空间里来回转圈，几乎将每个地方都考察了一遍，除了通向胃部的入口——那里酸液喷得到处都是。

他又打开了那张叠成薄片的地图，好像它还能派上用场似的。

"必须从核心开始了。"他嘟囔道。

他可是被关在一个像一座城市那么大的生命体的中心啊。谁知道呢，兴许核心是唯一一个他能活下去的地方了，星体其他部位哪个不是刀山火海，里面像肠子一样塞满了东西。

还是先留着凿子吧，现在还不是用的时候。

#

宇宙是多么神奇啊！音乐和律动，我仿佛第一次拉开了眼前的大幕，感受到了万物交织的旋律，看到了自己的无限可能。我渴望亲自去踏足，去探险。

#

接下来几天的食物更是敷衍,有几次只有一坨糊糊,有时甚至连糊糊都没有了。无论是什么,凯文都狼吞虎咽地塞到自己嘴里。他的胃里已经开始翻江倒海,估计再往后就要痉挛了。

自他和琼第一次对话起,已经过去了整整两个星期。这天半夜,裂隙突然剧烈地扑扇起来,里面还流出了液体。凯文惊醒过来,如今星体里的光线一直是昏暗的了。

来了!快起来,拿上凿子。

机会终于来了。空气中弥漫着紧张的气息,他脚下无声地快步赶了过去,凿子被一根绳子拴着,在他背后荡来荡去。

他刚在入口处站定,就被一阵旋风吹得浑身战栗。他知道,琼总算"吸上气"了。

兰……兰格迪克。

凯文

凯文

凯文·兰格迪克。

琼俨然一个刚接触一门外语的学生,探索着、试探地发着音。

我的名字对她来说毫无意义了。

他心里一阵恐慌,脸上的焦虑几乎无法掩饰,但他仍然向对面张开双手，"琼，你回来了。"

在我们体内发现这项技能。

有种冲动想要

说话。

现在慢慢消退。

我们提供食物？

我们为什么要照顾

你？

你就是

一个人类。

"一个叫凯文·兰格迪克的人类，"他自嘲道，"困在你身体里。你是叫琼·莱利·费尔莫得的星体。"

琼。

我们曾经的名字。

我们记忆里，她的记忆里

有你，

你们的语言，

你的需要。

"所以，你现在想怎么办？"

现在想怎么办？

"不要重复我的话！你这段时间一直让我活着是有原因的，是为了能让我出去，你不记得了吗？回答我。"

接着是令人不安的沉默，正当凯文害怕对方又要离开了的时候，忽然听见：

和寄生虫交谈？

为什么？

你如果有益，

自然会在我们体内找到归宿。

如果有害，

就会被清理掉。

讨论没有意义。

我们不需要语言。

"你休想逃走，你说过要帮助我的，琼，我求你兑现你的承诺。"

威胁我。

那就是有害了。

他感觉凿子在背后微微发烫，但还是克制住了自己。那不是为她准备的，至少不是以这种方式。

"去你妈的，告诉你，我可不仅仅是有害！"

我们存在于

充满生命的宇宙之间。

从琼发红的脉搏中，

我们知道，人类

生活在低维空间，

冰冷，

与世隔绝。

"你不也是吗？"他的胸膛剧烈地起伏着，战斗的欲望又被激了起来，"你也不过是在太空里飘荡罢了，姑娘。我们渺小的人类能把你剁碎拿去炖汤。"

他听到自己粗野的咆哮。那正是他想要的——就是想要羞辱。虽然他的内心也不好受，但此刻的他已经被愤怒冲昏了头脑。然而，琼，或者是她变成的这个东西，却丝毫没有被激怒。她的声音一如既往，没有一丝起伏。

剑吻鲨。

人类前进的风向标。

虐杀我们，就为了土地。

不成体统。

与我无关。

宇宙是一个回声。

我们

被召唤。

"看这儿！"凯文大吼道，"你还说'和你无关'吗？"

他把凿子挥舞到头顶，重重地砸向脚下的血肉。金属切进去的地方顿时喷出了橘黄色的血液。一个微不足道的小伤口，甚至星体都感觉不到，但他不在乎。

"怎么样？"他停了好一会儿，才又问道。

不一会儿，血自动止住了。没有回应，示威失败。他怒火中烧，一下子把凿子甩了出去。

"琼！"他的双手在空气中挣扎着，眼前浮现出一幅幅画面，"我要回到孩子们身边！我要回到新北海道，找到凯瑟琳，带她离开码头！"我们未来会有更好的生活。"没有你我做不到的，帮帮我吧，求你了。"

他喋喋不休地说着儿子们和女儿们，直到声音一点点减弱，直到喉咙再也说不出话。星体一直沉默着。

#

逃出去。凯文连做梦都在搜寻出去的路，却又在大汗淋漓中被拉回冰冷的现实——想要逃走简直难如登天，他依旧被困在这个高温似蒸笼的地方。

老家的夏天短暂又闷热，我过去在鼠海豚还常抱怨没空调，这里比那厂子还糟糕。

他只好闷头再睡了一觉，直到咕咕叫的肚子又把他叫醒。上次吃东西是什么时候来着？这次又没吃上任何东西，他终于下定决心。

"不如就随便找个地方闭上眼睛挖吧，也好过待在这里发疯。慢慢等死真是太折磨我了。"

他漫无目的地朝着一个方向走了一阵，接着举起了之前发脾气时丢掉的凿子。

要想逃出去，就得大胆一些。

他抡圆了手臂，使出浑身的力气奋力一砸。凿子撕开了肉土的皮肤，但露出来的并非是纯脂肪，砸中的部位也没有慢慢解体。星体年轻的肉体非但没有被砸碎，反而不断皱缩着抵御伤害，皮下的液体溅了他一脸。

"再来！"

他又砸了第二下，把口子撕得更深了。凿子的头有些松动，他还专门把它和把手重新固定好。

然后又继续砸了起来。

把命运掌握在自己手里的感觉真是太好了，像发酒疯一样把力气撒出来。砸得越多，挖出的组织就越多，都堆在脚下。从这儿逃出去。继续砸吧，胳膊累断都不要停。

他一腔干劲，直挖了半米深。皮肤层被割开，露出下面结实的白色纤维。凿头勾住了一丝纤维，却怎么也扯不断，扯到最后，凿子竟自己解体了。钢丝绕成的把手散开了，凿头碎成无数的小块儿，再也拼不起来，宛如一朵凋零的花儿，在他手里耷拉着。

然而此刻，凯文却异常平静。愤怒是需要体力的。

认输了。他一下瘫坐在地上。

干吗还专门回睡觉的位置？在这儿睡，在那儿睡，又有什么分别？我已经是半个死人了。

清醒的时间变得越来越短。一开始他感到饥饿难耐，对食物的渴望折磨着身体里的每一个细胞，但很快胃便没有了感觉，既然明白了什么也等不来，又何必传递神经信号呢？他拍了拍自己的肚子，干得好。

在世间所有的死法中，他从未想过自己会如此平静地死去，这太不是他的风格了。只有活得体面的人，才配得上安详的辞世。

"我对不起你，凯瑟琳。"他迷迷糊糊地嘟囔着，"我应该在当初还有机会的时候做正确的事情。我真是太蠢了。现在我甚至都不知道孩子们的名字。不是我们……本应该……我们本应该……"

死神快来吧，给我个痛快。我没耐心等，打小就没耐心。

但他心里明白，这场折磨还没到头呢。他混混沌沌地又滑进了梦里，完全没意识到周围涓涓的水声和嘶嘶的风声，没发现地面颤抖了起来。

更没感觉到有一股力量正把他推向一旁，让他整个人变成了斜倚的姿势。

以及星体正在加速这一事实。

周围长出透明的触手，交叠编织成了一个新的茧，把软弱无力的他包裹了起来。

凯文昏昏沉沉地感受着一切，直到发现自己被向下拖进了个洞里，才终于惊醒，急忙伸手撕扯着内壁。他可不想再被困一次！

它这是图什么呢？为什么挑这个时候？

但有意思的是，透过茧壁，他竟然看到了外面飞速掠过的景象，以及星体皮肤下那一条条交织纵横的血管。更准确地说，不是外面的景象掠过他，而是他自己在滑过——强大的吸力正带着他从核心去往未知的前方。

头昏脑涨的感觉又涌了上来。

"还是躺下吧，反正我也没力气起来。"

起初，他还只是急速地闯过一团团肌肉和分岔的神经，在星体里一层层穿行。每到一处，脚下的血肉便会自动分开，仿佛有绳子牵引着似的。在横穿了上百米的肉体组织后，他感觉自己突然被抛进了一条小溪中，包裹着他的茧只休整了片刻，便继续向前狂奔起来。

他只好努力让自己在疾驰的小舟里保持稳定。

我的老天爷啊，现在胃里空空如也，我居然还晕到想吐。

下一秒，外面的景象便映入了眼帘。

他进入了一条血管。但和之前看过的那些废弃的静动脉不同，这条血管是鲜活的！他躺在小茧里，周围亮橘色的血液欢快地推着他向前流淌。透过污迹斑斑的面罩，他看到血管壁正一下一下地脉动着。

琼要是在这儿，肯定会欣喜若狂。

接着进入了一段激流水道，前面有个瀑布，血液流动得越来越急，他只得双手撑着内壁稳住自己。

又是一阵剧烈的抖动，仿佛他正在摩擦挤压什么。

前冲的势头缓了下来。

停住了。

他眼睛忍不住睁开了一条缝，眼前所见却让他惊掉了下巴——在他身下徐徐呈现的，是他见过的最壮观恢宏的工厂。这是一个扭曲旋转的大厅，似乎把星体的每个部位都集合到了一起。跳动的主动脉，冒着电火花的结节成排成列，井然有序地传递着电流，还有他根本无法形容的各类器官。即使再不可思议，他也不得不承认，眼前是一台精准到完美的机器，其颜色深邃到极致，超乎人类肉眼的识别能力。他不禁想起了家里那个旧万花筒，那是他童年最喜欢的玩具，只要转动几下，就能看到千万种色彩和交织变换的图案在眼前翩翩起舞，神奇得就像变魔术一样。此时此刻，他就像一个坐在履带上的包裹，目睹着同样神奇的一幕。

还有这大工厂气势磅礴的声音！梆——梆——梆——像强有力的心跳，像空灵鼓的鼓点，在茧里都听得如此清楚。

他还没反应过来，就又进入了一段漆黑的隧道，逐渐头晕目眩。压力迅速变化，使他无力承受。眼睛传来痛感，让他视线模糊，全然不知自己正处于一团蠕动的息肉中，被推着向前走。

他脑中闪过一个念头：活着的星体真是一个奇迹啊！即使

我死期将至，也必须承认这一点。

前面赫然出现了一堵坚实的墙，他知道这大概就是这趟旅程的终点，也是自己的结局了。但就在撞上的前一秒，墙却突然裂开……

露出了后面的宇宙。

眼前的景象让他瞬间屏气凝神。这么久以来，他终于看到了那满天星斗最蔚为壮观的全景。他全神贯注地欣赏着，甚至没有注意到身后的裂缝在皮瓣的作用下又自动合拢了。

如果琼想把我排出体外，我也完全没意见。他虚弱地戳了戳茧壁，没什么保护能力，聊胜于无吧。我只剩几分钟了，也许还有机会打个盹儿，能在睡梦中平静地窒息离开。

想得倒是美，事实却并不像他所想的那样。也许是因为被关了数月之久，也许是因为出去的希望被一点点消磨殆尽，他一开始竟然没有认出来那个东西。直到对面探照灯亮起的光洒到了他的身上，他才看到前方的飞船。

"西博尔德二号"。

和浩瀚无垠的宇宙相比，他现在的速度几乎可以忽略。飞船虽然离他尚有距离，但也看得出是一艘货船，形状活像一根瘦长的扁担，上面绑着一圈又一圈容器。船体呈暗淡的灰色，表面坑坑洼洼都是轨道上的碎片撞出的凹痕，飞船的名字像是后来才添上的。他后来还观察到，船体边缘甚至长满了青苔。

然而在凯文眼中，这是他见过最美的东西了，甚至超过了刚才见到的星体工厂。这艘飞船有家的感觉。

直觉告诉他，身下的茧船一时半会儿还撑得住。飞船的尾部逐渐靠近，不一会儿便来了两架无人机，轻轻地抬着他向装卸区飞去。随着门阀开启，大量压缩空气被喷吐到太空中，接着，门开了。他恍若身在梦中。做尽了一切尝试，本已做好了迎接死亡的准备，而如今，无论命运有怎样的安排，他都会平静地接受。

迎接他的是两个工作人员。他们身穿保护服，腰上拴着细绳飘了过来，和无人机进行了交接。下一秒，几个探照灯全都照向了这边，炫目的聚光刺得凯文头昏眼暗，他被各式器械拖进装卸区，有手按在包裹着他的茧上。突然，他向下一沉，轻轻撞到了身下的栅栏。人工重力在起作用了。

装卸区的大门缓缓关闭，在船舱里能听到急促刺耳的警报声、气流震耳欲聋的嘶嘶声，灯光也闪烁不停。等门一关，氧气浓度恢复正常，星体最终又让他惊讶了一次：茧壁突然像苏打水一样冒起了泡，开始在他眼前融化。

一左一右两名工作人员帮助凯文站起身，脸上露出既关切又狐疑的神色。

"你从哪里来的？"其中的女士满头大汗地摘下头盔，指着舷窗外的星体问道，"别告诉我你之前在那里头。"

另一个人和她面面相觑，"这到底是怎么回事儿？"

凯文却一个字也说不出来。根本无从解释。

他注意到，机库里虽然杂乱，但东西倒是不少。曲壁旁的架子上堆着成百上千个盒子，粗链条从天花板垂下来，格栅盖板下的空间还可充当卸油坑。这些都被固定住了，以便在减压的过程中保持在原位。在装卸区的另一头，还有一个斜坡一直延伸到船舱。

在这期间，旁边两双眼睛一直紧紧盯视着，一会儿看向星体，一会儿看向凯文，等待着他的答案。终于，凯文挠了挠喉咙。

"Dankjewel①。"第一个词从嘴里蹦了出来，他更愿意用荷兰语而不是标准日语来表达感谢，"我想去新北海道，行吗？我的孩子们，"他笑了起来，声音虽然粗哑，却轻得近乎耳语，"我的孩子们正在等着我。"

是啊，他们肯定在等他，必须在等。不管他们是想拥抱这个爸爸，还是想狠狠地一拳揍上来，他都会甘之如饴。害怕吗？他何止是怕啊，但既然他都敢面对星体，想必也能应对自己的孩子。

眼看这人并不愿意解释舷窗外那个庞然大物的事，工作人员们只得有些恼怒地放弃了追问。突然，旁边的驾驶室里传来一个声音："小明，给那人拿点吃的吧。再顺手把那几个胶水盒拿过来，我看看能不能修。"

然而那个叫小明的人却指着舷窗回答道："佛陀，老周，你们看……"她专业地克制住了语气里的激动。

----

① 意为"谢谢"。

　　另一个人也收回了打量凯文的目光，顺着她手指的方向看去。凯文抬脚从残余的茧中走了出来。

　　但我回去不只是为了孩子们，凯文把手伸进口袋，轻轻抚摸着马哈茂德的十字架，我还有承诺要兑现。我要告诉世人他生前是怎样的一位仁人君子，把他的故事讲给他的家人，把十字架交给他们，还有钱，他应得的钱，再添上我的一份。还要去找凯瑟琳，先弥补我的亏欠，她无论怎么打我，我都不会躲。按照她的时间计算，整整十七年过去了，如果她嫌我小，不肯再要我了，那我就只能怪自己是世上最傻的傻瓜，带着遗憾老去了。

　　他也忍不住向外看去。其他人还在装卸区整理物资。他透过缝隙，瞧见了自己曾经工作过的工厂，那个他曾热爱过的星体。它动了起来。倏忽之间，众多巨口猛地合上了，它，不，是她，她一条条长长的肢干不断收回身体，最后缩成了一个圆球。

　　是她，是琼。

　　她转动起来，转速越来越快，甚至超过了他认知里如此庞大之物能够达到的速度极限，拖拽着周围的时空一起扭曲旋转起来。每转一圈，她的光辉都变得愈加耀眼，把虚空照得一片通亮，呈现出世人从未见过的绚丽色彩。

　　又是一场万花筒秀。

　　当转速达到顶峰的一刹那，她爆发出一声天崩地裂的巨响，凯文的眼前呈现出无数个颜色各异的星体，一个挨着一个，一个叠着一个，足足持续了好几秒。然后是一声回响。它们瞬间消失。

再也不见了。

小明站在他身旁，另一个同事也在不远处，两个人都是瞠目结舌。小明叹了口气，转身从架子上费力地举起一个箱子，扛去了驾驶舱。凯文跟着她，沿斜坡走去，尽管脚步还有些踉跄，但他那张半边瘫痪的脸上，神情放松了不少。

不管"西博尔德二号"的供给航线怎么走，最终它都会抵达新北海道的，只是时间问题罢了。

他要回家了。

尾 声

"我先声明啊，小可爱。"滕间说道，"我还是觉得你在拖我后腿，不然就是你的扫描仪出了问题。"

"闭嘴吧，傻帽。"奇点回敬道，顺手调整了一下面罩上全息影像的覆盖画面。对一位满口脏话的年轻女技术员来说，取"小可爱"这样一个绰号还真是无厘头，"目标就在前方两米外。"

"在脂肪堆里吗？幸好我们还没把它们烧穿。"

滕间拍了拍他面前那堵油乎乎的组织墙，那东西看上去就跟马上要解体了似的。这里乌七八糟成这样，他是怎么做到工作了几个星期身上还一尘不染？

"是啊，是啊……"

奇点仔细地审视着眼前的脂肪颗粒，就差把头直接伸进去，以便看得更清楚些。仅凭肉眼，几乎什么也没观察到。她暗暗咒骂了几句。大量预测数据的影像已经出现在手边，她一边用手指急速拨动着，一边快速思考。眼前的图表被增强现实所取代。大块的脂肪以其原子细节的水平呈现，没用！脂肪的能量产出，也没用！可达五米深的粒子读数——就是它了！

她几乎无法想象要是没有这些工具该怎么办。显然，几百年前的情况和现在截然不同，在那个原始时代，人们甚至都不知道要如何穿透电场。

奇点调高了音量。她偷偷在头盔里内置了一个Q18通信卡，虽然没法儿给大本营打电话，但至少可以连上"武士道6号"的主机，里面正播放着她的三味线音乐精选集。

工作时没有音乐简直是噩梦。会被星体持续不断的噪声逼疯的。

作为队里唯一的技术专员，她要一遍又一遍地解释本就够累了，这些蠢货还不肯学习。滕间人不坏，就是傻了点，她心里是喜欢他的。但队里每个人本就该各司其职，只要让她完成对星体的分析，不管他们是想上激光钻头，还是用无摩擦的抽液管搞什么名堂，她眼皮都不会抬一下。

"你还没找到啊？"一旁无所事事的滕间有点不耐烦了，他也盯着脂肪里头看，但心里知道自己帮不上忙，"其他人都在收拾清理了。我们都巴不得早点回新本州①呢。"

"还没，但我真的很想找到。"

_____

① 虚构地名。

"那儿根本就没东西。"

肯定又把脸拉得老长了，奇点不用看都知道，滕间啊，你这人活得真惨，难道没人告诉过你吗？你居然脑子进水，娶了个新北海道难民的第五代孙女，难怪你天天头疼。难民中甚至还曾经有非日本人混进去过呢！你就那么确定自己找不到更好的了？不过我也算是了解你。你八成是为了什么真心、什么古老的"纯洁爱情"之类的。傻子一个。

她换了光谱，突然，红色的组织里闪过一道绿光。她的心脏漏跳了一拍。怎么取出来呢？她冲滕间招招手，是时候换他上场了。他打开了手里的冲切机。

新北海道。那是历史的教训：并非每一个殖民地都会迎来繁荣发展。那是什么时候呢？一百五十年前，还是两百年前？那时，因为地壳运动失控之类的原因，新北海道首都吉木市一半被淹没，另一半被烧成了灰烬。所有活下来的人都无家可归，其中就有滕间现在的那个母老虎——算了，他的"妻子"——的祖先。

"好吧，该死的，"他说，"还真让你说中了。"

他把一大块脂肪撕扯开，摸到了后面的血肉，可下一秒就被冲上来的奇点挤到了一边。在他的抱怨声中，她把手伸了进去，咬紧牙关用力一拽。砰的一下，她也应声向后倒，正好被滕间接住——他太了解这个女人了。

"小可爱，快说是什么。"

她手里躺着一个脏兮兮的设备，金属材质，泛着光，显然不是星体的某个部位，而是人类的手笔。从外观上完全看不出是什么，只能确定是旧时期的遗物。她暂停了音乐。

"阿弥陀佛，是个老古董，"她脸上写满了好奇，这可是她目前为止在星体里最大的发现了，"非常老的老古董。"

"有多老？殖民前时期？"

"蠢货。殖民前的东西怎么可能在这儿？没那么老，最多几百年前。"

"这东西还能用吗？"

奇点怎么忍得住不亲自解开这个谜底呢？她从老古董的缝隙里扯出几缕陈年肉丝，然后便仔细端详了起来。和她的通信卡相比，这东西稍微大一点，也笨重一些。边上这些粗糙的按钮是做什么的？她心头发怵，不敢按下去，生怕破坏了脆弱的机器。

不过转念一下，要是它本来就坏了，不按也好不了啊。

按钮挺僵硬，她使了点劲儿才按了下去。

古老的机器发出嗡嗡的响声，沉寂了几个世纪的线圈再次工作了起来。奇点不禁打了个寒战。里面传来一个说着古老方言的女声：

"我是琼。我被困在这里了，以下是我的遗言。"